ヒートアップ

中山七里

幻冬舎文庫

ヒートアップ

目次

一　同盟

1

一cc用プラスチック製注射器の針先が間近に迫る。

「頼むから、勘弁してくれ……」

七尾究一郎（ななおきゅういちろう）は力なく懇願したが、眼前の頬のこけた優男はにたにた笑うばかりでまるで聞く耳を持たない。少女の小指よりも細い容器だが、中に入っているのは武闘派のヤクザより恐ろしい代物だ。

「勘弁してくれ？　へっ、ヘロインを売ってくれと言ってきたのはお前の方だろ。こっちはご希望にそってお望みの品を提供してるんじゃないか」

「まあ、自分で吸うつもりはなかったんだろうが」と、奥のソファで見物していた黒のワイシャツを着た男が口を挟んだ。

「実際にヤクをキメる麻取（まとり）（麻薬取締官）もそうそういないだろ。しかも最近流行りのアブリじゃなく、由緒正しい王道の静脈注射だ。仲間内で自慢になるぜ」

「きひひっ。しっかし、ミイラ取りがミイラになるってのは、どんな気分かねえ」

机の上でポリシーラー片手にクスリをパッケージ詰めしていた坊主頭が、背中越しに混ぜっ返す。

ソファとパソコン机、そして冷蔵庫と薄型テレビ。最低限の家具しか置いていないが、七尾と男三人が入ると六畳間は途端に窮屈になる。当然だろう。元々、居住用ではない。ヤクの貯蔵庫代わりに契約した部屋に違いなく、その証拠には簡易ベッドすら置いていない。市街地、しかもパチンコ屋とカラオケ・ボックスが建ち並ぶ、騒音に囲まれた古びたマンションだ。家賃も安く、部屋の中で多少大声がしても近所から苦情の出ない立地条件は色々な意味でお誂え向きだった。

優男は、七尾の腕を摑み、静脈の位置を探り当てると消毒もしないまま針を突き刺した。医者のように慣れてはいないからだろう、突き刺された瞬間に鋭い痛みが走った。ピストンを押す動作も乱暴だ。

「ほいよ、ガソリン満タンだ。純度百パーセントは無理だが、それでも八十の上物を十ミリグラム。初心者には五ミリグラムと決めてあるが、あんたはＶＩＰ待遇だからな」

針を抜くと、優男は勝ち誇るように笑った。

静脈から注入されたヘロインが心臓の鼓動一つで、あっという間に全身を駆け巡る。

ずいっ、ずいっと神経に異物が捩じ込まれる。まるで脳髄を冷たい金属棒で貫かれるような感覚だった。

「あんたも専門家だから説明は要らんだろうが、ヘロインってのは粉を鼻からというのが主流だけど、ヘビーな奴らは大抵注射だ。その分、効き目が段違いだからな。効いてくると、たちまち寝入りばなの快感が襲ってくる。ただぼうっとしているだけで幸せ一杯、食べることにもヤることにも興味がなくなる。トんだ状態がずっと続く訳だ。しかし、これは適量使用の場合で、今みたいに最初から十グラムもキメたら話は別だ。ヘロインは数あるクスリの中でも依存性も耐性も最強。仮に耐性があっても一発で常習者の仲間入り。運が悪けりゃ廃人だな」

黒シャツは懇切丁寧に説明したが、その半分も頭に入ってこなかった。

居住用ではないためか、エアコンは付いていない。石油ストーブが煌々と静かに燃えている。窓を閉め切った六畳間でむくつけき男が四人、饐えた臭いの逃げ場所もなく、さっきまで七尾の鼻孔はしきりに不快感を、皮膚は肌寒さを訴えていた。ところが今は不快さをまるで感じない。いや、それどころか五感全てが先端から磨耗していくように感じる。

「まあ、できることなら耐えてくれ。クスリがあんたを友達と認めてくれたら、俺たちが定期的に会わせてやるから。もちろんそれなりのお礼はしてもらうけどな」

「つってもカネ払えってんじゃねーから安心しろや。公務員の安月給なんざ、最初っから当てにしてねえ。ヘロと交換でガサ入れの情報くれりゃあいいんだからよ。なあ、いい条件だろ」

　坊主頭ができあがったパケを傍ら(かたわ)に積み重ねていく。二センチ四方のビニール袋に納められた白い結晶体はほぼ間違いなく覚醒剤(かくせいざい)だろう。ここからの目分量で〇・一グラム。所謂(いわゆる)ゼロイチのパケだが末端価格は一万円といったところか。

「でも、こいつ、本当に一人だったのか。近くに仲間はいなかったんだな」

　黒シャツが訊(たず)ねると、優男は人差し指を振って笑う。

「ここに来る前に身体検査はしといた。発信機らしい物はなし。ケータイや鞄も秘密保持のためだって駅のロッカーに預けさせたし」

「大方、手柄欲しさに単独行動したクチだな。さもなきゃスーパー取締官気取りか」

「でもよ、もしこいつ死んじまったらどうする？」

「夜中に東京湾でクルージングでも愉(たの)しむか」

「いいや。いっそのこと足を延ばして浦安ってのはどうだい。今なら遊覧船も出ていて目立たねえし、ハゼが盛りなんだ」

坊主頭が指先をくいくいと引く。

「お前、セメント漬け放り込んだ海に釣り糸垂れるつもりか？」

「へへっ、知らねえのか。あの辺は他の組の奴らも投棄場所にしてるから、その肉喰らって魚がえらく育ってるんだぞ。丸々となあ」

「そんなとこで釣ったハゼ、俺は絶対食わんからな」

三人がげらげら笑い興じていると、七尾が口を開いた。

「……縄を……解いてくれ」

「ああん？」

「頼む。あんまりきつく縛られて、クスリが全身に回らない……」

一瞬、三人はきょとんとしたが、黒シャツが弾けたように笑い出した。

「あーはっはっ。こーりゃいい。麻取さん、あんた最高だよ。初対面でクスリに愛されたな。おい、縄解いてやれよ」

「いいのか？」

「確かに、これじゃあヤクが全身に回りにくいな。折角のクスリデビューに可哀相じゃないか。それにどうせ手足が自由になったところで、こんだけ効いてりゃ立つこともできないさ」

いる。

「それもそうだよな」

言われて、優男が七尾の縛めを解く。それでも七尾は椅子に全身を預けてぐったりとしている。

それから三人は贔屓の風俗店について話し始めた。やれ年代別の指名ナンバー1は誰だの新人のレベルの高さがどうのと風俗雑誌と口コミから仕入れた知識を総動員して、いい按配に盛り上がったところでノックの音がした。

三人ははっとドアの方を見た。

「黒沢ァ。開けろォ、麻取のガサだあっ」

聞き慣れた鰍沢の声。

やれやれ。やっと来てくれたか。

「仲間だ!」

「この野郎」

がっくりと頭を垂れた七尾に優男が近づいてくる。腹いせに一発入れるつもりなのか。

優男が自分の真上に屈み込んだところを見計らって、七尾は腰と頭を同時に上げた。

後頭部に衝撃を感じると、次の瞬間、優男はアッパーカットを喰らった格好で真後ろに倒れていった。

坊主頭が目を剥いて飛び掛かって来る。

右方向から伸びてきた手を摑み、引きつけるだけ引きつけると、尻を相手の腰に密着させて重心を前に移動させる。

たったそれだけで坊主頭の身体は宙に舞った。坊主頭は受身もできないまま床に打ちつけられる。安普請のフローリングは硬くて柔軟性がない。叩きつけられた衝撃で何枚かの板が割れて弾け飛んだ。脳震盪を起こしたのか、坊主頭はなかなか起き上がろうとしない。

「な、何で動けるんだ」

黒シャツは信じられないといった風に、七尾の立ち回りを見つめている。麻薬取締官は誰もが何らかの格闘術を教えられているが、七尾は合気道の有段者だった。

床に倒れて蠢いている二人をまたぎ越すと、七尾はドアのロックを外した。と、途端に三人の男がなだれ込んで来た。

鰍沢と釣巻、そして熊ヶ根は予め決めていた通り、一人ずつを確保した。その間、およそ五秒。最初は抵抗する素振りを見せた黒シャツも、レスラーにしか見えない熊ヶ根に対峙すると急速に戦意を喪失させた様子だった。不意を衝かれた三人組にしてみれば瞬く間の出来事だったに違いない。そして鰍沢が右のポケットから三人分の逮捕状を取り出す。

「黒沢兼人、余呉高志、三石守。覚せい剤取締法違反容疑で逮捕する。おっと、捜索差押許可状もあるからな。ま、こんな有様で捜索もへったくれもないんだが」

鰍沢が言うのももっともで、机の上にはさながら麻薬パケ作業の一式が展示品のように並んでいる。通常ガサ入れが行われても所有者はいったんクスリの存在を否定するのだが、これではほぼ現行犯なので否応(いやおう)もない。

三人に手錠を掛けて身柄を確保した上で、早速捜索が開始されたが、室内にあったケースと押入れの中だけで証拠物件が山のように出てきた。電子秤(でんしはかり)二台、五センチ四方の色紙百五十枚、ビニール帯九十三本、ポリシーラー、スプーン五本、インシュリン用のプラスチック製注射器四十二本、パケ六十七袋。そしてまだパッケージされていない覚醒剤が三十一グラム、ヘロイン十二グラム。この段階で覚せい剤取締法第四十一条の二第一項「覚せい剤を、みだりに、所持し、譲り渡し、又は譲り受けた者は、十年以下の懲役に処する」と第二項「営利の目的で前項の罪を犯した者は、一年以上の有期懲役に処し、又は情状により一年以上の有期懲役及び五百万円以下の罰金に処する」は確定したも同然だ。

「現場写真とXチェック頼む」と鰍沢が言うと、それを合図に釣巻がいそいそとデジタルカメラを取り出した。証拠物件を発見した時点の状態に戻して次々と写真に収めていく。

次に釣巻が取り出したのは簡易鑑定用の試薬キットだ。Xチェッカーと呼ばれる物で、逮捕要件には含まれないものの誤認逮捕を防ぐ意味で半ばガサ入れ時のルーチンとなっている。

釣巻は押収したパケ袋の一つを抜き出すと開封し、匙で中身をすくって細長いゴム製試験管の中に投じた。手馴れた指捌きで動作に澱みがない。鼻唄混じりで実に愉しそうに試験管を扱う。

「はーい、こちら注目」と、拘束された三人に試験管を振って見せる。

「この試験管の中にあるガラス管、見えるよね。この中には透明のシモン試薬ってのが入ってて、覚醒剤と混合させると色が変わります」

そして試験管越しにガラス管を折った。中から溢れた透明液は白い結晶体に触れ、見る見るうちに青藍色に変わっていった。

「はい、終了。見事に色が変わりました。もちろん後で本鑑定に回すけど、この結晶は十中八九覚醒剤だからね」

「何か抗弁することはあるか。あるなら今聞いといてやる」

鰍沢が問いかけると、黒シャツが不貞腐れたように反応した。

「言っとくけど、これは俺たちのセカンドビジネスだからな。組とは何の関係もない」

「そうやって組を庇う気持ちは分かるがな。団体を名乗る以上、その構成員のしでかした不始末は団体の責任者である組長の罪になる。まあ覚悟しておくんだな」

「もう一ついいか。どうして、あいつはあんな風に平気なんだよ。ついさっきヘロイン十グラムを注射したばかりなんだぞ」

　その数量を耳にしてさすがに釣巻と熊ヶ根は顔色を変えたが、鰍沢は至極当然といった表情で「何だ、そんなことか」と答えた。

「俺たち麻取には、麻薬なんぞに負けて堪るかという鋼鉄の意志がある。それがある限りクスリなんかじゃ欠伸も出ないのさ。分かったか」

　麻薬取締官事務所には留置場がないので、麻布署の留置場に黒沢たち三人を送ることになった。釣巻と熊ヶ根に護送を任せると、鰍沢が今までの冷徹な表情をかなぐり捨てて、車中の七尾に駆け寄って来た。

「十グラムだと！　大丈夫かよ、おい」

「反応遅いねえ。第一、俺たちには麻薬なんかには負けない鋼鉄の意志があるんでしょ」

「あんなの方便に決まってるだろ。ヤー公相手に何をどう言えってんだ。それより本当に大丈夫なのか。いくらお前でも」

　七尾は苦笑しながら片手をひらひら振って見せた。

「それより消毒用のアルコールくれないかな」

　鰍沢はコンソール・ボックスから救急ケースを取り、中から薬用アルコールを差し出した。

　七尾はアルコールを含ませたティッシュを注射痕にあてがう。消毒していない針を刺すと痕に黴菌が残り、やがて赤黒い傷になる。麻薬常習者の腕に無数の注射痕が残っているのは、それが原因だ。

「こんな仕事だからね。腕に注射痕残したら後に差し支える」

「いや、だから注射痕じゃなくって、先にヘロインの方を心配しろよ。普通、逆だろうが！」

「おとり捜査官としてはとりあえず外見が最優先事項でね。うん？　待てよ。だったらジャンキーっぽくするのに注射痕残しておいた方が便利だったかな」

「……馬鹿に構って損した」

「これ、返しておくよ」

己の口に手を突っ込み、中から摘み出したのは義歯だった。鰍沢はハンカチでそれを受け取り、矯めつ眇めつする。

「しかし、こんなのに発信機が埋め込んであるとは夢にも思わなかっただろうな」

鰍沢は鼻を鳴らして公用車を出した。平日の午前四時。みぞれまみれの幹線道路はいつもより交通量が少ない。この分なら事務所までは十分足らずで到着するだろう。

覚醒剤は砒素のように体内に蓄積することはなく、成分そのものは数日のうちに体外へ排出される。麻薬全般が問題にされるのは、薬効以外に身体と精神に依存性をもたらすためだ。使用を中断すると嘔吐、筋肉痛、下痢や便秘などの不快な症状に陥るのが身体依存性。抑鬱、不安、焦燥に囚われるのが精神依存性だが、乱暴な言い方をしてしまえばこうした依存性さえなければ麻薬はただのクスリでしかない。

　そして、七尾は麻薬をただのクスリとして扱える特異な存在だった。

　関東信越地区麻薬取締官事務所は中目黒二丁目にある。東京都職員住宅と共済病院に挟まれた形だが、建物自体は目立つものではない。

一階の調査室と所長室を抜け、奥の階段に向かう。階段を上がれば情報官室、そして捜査第一課と二課の部屋が並んでいる。

　捜査第一課は、医療薬物の不正使用を防ぐために製薬会社や病院などに立入検査をして適切な助言を行う。第二課は、医療機関と協力して薬物乱用者の治療や社会復帰に助言を行う。そして情報官室は捜査部門の後方支援を担っている。七尾たちは一課に籍を置く取締官だった。

　部屋に入ると、暖気がむわっと全身を包み込んだ。だがヘロインの残滓のためか気温の変化を瞬時に知覚できない。

　見渡したが、まだ釣巻と熊ヶ根の姿はなかった。デスクワークをしていた杵田は、七尾の姿を認めると奥の課長室を無言で指差した。

「俺は報告書作っとくから。ほら、行って来い」

鰍沢に促されて部屋に入ると、篠田課長が正面を向いて待っていた。

「寒い中、ご苦労さん。何か温かいものは？」

「いえ。お構いなく」

「シャブ三十一グラムにヘロイン十二グラム押収。逮捕した三人を絞れば、まだまだ組の方からブツが引っ張れるでしょう。いつもながら見事なお手並みでした」

篠田は満足げに七尾を迎えたが、すぐに気遣う顔になった。

「しかし、ヘロイン十グラムを打たれたと報告を受けましたが……」

「ああ、後で診てもらいますが自覚症状はないので、多分大丈夫だと思います」

「お願いしますよ。関東信越地区のエースをおとり捜査のせいで失ったりしたら、上に合わせる顔がない」

篠田は鷹揚に笑って見せたが、屈託のない笑顔なので見ているこちらもつられて笑ってしまう。

麻薬取締官には薬剤師国家試験に合格して採用された技官と、国家公務員試験に合格して採用された事務官の二通りがある。篠田は事務官から課長になった人間だが、現場で働く取締官には相応の敬意を払う人間だった。公務員にはありがちな偏狭さや不遜さもなく、その意味では信じるに足る上司だと七尾は思っている。

「今回は麻布署も密かに追っていた事件でした。彼らの鼻をあかしたという言い方は嫌ですが、これでますます検挙率の差が広がったので組織再編論の抑止力になります」

「また、そんな話が出てるんですか」

「新政権の掲げたマニフェストが省庁再編による公務員数の削減。麻薬対策課もきっちり目をつけられてますが、小泉さんのお蔭で増えた人員を今更減らしたくない、というのはどこの省庁も同じでしょう」

七尾たち麻薬取締官は厚生労働省医薬食品局の麻薬対策課に所属している。ただ任務の内容が警察の薬物犯罪取締とかぶるため、過去には橋本行政改革で国家公安委員会の下に置かれ、警察組織に吸収される寸前までいったこともある。七尾のような一般職員は所属する部署の名称が変更になるだけで仕事が変わる訳ではないが、省庁本体や役職者には死活問題だろう。

「特に七尾究一郎の名前は警視庁のみならず関東一円の捜査員の耳にまで轟いているようだから」

「それはあくまで我々がおとり捜査を許された存在だからでしょうね。警察ではおとり捜査は違法行為なのだし」

「いや、それがなくともあなたの存在は警察にとって脅威ですよ。しかも彼らは宮條貢平という向こうのエースを失ったばかりだから、その思いは尚更でしょう」

その名前を聞いた刹那、胸がちくりと痛んだ。警察庁生活安全局所属、宮條貢平——人事交流で知己となったその男は長きに亘って七尾の良き協力者であり、それ以上に兄弟同様の交わりがあった。明け透けに言ってしまえば、自分が麻薬取締官として評価されている大部分は宮條から薫陶を受けたものだ。薬物犯罪への苛烈なまでの怒り、広範な知識、そして徹底した現場主義。その言葉にどれだけ心酔しただろう。知らぬ間に彼の喋り方を真似し始め、気がつけばプチ宮條などと揶揄されるようにもなった。彼の存在なくして今の自分は有り得なかっただろう。

その宮條も二ヶ月前に殉職してしまった。それも考えられる限り最悪の形で。正直、今回のおとり捜査で多少の無理をしたのも、宮條のいなくなった事実を忘れたかったという理由がある。

「お呼びしたのは、実はその宮條さん絡みでもあります。ヒートについては、今更わたしから説明するまでもないでしょう」

その通りだった。そもそもヒートの捜査は七尾の専管であり、宮條が命を落としたのもその事件に巻き込まれたからだ。

ヒート――それはドイツの製薬会社スタンバーグ社が局地戦用に開発した兵士のための向精神薬だった。薬剤が脳髄に達すると、人間の破壊衝動と攻撃本能を呼び起こし、どんな臆病者も人間兵器に変えてしまう悪魔のクスリ。そのサンプルが渋谷近辺の子供たちの手に渡り、子供同士の抗争が激化したのは数ヶ月前のことだ。

「所沢市で起きた事件については報告書を読みました。ヒートを製造していた研究所は灰燼に帰し、解毒剤のデータも焼失。本社は知らぬ存ぜぬの一点張り。この方面からの情報収集はもう不可能だと？」

「ええ。この先はどうせ外務省から要らぬ干渉が入る可能性が大かと思われます」

「渋谷の子供たちにヒートを売っていたのはMR（Medical Representatives）、つまり医薬情報担当者の仙道寛人である、という結論は納得できました。子供たちの証言もありますしね。では、仙道寛人の消息については？」

「杳として知れません。スタンバーグ社の関係者が一斉に雲隠れした時期と同じくして、消息を絶っています。個人的には口封じされたのではないかと思っているんですが」

するとと、篠田はゆるゆると首を横に振った。

「ひょっとしたら活動を再開したかも知れません。これは渋谷署から得た情報ですが、今年に入ってからまたヒートが市場に出回っているようなのです」

「何ですって」

「一昨日、渋谷の子供たちの溜まり場で乱闘事件がありました。よくあるチーム同士の抗争ですが、その巻き添えを食って無関係の少年がひどい重傷を負いました。そして加害者である少年に尿検査を施したところ、ヒートの成分が検出されたんです」

七尾は憮然(ぶぜん)として言葉を失う。しばらく忘れていた悪夢を久しぶりに見る思いだった。

「病院に担ぎ込まれた少年は脳挫傷(ざしょう)と内臓破裂で今も意識不明のままベッドの上です。この少年に限りません。まさかと思い警視庁に照会したら抗争絡みの死傷者は既に数件出ていました。放置しておけばヒートを介した抗争は続き、こうした犠牲者も確実に増えていくでしょう。それに、もう一つ気になる噂(うわさ)があります」

「まだあるんですか」

「そのヒートを暴力団が狙っている、というまことしやかな話です」

脳裏を不安がよぎった。

少年たちの行いも粗暴だが、本職のヤクザとは決定的な違いがある。すなわち銃刀類を所持しているかどうかだ。もしもヒートをキメた暴力団員同士が武器を手に戦闘を開始すれば、その死傷者の数は比較にならない。

「たかが子供たちの抗争でこれだけ手を焼いているのに、この上ヤクザが絡むとなると……

そうなれば、とても関東信越地区の人員では対処できません。いや、そもそも麻取の仕事ではなくなってしまう」

篠田は心持ち頭を垂れ、机の上で祈るように両手を組んだ。

見覚えのあるポーズだった。作戦立案、予算交渉、人心掌握に根回しと万事にそつのない篠田が、それでも万策尽きた時に見せる仕草だった。そして部内に聞く限り、この姿を目撃したのは自分だけらしいので、どうやら篠田は自分を頼みの綱としているらしい。

と、すれば、またぞろこの上司から無理難題を持ちかけられるのだろうが、それが不思議に心地よいのは篠田の掌握術に自分もからめ捕られている証拠か。

「で、課長。わたしがヒートの捜査を再開するとして何かプランはありますか？」

「任せますよ」

篠田は阿吽（あうん）の呼吸でそう答えた。

「現状、売人と目される仙道寛人の行方も分からず、購入者が毎回異なる不特定多数のため、ガサ入れはおろか張り込みの目処（めど）すら立ちません」

「ないない尽くしのまま部下に丸投げするおつもりですか？」

「もちろん情報官室には警視庁と連携を取りつつ、仙道寛人の行方を追跡させてます。しかし、わたしは我が一課のエースが彼らよりも早く情報を摑んで来ると睨（にら）んでいるんですけどね」

「買い被り過ぎです」

「それは過小評価です」

「言葉では敵いませんね……課長は人を動かすのが本当にお上手だ」

「だからこそ管理職をやっています」

苦笑いを残して部屋を退出しようとした時だった。

「ああ、もう一つ」と、背中に声を掛けられた。

「今回、例の得意技は封印してください」

「え？」

「ヒートは依存性も耐性もゼロに等しい、というのがウリのようですが、一部使用者の中には依存性どころか未だに体内にその成分を残し、廃人同様になった子供もいるそうですから」

2

篠田からの穏やかな指令を伝えると、鰍沢は露骨に顔をしかめた。

「渋谷のガキ相手となると、あれだけの人数だから内偵も厄介だな」

「それから、あの手法は使わんようにと釘を刺されたよ。ヒートは体内に蓄積する可能性もあるからって」

「今回じゃなくたって、俺は一度だって賛成してないからな。お前のあれは禁じ手だ。他の麻取に伝授できるもんじゃなし、鶴の恩返しみたいに、文字通り身を削って滅私奉公するようなもんだ」

「相変わらずアナクロな表現するねえ。せめて課長みたいに得意技とか言って欲しいものだけど」

　捜査一課は篠田課長を含めて八人構成だが、これだけの人員で関東信越地区全域の事案を担当している。政令で定められた麻薬取締官の定員は二百四十名。事務所総勢四十六名という数は割合を考慮すれば妥当だが、やはり人員不足の感は否めない。少数精鋭といえば聞こえはいいが、実態は適材の少なさにある。

　その中でも七尾は有能で、しかも稀有な人材だった。

「じゃあ、まず確実なネタ元から潰していきましょうか。渋谷署には、もう何人かヒートを使った子供が補導されてるんだったね」

　協議の結果、渋谷署には七尾と熊ヶ根が赴くことになった。相手は少年といえども暴力と恐喝に馴染んだヤクザ予備軍だ。熊ヶ根のような偉丈夫を前にすれば歪んだ唇も少しは滑らかに動くだろう。

渋谷署に到着するとすぐ生活安全課に通された。現れたのは鳥越将十五歳。一昨日、対立するチームの溜まり場に乱入し、その場に居合わせた少年三人と無関係者一人を半死半生の目に遭わせたのだという。

将はピアスだらけの顔にまだ幼さを残しており、傷害で捕まったというのに屈託のない様子だった。晒された腕には乱闘の過程で無数の傷が刻まれていたが注射の痕は一つきりしかない。

「へえ。麻薬取り締まりってポリだけじゃないんだ」

二人が身分を明かすと、将は興味深げに観察し始めた。

「えらく余裕あるじゃないか」

熊ヶ根が低い声で反応を確かめるが、将は一向に悪びれない。

「だあってよー。俺、何もしてねーから」

「何も？　都合四人に重軽傷負わせてるんだぞ」

「知らねーって。気がついたら手足血まみれでトラ箱の中にいたんだ。身に覚えのないことで反省なんかできるかっつーの」

「そうか」

熊ヶ根はそう言うと、歯を見せながら将に顔を近づけた。

「な、何だよ。気っ色悪りーな」

「どうやらよく記憶喪失になるみたいだな。だったら、これから何をされてもどうせ忘れちまうんだろうなあ」

熊ヶ根の指毛だらけの手が机上に置いてあった空き缶を握り締める。そして、ぐいと力を加えると缶は紙コップのようにひしゃげた。

潰された缶の下部には〈スチール缶〉の表示がある。将は目を剝いてそれを見た。

「あのさ、普段は二人ともヤクザ者しか相手にしてなくて、君みたいな子供の扱い方知らないんだ。特にこのお兄さんは、タバコ吸ってる未成年者を見かけただけで殴りかかる道徳心の持ち主だから。あまりツッパらない方がいいよ」

その言葉を受けて熊ヶ根が唇の端を吊り上げると、将はさっと顔色を変えた。

「じゃあ最初に聞くけど、記憶失う前に何かクスリ打ったよね。ここから否認しちゃ駄目だよ。尿検査の結果はもう出てるんだから」

「……ああ」

「仲間内でヒートと呼ばれているクスリだね」

「ああ」

「打った時、どんな感じがした？」

あの喫茶店のコーヒーはどんな味がした？——とでも訊ねるような口調だったが、答える側はそれで抵抗感を薄めたようだった。

「うーん……。まずさー、浮く感じっての？　身体からどんどん重さが消えてくんだよ」

「それから？」

「見ているものとか聞こえてるものが、いちいちはっきりしてくるんだ。対面のダチが着ている服の毛羽立ちとか心臓の音とか。何かさ、目も耳も鼻も研ぎ澄まされて野生動物になった、みたいな。その次に身体中にエネルギーが溜まっていく。目盛り付きの容器に水が入ってくような感じかな」

「まるでスーパーマンの気分？」

「ああ、そうそう。それ」

「相手のいる場所に乱入したことは憶えているかい」

「それがさー。あいつらの顔が血だらけになってくのは見えるんだけど、自分が何したかってなるとじぇんじぇん分かんねーんだよ。夢見てるみたいでさ。武器を持たされた憶えねーから、きっと素手だったと思うけど、殴ったら当然こっちの拳も痛いはずなのに触った感触すらねーの。で、ふうっと意識が遠のいたと思ったら、ここにいた」

将が丸腰で現場に現れたのは、被害に遭った少年たちの証言通りだ。それゆえに少年たちも油断していたのだが、彼らの姿を認めるなり、将は獣のように雄叫びを上げて襲いかかったらしい。

まず、わらわらと横から出た制止の手を弾き飛ばすと相手方のヘッドに飛びかかり、その顔面にいきなり頭突きを喰らわせた。大量の鼻血と衝撃でヘッドはすぐに戦意を喪失したのだが、将はその後頭部を片手で軽々と摑み上げコンクリートの壁に鼻骨の折れた顔を何度も何度も叩きつけた。

このままでは死んでしまうと判断した配下の二人が止めに入ったが、将は一人の目に親指を突っ込んで眼球を潰し、もう一人の耳を嚙み千切った。そして二人がのたうち回っている中、嚙み千切った耳朶を咥えたまま再びヘッドの頭を壁に叩きつけ始めた。

その様は完全に理性を失くした異常者であり、さすがの悪童たちも恐れおののいて逃げ出したらしい。

「あいつらが血だらけになっていく途中で止めようとは思わなかったのかね」

「だっからー。止めようとか、そういう気持ちが起きねーんだってば。まるでテレビや映画観てるみたいに向こう側の出来事なのさ。目には映るんだけど、頭の前の方でもっとやれもっとやれ、ここで止めたら逆にこっちが殺られるぞーって何かが叫んでるんだ」

　将はまるで他人事のように淡々と話し続ける。この自覚の欠如こそがまさにヒートの特徴だった。戦闘においては理性のない方が勝つ。その最中には恐怖も苦痛もなく、終わった後には後悔すらもない。戦闘員に一片の罪悪感も残さないという美点もある。そうした意味で、ヒートは局地戦用の向精神薬としてはこの上なく理想的なものだった。

「そのヒートだけど、君はヘッドからもらったのか」

「そーだよ。ツキショウ！　それだけは本当腹立つんだよなー。あの野郎、俺にはスピードだとか言って騙しやがったんだぜ」

「どうやってヘッドが入手したか、その経路を知らないか」

「買ったんじゃねーの？　あいつから」

「あいつって誰だい」

「グラサン掛けた売人。ヒート専門でさ、俺たちみたいなチームの溜まり場を見つけてはセールスするんだってよ。詳しいこと、俺らは知らねーよ。けどヘッドなら知ってるかもね」

　恐らくそれが仙道寛人だろう。彼からヒートを買い受けた少年たちの証言とも一致する。

「お前は本当に知らないのか」

　改めて熊ヶ根が凄んでみせると、将は震えるように首を振った。

「知ってたら言うって！　俺だって今度のことじゃ被害者なんだからよー」

　本当の被害者は今頃ベッドの上で唸っている少年たちなのだが、そのことにすら思い至らない自覚のなさに七尾たちは嘆息する。

　将にヒートを打ったヘッドの男も同じく渋谷署に留置されていた。名前は相庭亮二、十八歳。職業は溶接工という触れ込みだが、どうせ真面目に勤めてはいまい。チーム同士の抗争に火花を散らすのが精一杯だ。

　最初に年齢だけ聞いていたので、やはり将と同様に幼さの残る面立ちと思い込んでいたのだが、これは見事に外れた。

　将とは対照的と言っていいほど、亮二は垢抜けた表貌をしていた。きちんと剃られた髭、滑らかな肌、さらさらと軽そうな髪。着ている服も小ざっぱりとした上等な物だ。

　だが七尾はひと目見て、こいつは既に極道だと判断した。

　目が異様だった。真直ぐこちらを見ていながら、実は頭の後ろに視線を向けている。他人を絶対に信用しない人間の目であり、その目に人間は単なるモノとしか映らない。今まで逮捕してきたヤクザ者のほとんどがこういう目をしていたが、亮二は殊に顕著だった。

　こういう人間に緊張を和らげる世間話や見せかけの恫喝は何の役にも立たない。初めから緊張していないからだ。無駄を省くため七尾は早速本題に入ることにした。

「ヒートの売人とは、どうやって連絡を取った？」

「何ですか、いきなり。ヒート？　いったい何のことです」

亮二は不思議そうな顔で聞き返してきた。

「どんな容疑か知らないけど、僕は何も知りませんよ。鳥越って男は知ってますけど、渋谷でたまに顔を合わせる程度で友人でも何でもない」

熊ヶ根が眉の端を上げた。この男が類い稀なる道徳心の持ち主というのは誇張ではあるが嘘ではない。この場所が麻薬取締官事務所なら熊ヶ根の鎖を解いてもいいのだが、生憎ここは他省庁の管轄だ。要らぬ迷惑をかけて後の協力体制に支障が出るようになってもいけない。

七尾は熊ヶ根を手で制して前に出た。

「君は目の前の地雷を踏んで行く方か。それとも避けて行く方か」

「はあ？」

「ヒートは覚醒剤でも大麻でもないが、間違いなく麻薬取締法が適用される薬物だ。譲渡、所持、使用、売買、いずれも罪になる。しかし君は譲り受けたとはいえ、自ら使用した訳ではなく、所持していた期間も恐らく長期ではあるまい。初犯だとしたら情状酌量の余地は十分にある」

亮二は真意を確かめるように、七尾の顔を覗き込む。

「だが事情聴取の際、不必要に反抗的な態度を取ったり、捜査に協力の意思を示さない場合は当然、調書にその事実を明記しなきゃならない」

「なら、協力したら無罪放免になりますか？」

「そいつは無理だ。しかし少なくとも我が身を危険に晒す可能性は少なくなる」

「……どういう意味だ」

「君は鳥越を使って相手を叩きのめしたと悦に入っているだろうが、彼が潰したのは三人だ。まだ数名の残党がいる。今度はそいつらがヒートを買って、君に復讐しようとしたらどうだ？　病院でうんうん言ってる相手の隣には君が横たわるかも知れん」

　亮二の表情が次第に強張り始める。

「我々の目的は売人の確保だ。はっきり言って君のチームがどこのチームとやり合おうが全く興味はない。だが、あの売人を放置しておくと色んな方向に色んな形で飛び火する。地雷を踏むか避けるかというのは、そういう意味だ」

　そこで言葉を切ると、亮二は視線を床に定めて考え込んだ。情報を開示するメリットとデメリットを比較しているのだろうが、それを試みている時点で既に七尾に懐柔されたとは思ってもみないだろう。

　やがて持ち上げた顔は尻尾を巻いた犬の表情をしていた。

警察庁から照会してもらった仙道寛人の似顔絵を突き出すと、亮二は不承不承に頷(うなず)いてみせた。

「あいつとは連絡の取りようがない」

「往生際が良くないね」

「本当なんだよ。こっちが呼んだ訳じゃない。あいつの方から寄って来たんだ。こういうクスリがあるから買わないかって。ヒートの話は前々から噂で聞いていたから即決さ。その場で買ったよ」

「一グラム三千円。安い買い物だったね」

「三千円？　そりゃあ違う。グラム十万円だった」

「十万円。何かの間違いじゃないのか」

「カネ払った本人が言ってるんだ。間違えようがあるか。確かに去年まではあんたの言う通りグラム三千円だったらしいけど、今年になって急に値上がりした。今やシャブと同じ値段になってるよ」

七尾は熊ヶ根と顔を見合わせた。およそ三十三倍の値上がり――通常では考えられない上げ幅だ。言い換えれば、売り手側に尋常ならざる事情が発生した可能性が高い。

「ただ、それだけ値上がりしても需要は多いよ。誰にしたって十万円で相手チームを潰せるなら、こんなに安上がりな投資はないからな」

「しかしそれにしても、どうして君らのような子供にしか近づかないんだ。カネ払いなら、そこらのヤクザの方がずっといいだろうに」

「ああ、それはさすがに怖いって本人が言ってたな」

「怖い？」

「本チャンのヤクザにまで販路拡げたら、こっちの身が危ないって。まあ、見掛け普通のオッサンだったから、どっかの製薬会社に勤めてるリーマンだろうって当たりはつけてたんだけど」

「他のチームが彼と接触した話は知らないか」

「それは知らない。壊滅したチームと敵対していた奴らを捜すってのも手だろうな。ただささ、あいつに接触したチームに事情聴取したって得られる手掛かりは俺と同じようなもんだぜ。ブツのやり取りは対面だけど名前もヤサもケータイの番号も知らされない。これってさ、下手にネットを介した売買より跡が残らないんだよ」

「ヒートの価格急騰の件、どう思いますか？」

渋谷署を出てから、熊ヶ根がそう訊いてきた。

「スタンバーグ社はとっくに日本市場から撤退している。その際、日本支社の社員のほとんどが消息を絶っている。それなのに医薬情報担当者の仙道だけはまだ渋谷近辺に出没している。これは何らかの意図でスタンバーグ社がヒートのサンプル採取を継続しているか、さもなければ仙道が単独行動しているかだ。そこでヒートの価格急騰となると解答は自ずと明らかになるんじゃないか」

「仙道の資金稼ぎ……」

「恐らくはね。日本支社撤退の際、仙道は本社の捜索から逃れ果せた。元々、医薬情報担当者というのは外回りが主業務だから逃げやすいポジションにいた訳だ。ただ、身柄を拘束されなかったのは良しとしても収入源を失った。生活の糧を得るためには手元に残ったヒートを売るしかない。それもできるだけ高値で。局地戦用戦略兵器という性質を考えたら、グラム十万円という価格はむしろ割安だと思う人間は少なくないだろうね」

　七尾の推論を聞くと、熊ヶ根は合点のいった様子でしきりに頷いていた。七尾自身にも当たらずといえども遠からずの感触がある。

　だが七尾の懸念は別のところにあった。ヒートが高値で売買されることに特段の支障はない。理屈は需給バランスによる経済原理だからだ。

　問題は仙道がストックしているヒートがどれだけの量なのかという点だった。数十グラムか、それともキロ単位なのか。それによって今後の展開が大きく変わってくる。事の成り行き次第では、渋谷を中心としたヤクザどもの戦争にまで発展する可能性を秘めている。そうなれば弾き出される弾丸の数も流れる血の量もチーム同士の抗争とは比較にもならないだろう。ヒートの効能は嫌というほど知悉している。その兵器が暴力団同士の抗争に投下された場合、渋谷がいったいどんな様相を呈するのか。警察の締め付けで新宿が浄化された分、渋谷界隈は相当キナ臭くなっている。いったん戦端が開かれれば恐らく一般市民を巻き込まずにはおかないだろう。

その地獄絵図を想像し、七尾は怖気をふるった。

事務所に戻って鰍沢の作成した報告書に目を通していると、ビジネスホンが着信を告げた。

「はい、七尾です」

『外線です』

声の主は調査室の菅野だった。

麻薬取締官事務所に警察のような専用回線は設置されていない。外部からの電話はまず調査室が受電して各部署に振り分けられるようになっている。そして受電した際も決して組織名を名乗らない。電話の相手がこちらに探りを入れている可能性があるからだ。

「誰から？」

『男です。ヤマザキとしか名乗りません。七尾さんを出してくれって』

ヤマザキ。記憶の棚を検索しても出てこない名前だった。とりあえずは応対して様子を見るしかない。

「代わりました」

『七尾さん？』

「そうですが、あなたは？」

『ヤマザキ。ヤマザキタケミという者です』

「そのヤマザキさんがわたしに何の用でしょうか」

『ヒートについて相談したいことがあります』

思わず受話器を握る手に力が入った。

「あなたは何者なんだ」

『そりゃ勘弁してくださいよ。電話で詳しく話せる内容じゃないし、聞いても多分信用してくれそうにない』

もったいぶった物言いだがハッタリではなさそうだ。長年、情報提供者からの言葉を聞いていると、口調だけで情報の信憑性（しんぴょうせい）を推量できるようになる。

「会えますか」

『そのためにお誘いしている。どうせ事務所の近くまで来ているから、場所を指定されたら伺いますよ』

面会場所を振ってきたのはこちら側に主導権を持たせて安心させたいがためだ。つまり、それほどまでに先方の事情が逼迫(ひっぱく)している事実を示している。

会って損はない――。そう判断した七尾は最寄の喫茶店を指定して事務所を出た。

待ち合わせ場所に現れた男はどこから見ても普通の中年サラリーマンだったが、差し出された名刺には真逆の肩書が刷られていた。

宏龍会(こうりゅうかい)渉外委員長　山崎岳海

宏龍会は首都圏を根城とする広域指定暴力団だ。そして渉外委員長といえば抗争中の組織との交渉役を意味する。当然その役職には組のナンバー3あたりが任命されると聞いているが――。

七尾の正面に座る山崎にヤクザ者の印象は欠片(かけら)も窺(うかが)えない。歳は三十代後半で中肉中背、白いシャツに地味なネクタイをきちんと締め、コーヒーを静かに啜(すす)っている。丸みを帯びた顔は、笑えばずいぶん人懐っこく見えるだろう。髪の薄くなり始めた頭頂部もご愛嬌だ。

「この名刺、本物ですか」と、思わず訊いた。

「部外者にはよく言われますがね。本物ですよ。まあ今日び、ヤクザでございますなんてご面相や身なりじゃ仕事がしにくくって。お上からも、やれ代紋外せバッジつけるなとうるさいし」

七尾は山崎の目を見た。穏やかで光の乏しい瞳。だが、相対していると奥に熾火のように暗い光源があるのが分かる。少なくとも、くたびれたサラリーマンの目ではない。

「ヒートについて相談したいということですが、その前に訊いておきたいな。どうしてわたしの名前をご存じなのですか。誰から聞きましたか」

山崎の顔には何の動揺もない。

「警察も麻取の皆さんも情報収集のプロだろうけど、自分のことについてはあまりご存じじゃないようで。麻取の七尾さんってのはあたしらの世界じゃ有名人なんですよ。だから名指しで連絡した訳で」

「……光栄なことで」

「ウチに限らず、どこの組でもシャブの売り上げは収入源の一つだから、当然取り締まる側の情報を集める。七尾さんの動向は逐一チェックされてますよ。今日、渋谷署に出向いたのは相庭の小僧に会いに行ったんでしょ。相庭が例のグラサンからヒートを買って騒ぎを起こしたのは知ってましたから、ああ七尾さんがヒートを追っているんだな、と」

「大した情報網だ」

「そりゃあ人数が違いますもの。関東信越地区の麻取は全員集めても四十六人。こっちは準構成員だけでその十倍、しかも真っ当な人間なら絶対に歩かないような道でネタを仕入れてる。ネタの多さと正確さが評価の全てだから、一日幾らの公務員さんの頑張り方とはひと味もふた味も違う」

「そうか。わたしを追ってたんじゃなく、ヒートを追っていたんだな」

「ご明察で」

「やっと本題に入れる訳だ。話の流れだと宏龍会もヒートには関心があるようだけど、ヤクのメニューを充実させようとでもしているのかな」

「やっぱり、そう考えますか。まあ、最近は若いのも鉄砲玉になりたがらないヤツがほとんどだから、大掛かりな抗争があればヒートの需要もあるでしょうけど……その用途はしばらくないでしょうね」

「どうして」

「もう、組同士が出入りだチャカだと騒ぐ時代じゃないんですよ。これだけ対暴力団の法律が厳罰化されたら、戦に勝っても負けても割に合わない。抗争の度に締め付けがキツくなっていきますしね。兵隊も無駄に消費できない。今は、多少いがみ合っても共存共栄の道を探っていこうって風潮です。だから抗争事件は発生しにくい。ヒートの需要もない」

「じゃあ、何故ヒートを追っているんですか」

「七尾さんたちと同じ目的ですよ。ヒートを市場から排除し且つ売人を確保すること」

「何だって」

「実際、ヒートの存在は迷惑なんですよ」

山崎はカップの底に残ったコーヒーを啜ると、ひどく不味そうに顔を顰めた。

「理由は二つ。まず、先ほど極道同士はもう戦争しないと説明しましたが、外国人は別です。今年に入ってから中国人がヒートの売人を捜しているという情報が飛び込んできました」

「チャイニーズ・マフィア、か」

「あいつらには協定も仁義も通用しない。もしあいつらがヒートを入手したら、まず間違いなくウチにヒートをキめた鉄砲玉を送り込むでしょう。新宿でもあいつらとは相当やらかしましたからね。そうなれば、さすがに面子と覇権をかけて大戦争です。ヒト、モノ、カネ、全てが湯水のように消費される」

「だから相手が入手する前に先手を打つ、か。じゃあ、もう一つは？」

「ヒートが介在する暴力事件は結構多くて、中には警察が摑みきれてないものもある。これも新聞沙汰にはならなかったけど、ヒートで理性の吹っ飛んだ子供が街の不良どもを半殺しにした事件があって、その中の一人がウチのオヤジの末子だった。と、なると後の展開は理解してもらえるでしょう」

「ええ、理解しました。だがわたしに宏龍会の事情を説明した理由がまだ分からない」

「先ほど説明した通り、あたしらの情報網は自慢できる。ただ、あいつらは情報屋に特化しているし結局は訓練された集団じゃないから、買い付けた子供たちや売人を追跡したり確保するのは難しい。今までだって何度も失敗した。一方、麻取さんは少数で当然カタギの人たちだから情報量は少ない。しかし協力体制の整った警察と合わせると機動力は抜群だ。それに科学捜査という、あたしたちには手も足も出ない知識と技術もある」

「まさか」

「お察しがいい。七尾さん。ヒート売人の捜索について、あたしと手を組みませんか？」

七尾はしばらく値踏みをするように山崎を見た。

「それ、本気で言ってるんですか」

「ヤクザが麻取さん相手に、こんな冗談言えますかね」

「冗談にしたってタチが悪い。そんな話、聞いたら大抵の人間は笑い出す」

「グッド・アイデアというのは、最初に聞いた時には大抵笑い話ですよ。誰も考えつかないし、考えても実現不能で済ませちゃいますから」

「当然でしょう。普段は敵同士なのだから」

「だが呉越同舟って言葉もある。政治の世界だって連立政権てのがあるじゃないですか。賢い人というのは大同の前には小異を捨てるものですよ」

「こんなもの、小異とは言わない」

「大同であることは間違いないでしょう。取り締まる七尾さんの側にしたってヒートが出回る可能性と現状維持を比較すれば答えは明らかだ。普通のヤクは本人を蝕むだけだが、ヒートは大勢の人を巻き添えにする。まあ、兵器として開発されたクスリなんだから、それは当たり前なんでしょうが」

「ちょっと待った。そちらはヒートについてどこまで知っていますか？」

「ドイツの製薬会社、スタンバーグ社が局地戦用に作ったモノでしょ。売人が仙道寛人という男だと分かれば、後は早かったですね。渋谷の子供たちを実験台に改良を進めていたけど、その中の特別仕様だったヤツが強力な代物だったせいで都内でえらく派手な事件が起きた……入手している情報は、まあこの程度です」

七尾は舌を巻いた。内容は七尾たち麻薬取締部が把握しているものと大差ない。そればかりか、山崎の余裕ありげな表情を見ていると叩けばもっと詳細な情報が出てきそうな気がする。宏龍会の情報網がなかなか侮れないのは事実のようだ。

しかし、だからといってこんな話に迂闊に乗っていいはずはない。

「その馬鹿げた話、宏龍会では公認なんですか」

「公認も何も、オヤジの要請を受けて渉外委員長のあたしが直接お会いしてるんですから。その辺りは信用して欲しいものです」

ヤクザの口から信用という言葉を聞くのは妙な気分だった。

「興味深い申し出ではありますね。しかし、やはりわたしの組織と山崎さんの組織が相互協力するというのは無理がある。この一件が癒着の根源にならないとも限らない」

「警察とあたしたちが、ある部分では密接な関係にあることはご存じでしょう。ヤクザの世界にはヤクザしか知り得ない情報がある」

蛇の道は蛇か、と七尾は内心で呟く。

「善良な市民の生命と財産を護るため、お巡りさんはガサ入れの情報と引き換えにもっと重要な情報を手に入れる。風俗やら遊技場やらの秩序を守るために奔走された方は、あたしたちの用意したポストに天下っていただく。それは癒着と言いません。取引と言います」

程度の違いはあるが、麻取も街から情報をすくい上げる時には売人やヤクザを使うことがある。だが、山崎の話すような交換条件がある訳ではない。いや、少なくとも七尾自身はそういう取引をしたことがなかった。

「警察がそうだからといって、麻取がそうだとは限らないですよ」

「同じ公務員でしょう。お仲間の多くは大抵、退職後の安定を欲しているはずです。だから、この職に就かれたのじゃないんですか」

公務員を愚弄する響きは、どこか民間のサラリーマンを彷彿させる。喋っている山崎がそういう風体だから尚更だ。不景気になると公務員は誰からでもやっかまれるようだ、と七尾は苦笑する。

「会長のお子さんがヒートの巻き添えを食ったことには同情しますが、わたしたちは私怨では動かない。折角の申し出ですが、この話はなかったことにしましょう」

コーヒーに口を付けることもないまま、七尾は腰を浮かせた。

山崎は相変わらず涼しい顔で七尾を見ている。

「分かりました。どうもご足労をおかけしまして」

「意外にあっさりですね。やはり冷やかしでしたか」

「いいえ。藪から棒にこんな話を持ち出されたら誰だって面食らいますよ。いったん断られるのは織り込み済みです。それが真っ当なお役人さんです。逆に最初から飛びつくような方だったら、あたしの方で躊躇したでしょうな」

「何度、同じ話をしても一緒ですよ」

「いや、いずれあなたはもう一度、あたしの対面に座ってグラスをかちんと鳴らすことになります」

「ずいぶんと自信たっぷりのようですが？」

「あたしの唯一の取り得は人を見ることでしてね。強面も腕っぷしもない人間がこの世界で生きていくためには、こういう才能が必要になってくるんです。あなたを見ていたら、ある人を不意に思い出した。警察庁生活安全局の宮條貢平って刑事さんでした」

七尾はその名前を聞いて立ち止まった。

「ばりばりのキャリア組だってのに、先頭きって現場に現れ、鬼神のように暴れ回る。警察じゃあ禁止されてるはずのおとり捜査もお構いなし、事件一つ立件させるためなら排水口にだって鼻を突っ込んでみせた。七尾さんはその宮條って人と同じ目をしているんですよ」

3

別れた後も、山崎の貧相な顔が脳裏にこびりついていた。

突拍子もない話は常識的な話よりもずっと人を惹きつける。予想外の成功を匂わせるせいだろう。だが、その匂いの元には常に危うさが付き纏う。

あの山崎という男は餌のちらつかせ方が堂に入っている。毛細血管のように街中に張り巡らされた彼らの情報網は、確かに魅力的だった。麻薬取締官が個人的に使っている情報源とは比べものにならないだろう。頷きそうになる顎を押し留めたのは、咄嗟に篠田の顔が浮かんだからだった。

上司を上手く使え。なるべく自分の自由裁量で動き、責任だけは上司に取らせる。それが組織を快適に泳ぎ回るコツだ——。そう教えてくれたのは宮條だった。そのためには報告だけは絶えずすること、実績を挙げて上司から頼られることが条件になる。上司に責任を取らせることには何の痛痒も感じなかった。責任を取ることこそが彼らの高給の理由だからだ。

自分が山崎の話に乗るかも知れないと危惧した時、真っ先に思いついたのは篠田を巻き込むことだった。篠田には清濁併せ呑むような懐の深さがある一方、危険を素早く察知する勘の良さも持ち合わせている。自分が何かの弾みで暴走した時のブレーキになってくれるのではないかという期待もあった。

夜の帳が下り始め、街はますます凍てついていた。事務所に戻るなり課長室に飛び込むと、有難いことに篠田は温かい缶コーヒーを用意してくれていた。二度も外出して身体が冷えていたので、今度は遠慮しなかった。

「ここに直行したということは、なかなか実りある会談だったということですか」

そこまで予想していたのはさすがに篠田だった。

説明を聞く間、篠田は話の端々で眉間に皺を寄せたが、腰を折ることもなく黙っていた。

七尾がひと通り話し終えると、迷惑そうな顔をしてみせた。ただし、この上司は思っていることをそのまま顔に出すようなお人よしでもない。

「悩ましいお誘いでしたね……。それで、向こうからあからさまな要求はなかったんですか？」

「ええ。だからこそ警戒したんですがね」

「タダより高価いものはなし、か。七尾さんに考えられる彼らの見返りは？」

「まあ、ヒートを追跡している間は既存の麻薬ルートについては目を瞑れとか、情報提供をネタに今後の捜査に手を加えろとか、考えつくのはそのくらいですね」

「食いつく価値があると思いますか」

「価値も何も、無視すればいいだけの話です」

七尾はわざと無責任な物言いをした。部下が無責任な分、上司は後始末の方法まで考えざるを得ない――そして自分から首を突っ込むよりは巻き込まれたという体裁の方が、責任を取らされる時の受けがいい。

　七尾から仕掛けた三文芝居だったが、それを承知しているはずの篠田もすぐには乗ってこなかった。

「ヒートの一件が片付いたら知らぬ存ぜぬを貫き通す……。可能だと思いますか。ああいう輩（やから）の狡猾（こうかつ）さ執拗（しつよう）さはあなたも知っているでしょう」

「狡猾さも執拗さも、こちらに隙（すき）があればこその手段ですよ」

「初めから、自分に隙のあることを吹聴（ふいちょう）するような人間はいません」

　篠田は祈るように両手を組んだ。

「あなたのことは信用しています。しかし、自分の部下を進んで虎穴（こけつ）に放り込むような真似はできませんね。ただ……」

「ただ？」

「非常に気になる点があります。もしチャイニーズ・マフィアがヒートを入手したら、という件です」

　七尾自身はしばらくしてからその可能性に気づいたのだが、聞き終わるなり瞬時に指摘した篠田は、さすがにリスク・マネジメントに秀でている。

「きっと、山崎という男も敢（あ）えて触れなかったのでしょうが、チャイニーズ・マフィアに限らず、もしヒートがどこかのヤクザに渡ったら、今よりもっと物騒になる」

　いくぶん沈静化したとはいえ、新宿をはじめとした都心は現在でも火薬庫と同様だ。本来なら西の広域暴力団が地元の暴力団と小競り合いをするだけのはずが、周辺の中堅組織や中国以下各国のマフィアが流入したために、さながら群雄割拠の様相を呈している。ヒト・モノ・カネが以前ほど潤沢でない現状では、どこの組でも戦争は回避したいが、ひとたび戦争が起これば覇権を奪いに我も我もと火の中に飛び込んで来る。警察の取締強化の陰で彼らは息を潜めているが、言い換えれば一触即発の緊張状態にある。

　ヒートはその火種になりかねないのだ。

「相手の申し出は完全に断ったのですか」

「断りましたが、向こうはそう捉えていないようでした。何やら含みを持たせていましたね」

　篠田は七尾の思惑を全て見越したかのように薄笑いを浮かべた。

「しばらくは彼らの動向を見守る傍ら、わたしたちなりの捜査を進めましょう……。ああ、それから」

　七尾は腰を上げかけて、とめた。

「ついさっき、エス（情報提供者）の一人からヒートの取引について情報を得ました。本日二十一時、場所は江戸川区浦安橋のたもとにある資材倉庫」

二十一時まではあと二時間もない。

詳細は鰍沢から聞くことにし、七尾は飲みかけのコーヒーもそのままに部屋を飛び出した。


七尾が乗り込むのを待って、鰍沢はクルマを発車させた。辺りはもう真っ暗だ。

「釣巻と熊ヶ根は？」

「先に行って待機している」

「エスは誰だい」

「辻村（つじむら）だ」

お互いのエスについては同じチームでも詳細は知らされていない。辻村は鰍沢の飼っているエスで、以前は暴力団の準構成員だったが、鰍沢に挙げられたのを契機に情報を流してくれるようになったらしい。

「そいつの後輩で曽我（そが）という子供がチームの頭をやっているんだが、二日前にヒートを扱っているという男からケータイに連絡が入った。アンプル二本分のヒートならすぐに渡せるという内容だ」

その受け渡し現場が今から向かう資材倉庫なのだという。

「資材倉庫といっても、持ち主は二ヶ月前に夜逃げして中身は廃材しか置いてない」

「待てよ。それじゃあ電気は切られているのか」

「悪ガキたちが発電機とスポットライトを持ち込んで溜まり場にしている」

それを聞いて、七尾は緊張を少しだけ緩めた。ストリート・ギャングを気取っていても、やっていることは小学校低学年が秘密基地を作っているのと大差はない。だが一方で、ヤクザを相手にするのとは別の注意が必要なことを思い出して気を取り直した。気分は小学校低学年の子供が違法なドラッグや殺傷能力のある凶器を玩具のように扱っているのだ。考えようによっては、こちらの方が数段危険ともいえる。

目的の倉庫に到着したのは二十時を少し回った頃だった。乏しい明かりの中建物のうらぶれた様子は五十メートル先からでも分かる。部分的に欠落した看板、生い茂る雑草、そして錆びついた壁。その中には拗ねた目をした子供たちがたむろしているはずだった。

「鰍沢だ。今、到着した」

鰍沢が携帯電話で先鋒の釣巻と連絡を取る。

釣巻と熊ヶ根を乗せたクルマは倉庫を挟んだ反対側の駐車場に駐まっていた。もちろん、気配を隠すためにエンジンとライトを消している。

「――了解。売人が倉庫の中に消えたら降車して接近する」

通話を終えると、鰍沢もエンジンを切った。「入口は一つしかない。見張るには好都合だな」

黒いボディの公用車はすぐ闇の中に溶け、車内の暖房が徐々に掻き消えていく。吐く息が白くなるのに五分も要しなかった。七尾と鰍沢はジャケットの襟を立てて、腰を極端に浅くずらした。これから取引が行われる二十一時までは張り込みだ。ひたすら暗闇の中で己の存在を消して、その時を待ち続けなければならない。

「ほい」鰍沢が飴玉を一つ差し出した。

「どうも」と、七尾が口に放り込む。

夏場なら閉め切った車内はサウナ風呂のようになり、冬場は冬場で暖房を切ってじっとしていると途端に身体が凍え始める。せめてもの抵抗に手足を動かしたいが、気配を消すために車中での動きは最小限にしなければならない。

しんしんと迫る寒気に縮こまりながら近づく騒音に見上げれば、東西線の電車が橋を渡ろうとしていた。あの車両には暖かな我が家に急ぐサラリーマンたちがいて、平穏な一日を終えようとしている。それなのに、その真下ではこれから闇に紛れて違法ドラッグの取引をしようとする者と、それを検挙しようと息を殺して身を潜める者がいる。この日常と非日常の境界線はいったいどこにあるのだろうと、七尾は思いを巡らせる。

「さっき、篠田課長とどんな話をした？」

世間話でもするように鰍沢が訊いてきた。どこまで話していいものか、七尾は少しの間迷う。

「俺たちにも内密の話なら別に……」

「いや、そんな種類の話じゃない」

七尾は凡そを説明した。同じ仕事をしている人間だから、それだけで理解は可能だ。だが篠田との会話は腹の探りあいといった一面もあり、ここでは自分の発言だけを取り上げるに留めた。

「そいつはまた、危なっかしい話だな」

「うん。課長は虎穴という言い方をしたからね。つまり、その中には虎子が眠っているという意味さ」

「おい。何を考えてる」

「おとり捜査を含めて結構危なっかしいことは既に経験済みだからね。ヒートを叩くためにはそれよりも危ない橋を渡らなきゃならないかも知れない。課長はそう思ってるよ」

鰍沢は警戒心も露わに首を捻る。

「あのな、毒を喰らわば皿までなんて言葉があるが、お前はいつもいつもテーブルまで喰らおうとしてるぞ」

「今度のは食堂まで喰らえという話かもね」

「ふざけるな。お前の特殊な能力についちゃあ皆一目置いてるが、それにしたってヤクザと共同戦線張るなんて無鉄砲過ぎる」

「課長を含めて一課の人間は皆薄々気づいていると思うけど、ヒートはただの麻薬じゃなくて兵器だ。恐らくは開発者の意図通りにね」

　鰍沢は言葉に詰まった。

「ヒートがヤクザと各国マフィアの戦争の引き金になる可能性は決して小さくない。課長が虎穴に部下を放り込むかどうか悩むのも仕方ないとは思うよ」

　鰍沢は不機嫌そうな顔をして黙り込み、それきり反駁しようとしなかった。

　腕時計は二十時五十分を指した。

　寒気が一層鋭さを増して露出した肌を刺す。

　そして変化が起きた。

　倉庫の前に一台のクルマが停まった。

　闇に慣れた目に三人の子供が出てくるのが映った。先頭の一人が懐中電灯を手に倉庫のドアを開ける。

やがて倉庫の窓に明かりが洩(も)れた。

七尾と鰍沢の間に緊張が走る。買い手は現れた。後は売人の到着を待つばかりだ。二人は視線を入口に固定して待ち続けた。

だが五分経ち、十分が過ぎても新たな訪問者は現れない。

「二十一時を過ぎた」

鰍沢が呟く。

更に十分が経過した。

「妙だな」

鰍沢は携帯電話で釣巻を呼び出す。

「子供たちの後に入った奴を見かけたか？　いや、こっちも見ていない」

言葉の端にわずかな焦りが聞き取れる。麻薬捜査の要諦(ようてい)は現行犯逮捕だ。ガサ入れで踏み込んだ時点で麻薬吸引、もしくは所持の事実がなければ容疑者を検挙できない。だからこそ、踏み込むタイミングが全てを決する。

「取引が流れたのか……？」

七尾も同じことを考えたその時だった。

倉庫の中から叫び声が上がった。

動いた——。

「降車！」

鰍沢の号令で四人の取締官がドアに向かって駆け出した。

先頭になった鰍沢がドアノブに手を掛ける。幸いにも鍵は掛かっておらず、ドアは軋（きし）みながらも口を開いた。倉庫の中に突入すると、鉄とグリスの臭いが鼻孔に飛び込んできた。

「麻取だ。全員、動くな！」

鰍沢は高らかに声を上げ——そして凍りついた。

闇に包まれた中、工事用ライトに照射された部分だけが眩（まぶ）しく浮かび上がっている。

その中心に少年が立っていた。あろうことかスチール棚を頭上高く掲げて。

「た、助けて」と、洩らしたのは床に腰を落とした少年だった。

スチール棚を掲げた少年は短髪と眉毛を赤く染めていた。その視線がぎろりと取締官たちに移動する。

四人はその視線に射貫（いぬ）かれたように立ち竦（すく）む。

常人の目ではなかった。

殺戮（さつりく）者の目だった。

赤髪の少年はひと声天井に向かって雄叫びを上げると、掲げていたスチール棚を四人に向けて放り投げた。四人との間には四メートル以上の距離があったにも拘わらず、スチール棚は先頭の鰍沢の足元にまで飛んできた。

　どうやら腕力も常人を超えているようだった。

　自分の出番だろうとばかり、熊ヶ根が前に進み出る。身長百八十六センチ体重九十五キロの体軀は、赤髪の少年には仁王様のように思えるはずだ。

　だが、予想外のことが起きた。赤髪は床を蹴ると、熊ヶ根に向かって突進してきたのだ。熊ヶ根は咄嗟に身構えたが、赤髪の動きの方が速かった。身を屈め、熊ヶ根の脛に鋭い蹴りを入れた。

「ぐうっ」

　熊ヶ根はひと言呻くと前方に倒れた。素早く体勢を整えた赤髪が、無防備になった後頭部目がけて両拳を振りかぶった。

「確保！」

　鰍沢が命ずるより早く、七尾が赤髪の後方に回り込んで羽交い絞めにする。急所を押さえているので、理屈ではもう身動きが取れないはずだった。

　ところが赤髪は内股で自分と七尾の足を絡めると、その足を思い切り上げて後ろに倒れてきた。七尾は堪らず床に倒れ、赤髪はその腹にエルボーを見舞う。この華奢な身体のどこにそんな力があるのか。赤髪の肘が七尾の腹を深く抉り、一瞬七尾は息ができなくなった。

七尾の縛めが解けると、赤髪はバネ仕掛けの人形のように飛び起き、散乱した床の上から棒状のものを摑み上げた。

鉄パイプだった。

長さは二メートルほど。相当な重さのはずだが、赤髪は軽々と振り回し始めた。唇の端が吊り上がっている。

シャブを打って中枢神経を異常に興奮させた被疑者が、時折思いもよらない怪力で抵抗することがある。だが、この赤髪の行動はそれらを遥かに上回るものだった。人間兵器、という単語が思い浮かんだ。

気がつくと釣巻の姿が消えていた。

あの臆病者め、どこに逃げやがった。

鰍沢が無言のうちに特殊警棒を取り出した。特殊警棒は警察官と同様、麻薬取締官に携帯が許可されている伸縮自在の鉄製の武器で、軽量だが相当な威力を秘めている。

熊ヶ根を挟む形で七尾と鰍沢は左右に散開した。まさか子供一人に大の大人三人がこれほど手こずるとは考えもしなかった。

赤髪は何の迷いも見せずに熊ヶ根に向かって来た。真上から振り上げられた鉄パイプを熊ヶ根は両手で捕らえる、が、その瞬間にみしりと嫌な音が聞こえた。熊ヶ根の顔が痛みに歪む。

鰍沢の左腕が後ろから赤髪の首に回る。右腕を交差させて締め上げると、さすがに赤髪の動きが鈍った。その手から鉄パイプが落ちる。

「床に倒せ！」

七尾の声に呼応して鰍沢が赤髪の身体を引く。すると赤髪は頭をがくんと倒したかと思うとその反動を利用して後頭部を振った。

鰍沢の鼻梁（びりょう）が歪（いびつ）な形になり、血を噴いた。

赤髪は難なく縛めを解き、再び熊ヶ根に突進した。熊ヶ根は負傷したらしい左掌（てのひら）をぶらんと下げて、手招きする。

「来いよ、ガキ」

赤髪は赤い舌をちろちろと覗かせながら熊ヶ根に躍りかかる。ヒートの薬効がどこまで人の神経を侵しているのか定かではないが、判断に翳（かげ）りや遅れはない。赤髪の両手は正確に熊ヶ根の首を捕らえ、体重の力を借りて一気に絞め始めた。

見る間に熊ヶ根の顔が紅潮していく。渾身（こんしん）の力で赤髪の腕を振り解（ほど）こうとするが、比較にもならないような細い腕が微動だにしない。

悪い夢を見ているようだった。

七尾は赤髪の背中に飛び乗り、顎を相手の後頭部に密着させたまま逆にその頸動脈を襟で締め上げる。柔道の絞め技だ。普通なら十秒足らずで相手は失神するはずだった。だが赤髪は右手だけを後ろに回すと、七尾の髪を鷲摑みにして力任せに引き剝がした。ぶちぶちと音を立てて髪が千切れ、七尾の身体は容易く床に転がる。自分の非力さが到底信じられなかった。

赤髪は、もう熊ヶ根しか見ていなかった。薄笑いを浮かべながらぐいぐいと両手をその首に沈ませていく。熊ヶ根は右の拳で何度も赤髪の顔を殴りつけるが、赤髪は鼻血を噴こうが顔の形が変わろうが、お構いなしに絞め続ける。

やがて熊ヶ根の抵抗が弱くなった時だった。

「七尾さん。そいつを押さえてて！」

訳も分からず赤髪に馬乗りになると、視界の端から特殊警棒が飛んできた。

警棒が赤髪の右肘に命中し、赤髪はその腕を熊ヶ根の首から外した。

続く第二打は赤髪の足首に落ちた。

ぐし、とこれも嫌な音を立てて赤髪の足が跳ね上がった。

熊ヶ根がふらつきながら立ち上がると、つられて赤髪の身体も持ち上がる。立とうとするが、粉砕された足首で体重を支えきることはできず、また床に倒れ伏した。

その間隙(かんげき)を見逃さず、七尾と鰍沢が両手両足に手錠を嵌(は)める。赤髪は芋虫のように身を捩(よじ)るが、今度ばかりは縛めを解くことは叶わない。

その背後で釣巻が荒い息をしていた。

「大丈夫っすかあ、熊ヶ根さん」

覗き込んだ釣巻に熊ヶ根は空咳(からぜき)で応える。

「……遅いんだよ。あと五秒遅れてたら、俺の方が落ちてた」

「勘弁してよ。気づかれずに真後ろまで回り込むの大変だったんだから。それに熊ヶ根さんなら頭の脳が意識を失っても、すぐに腰の第二脳が目を覚ましますって」

「俺は恐竜かよ」

その時、七尾の視界の隅に倒れている少年の背中が映った。

「起きろ、曽我」

鰍沢に揺さぶられた少年がゆっくりと両目を開いた。普段はチームの頭を名乗っていても、今はただの子供の顔をしていた。

「どうやらもう一人のお仲間は相当に逃げ足が速かったようだな。たっぷりと訊きたいことがあるから、夜明けまで付き合ってもらうぞ」

鼻をハンカチで押さえながらの恫喝は迫力に欠けたが、それでも曽我は大人しく従った。

4

翌日、七尾が課長室に入ると篠田は苦虫を嚙み潰したような顔をしていた。

「昨夜はご苦労様でした」と、口を開いたが、目は非難の色に染まっている。無論、七尾一人が責を負うものではないが、出動した四人の取締官のうち二人までが負傷したとなれば、その矛先（ほこさき）がほとんど無傷の者に向けられるのは致し方ないことだった。

「怪我をした二人はどうしましたか」

「熊ヶ根は掌を骨折して全治二週間、鰍沢は鼻の形を治しに形成外科へ入院しました。前より高い鼻にするんだと意気込んでましたけどね」

「空元気も元気のうちですが……つまり二週間は二人とも戦線離脱という訳ですね」

　残された七尾と釣巻、そして杵田だけでは心許（こころもと）ない、とまでは言わないが機動力に不足が生じる——篠田の顔がそう語っていた。

「しかし、そうなると払った犠牲の割に得たものは少なかった」

　それを言われると七尾は神妙にならざるを得ない。あの後、曽我を事務所に引っ張ってきて散々絞り上げたのだが、その口からこぼれた情報は呆れるほどわずかで、しかもあまり役に立たなかった。

「ブツの受け取り時間が正確ではなかった？」

「というより、売人の方が上手でした。曽我たちと一旦日時を約束した後、それよりも二時間前に現場に現金を置いておくように指示したんです。先払いに不平を唱えると、あんな廃倉庫にやって来る奴なんていないだろう、それが嫌なら取引はお流れだ、と。渋々曽我が現金を置いておくとすぐにブツと交換し、最初の約束時間に曽我たちが戻ったら指定された場所にヒートがあった。情報が洩れることを見越して裏をかいたんですよ」

「いきなり大立ち回りになった経緯は」

「ヒートの受け渡しが確実になると、曽我は敵対しているチームに即日攻勢をかけようと手下の人間を騙し鉄砲玉に仕立てようとしたんです。ところが、手下が売人の忠告を忘れてその場でアンプル二本を一遍に注射してしまったものだから……」

「つまりは、その曽我という少年も売人に直接接触した訳ではない、と。連絡に使用されたケータイからの情報は？」

「通話記録から相手先の電話番号は分かりましたが、既に使用停止の状態です。電話会社に番号を照会してみましたがプリペイドらしく登録者は不明です。恐らく山のようにケータイを持ち歩いているんでしょう」

　篠田は嘆息した後、あまり気のない様子で、

「ヒートを打たれた少年のその後は？」と訊いてきた。

「薬効が切れた途端に七転八倒。まあ当然でしょう。顔の形も変わっていたし、両足首は複雑骨折。今度は同じ麻薬でもモルヒネの世話になって病院のベッドに臥せっています。現場にヒートの残留はなし、打たれた本人はそれ以後の記憶がすっ飛んでいる。彼から得られる情報は皆無でした」

　報告しながら荒んだ気持ちになってくる。改めて収支決算をしてみれば、篠田が陰鬱な顔をするのは当然だ。

「失敗の原因は何だと思いますか」

「情報網の薄さです」

　七尾は間髪を入れずにそう答えた。

「いつものガサ入れなら、こんな失態は考えられない。それはエスの情報が正確であり、情報の裏取りが比較的容易だからです。しかしヒートの顧客は子供たちに限定されていて、彼らと付き合いのないエスの情報は後手後手になりやすい。今回、売人に情報操作されたのがいい例です。しかも、子供相手で麻取お得意のおとり捜査もできないから情報収集にも限界

が生じる」

七尾のいささか自己弁護めいた説明を、篠田は珍しく不貞腐れた様子で聞いている。

「課長のご意見は如何ですか？」

「口惜しいことに今の意見とほぼ一緒です。今まで目覚しい実績を挙げてきた関東信越地区ですが、今回ばかりは何か新しい切り口が必要です」

篠田はこれ見よがしに深い溜息を吐く。どうやら他にも懸念材料があるらしい。これもまた、言外に心中を察しろと信号を送っているのだ。

「課長、何かあったんですか」

誘われて水を向けると、篠田はほっと安堵したように口を開く。

「この数日間でヒート絡みの事件が頻発しているんです。道玄坂で一件、円山町で二件。渋谷に集中していると思えば昨日は六本木で発生しました。いずれも少年による暴力事件で、巻き添えになった都民は累計三十二人、うち三人は重篤で今も生死の境を彷徨っているそうです。四件とも被疑者少年の尿からヒートの成分が検出されました」

「新聞ネタになってないんですか。そんな大事件ならわたしも見聞きした憶えがあるはずなんですが……」

「四つの事件を関連づけないように報道していますからね。これは警視庁が記者クラブに要請したそうです」

「あちらさんの捜査はどこまで進展しているのですか。狙いは我々と同じく仙道寛人の確保でしょう」

「進捗(しんちょく)具合も我々と同様ですよ。今まで何度もガサ入れをしたにも拘わらず一向に売人を逮捕できない。摑まされる情報の半分以上はガセネタ、担当の捜査員は振り回され続けているそうです」

「協力体制を取ってるんですか」

「向こうの担当がえらく縄張り意識の強い人で……支障ない程度の情報しか流してきませんね。記者クラブへの申し送りも捜査情報を秘匿(ひとく)する言い訳ですしね。我が省からの指示もありました」

篠田は苦笑いを交える。

「速やかに解決せよとのお達しです。ただし、国民に不安を与えるような派手な動きは慎むように、と」

元々、省内で麻薬取締部というのは一種異質な部署のためか、今まで次官クラスが直接指示を下すことはなかったのだが今回は別らしい。

「多少は不安を引き起こすでしょうが、注意喚起の意味で公表するべき……というのは、僭(せん)

越ですかね」

「行き過ぎるとパニックをもたらすというのが上の意向です。それに、はっきりとではありませんが外部から横槍も入っているようですね」

「横槍？」

「ヒートの製造元である製薬会社は現米大統領の支援団体です。有形無形の介入はむしろ当然でしょう」

外圧に弱い日本。普段なら笑い話で済ませられることも、自分の仕事に関わるとなれば話は別だ。

「では、指を咥えていろとでも？」

「有能な管理職とは在任期間中に揉め事を起こさない人材である」

篠田は抑揚のない声でそう告げた。

「はい？」

「わたしが厚労省に入省した際、最初の上司から受けた教示の一つです。色々と含蓄のある言葉ですが、麻薬取締部に来てからはクソッタレな教訓だと分かりました。今この瞬間にもたった〇・一グラムの粉末で地獄を味わっている人がいるというのに、己の保身に汲々としている役人など死んだ方が世の中のためです」

　思わず七尾は居住まいを正した。ノンキャリアの愚痴ではなく、キャリア本人の口から出るとこれほど清新な響きに聞こえるものか。

「三十二人の被害者の中には八歳の女の子もいました。都の絵画コンクールに入賞するほど絵の得意な子でしたが、ヒートを打った少年の振り回した金属バットで片方の眼球を破裂させ失明しました。遠近感が戻ることはもうないでしょう」

　嫌な話を聞いた。

　七尾の中で、どす黒い感情が一つ弾けた。

「わたしも人の親ですから、そういう話をあまり冷静には聞けません。現場を指揮する者としては失格かも知れませんがね」

「……それは人の親でないわたしも一緒ですよ」

　篠田は少しだけ表情を崩した。

「この部署を任されて良かったと思えるのは皆さんと怒りが共有できることです……。ただ、共有できないこともある」

　篠田は祈るように両手を組んだ。こちらの万策は尽きた、お前に何か新しい策はないのか——。

　篠田が暗に要求しているのは宏龍会との情報交換だ。前回報告した際も、先方の申し入れを完全に断れとは言わなかった。そして今も、ヒートに関しては従来の手法が無効であることを認めながら、その撲滅が急務だと訴えている。

篠田の言う共有できない部分というのは、組織の責任者として山崎の話には乗れない、という趣旨だ。しかし任務の性質上、末端の取締官が素性のよろしくない場所から情報を引っ張ってくるのは仕方がない。しかも、それが事後承諾であれば尚更だ——。

上席者の責任逃れのようにも聞こえるが、痩せても枯れても厚生労働省付きの公務員であることを考えれば篠田の含みは至極真っ当だ。

七尾はとぼけるように首を横に傾げると、「それでは」と切り出した。

「目的はヒートの押収と売人仙道寛人の確保」

「わたしなりに新しい切り口を模索してみます。定期的に報告しますが、しばらくは自由にやらせてください」

篠田は深く頷く。

課長室を出ると、釣巻が杵田を相手に遊んでいる最中だった。

「あのですね、釣巻さん。熊ヶ根さんが入院してて寂しいのは分かりますけど、俺を暇つぶしのネタにするのは勘弁してくれませんか」

「暇つぶし？　それはとんでもない誤解だねえ、杵田ちゃん。あんな脳みそまで筋肉で出来ているような男をからかったって面白くも何ともない。知識の応酬をするには互いに拮抗したレベルが必要になるんだよ」

「それ、本人の目の前で言ったらどうですか」

「そーいう命知らずなことをする知的レベルじゃないっていうのよ」

　この事務所内で最年少の杵田は事あるごとに、釣巻にからかわれている。杵田が来るまでは釣巻自身が最年少としてからかわれていたので、これは意趣返しというものか。ひとつ間違えればパワー・ハラスメントに抵触しそうな物言いにもなるが、どうやら本人たちがそれを愉しんでいる風もあり、薬物犯罪で気の滅入りがちな職場では結構な潤滑油になるので周りの者は放置している。

「相変わらず仲がいいね」

　七尾は二人の会話にするりと入った。

「これなら二人でペアを組んでも安心できるかな」

「ペア、ですってえ？」

　先に声を上げたのは釣巻だった。

「今、課長とも相談してきた。あの二人が戦線復帰するまでは杵田くんも現場に出てもらわないとってね。鰍沢が退院したら交代してもらうとして、それまでは釣巻くんがトレーナーを引き受けてくれ」

「釣巻さんがトレーナー、ですか」と、杵田もずいぶんなことを平気で口にする。

「まあ、二週間だから試用期間だと思えばいいよ。それともクーリング・オフという言い方の方が妥当かな」

「じゃあ七尾さんはどうするんですか」

「わたしはしばらく単独行動さ。新しいエスでも探してくるとするか」

だが、単独行動の理由は別にある。山崎との提携によって何らかのアクシデントが生じた場合、コンビを組んでいたら相棒を巻き添えにする可能性が高いからだ。

七尾は戸惑いを隠せない二人に背を向けると、携帯電話であの男を呼び出した。


「ほら。やっぱり、あたしの言った通りになった」

七尾が待ち合わせのスターバックスに姿を現すと、山崎は手を叩かんばかりだった。

「嬉しそうですね」

「そりゃあもう。昨日も言ったけど、あたしの唯一の取り得は人を見る目なんだから。こういうことで当てが外れたら、切ないじゃないですか」

「何だか、全部見透かされているようで愉快ではありませんね」

「それはお互いさまでしょう」と、山崎は七尾の抗議などまるで意に介さない。

「七尾さんの方だって、あたしたちの内部事情やら背景やら、本庁の四課辺りから情報収集した上でここに来てくれたはずです。違いますか？」

その通りだった。以前麻薬捜査で協力し合った組織犯罪対策四課の刑事に、個人的な依頼として山崎岳海のプロフィールを要求したのだ。

「で、どうでしたかね」

「何が？」

「嫌だなあ。天下の桜田門が握っているあたしのデータですよ。どんな風に書いてありました？」

「……そんなことが気になりますか」

「気になりますねえ。要は内申書みたいなものでしょ。教えてくださいよ」

「正直、何にも分かりませんでした」

七尾は四課の刑事の申し訳なさそうな声を思い出した。

「十年前に宏龍会に入り、現在の地位を得たのが二年前。組織内では穏健派に分類されていて、交渉力と調整能力は他の追随を許さない……と、この程度です」

「その他には？」

「その他も何もこれが全部。早い話が何にも分からないのと一緒で情報なんて大層なもんじゃない。何故こうなのかといえば、あんたに前科がないからだ」

「それはまあ確かに」と、山崎は肩を竦める。

「いったい広域指定暴力団の渉外委員長が前科なしというのは、どういう了見なんですか」

「どういう了見だって言われてもなあ」

山崎は困ったように頭を搔いた。

「あのですね、七尾さん。組に入りたてのチンピラが鉄砲玉を命令されて、相手側の幹部をズドン、親分から因果を言い含められて刑期を勤めあげ、出所したら目出度く幹部に出世なんてのはもう都市伝説に近いんですよ。または深作映画やVシネマの見過ぎ」

「あまり、そういうのは見たことがないけれどね」

「傷害致死でも初犯だったら普通、懲役三年が相場なんだけれど、あたしらヤクザは年数三割増しで執行猶予も付きやしない。だから一回懲役を食らえば五年は出て来れない。五年も経ってごらんなさいよ。政権は交代している、ヤクザの勢力図は激変、カタギの価値観も様変わり――」

それはその通りだった。塀の中にいた者は完全な浦島太郎で、はっきり言えば役立たずになっている。

「今はこの世界も顔の凶悪さよりは情報量ですからね。そんな化石みたいな連中を幹部になんかできるもんですか。若いのも、その辺の事情を知っているから鉄砲玉にはなろうとしない」

人を見る目だけでこの世界でのし上がってきた、というのはどうやら本当らしい。七尾の中で、このサラリーマン然とした男と渉外委員長という肩書がようやく合致し始めていた。

「それにしても桜田門のデータベースがその程度と聞いて少し安心しました。まだまだウチの情報網の方が使い勝手がいい」

「自画自賛も結構だけど、その使い勝手というのは具体的に言ってどのくらいのレベルなんですか」

「そうですね。精々、七尾さんが若ハゲにならない程度には髪を引っこ抜かれたのが分かるくらいです」

七尾は口に含んだコーヒーを思わず噴きそうになった。

「鰍沢さんは鼻の形が変わったらしいし、熊ヶ根という人に至っては全治二週間とかで。どうもご愁傷さまでした。やっぱり情報の精度と危険性は反比例するものなんですねえ」

「取引のことも……？」

「ああ、曽我ってガキのことでしょ。あれは前からウチに入りたがってたんですよ。それで構成員になるには何か土産というかハクが必要だからって、相手方の壊滅を目論んだまでは良かったけど……あんなドジ踏んじゃあねえ」

どこからそれだけ詳細な情報を引っ張り出してきたのか。曽我のことはともかく、負傷した二人の取締官については外部に洩れていないはずなのに。

「そこまで事件を把握しているのなら、仙道の消息も知ってるんじゃないですか」

「いや、それがあの男は慎重過ぎるくらい慎重でしてね。後ろ盾になっていた会社を失って、なかなか日の当たる場所に出てこようとしない」

つまり、そう判断できるほど取引の数は把握しているという意味だ。

七尾は心を決めた。

「一度きりです」

「はい？」

「ヒートの押収と仙道寛人の確保。この共通の目的のために、今回限り情報を共有しましょう」

「おおお。それは嬉しい」

「ただし、これはわたしの独断することです。それだけは念を押しておく」

「当然でしょうね。それはこちらも織り込み済みです」

「条件もある。まずヒートに関する情報は細大洩らさず提供していただくこと。そして決して謀をしないこと。その気配を少しでも察知したら、この話はその場でご破算にします」

「結構ですとも」

山崎は喜色満面で応えた。

「では、コンビ結成を祝してこれからどこかで一杯」

「それはやめておきましょう」

七尾はひらひらと手を振ってみせる。

「失礼だが馴れ合いはしません。というか、どこかで線引きをしていないと知らないうちに取り込まれそうだ」

「そりゃあ……残念だなあ」

声だけを聞いていると、呑み会の誘いを断られた中年サラリーマンそのままだった。

「では味気ないですが、早速仕事の話でもしましょうか」

「早速？」

「ええ。明後日、ヒートの取引があります」

その表情から、「明日会議があります」と告げられたような印象を受けた。

「千場ってのが頭のチームなんですが、こいつが仙道と接触したようですね。新宿でブツを受け取るって話です」

山崎はコーヒーを啜りながら平然と続ける。周囲の客などまるで気にしていない。

「新宿？」

「ええ。新宿コマ跡の東側」

知っている。その辺りは風俗店と酒場が林立し、以前はヤクザとチャイニーズ・マフィアの巣窟だった場所だ。

「あの辺もお巡りさんのお蔭ですっかり浄化されたって言われてますがね。あたしらの出て行った後に子供たちが流れ込んできてるんです」

「情報源は？　チームのメンバーですか」

「ええ。ただし下っ端じゃなくてナンバー2ですが……まあ何か不測の事態が生じたらすぐに察知できるポストだから、昨日のようなことにはならないと思いますよ」

昨日のこと――浦安橋のたもとで鰍沢と熊ヶ根が負傷した逮捕劇の一件に違いない。

七尾がじろりと睨むと、山崎は首を竦めてみせた。

「何で知っているのかって顔してますね」

「いいや。そのくらいの情報を摑んでなければ、あなたの自慢する情報網とやらも大したものじゃない。この顔は、自分たちの腑甲斐なさを純粋に恥じているだけです」

「あれは偏に情報提供者の質の悪さです。悪い情報ってのは上から下に流れる。なるべく上のポストから情報を吸い上げるのはリスクマネジメントの基本です」

まさかヤクザ者の口からリスクマネジメントという言葉を聞くとは思っていなかった。

「じゃあ、その新宿の情報にはリスク回避が講じられているということでいいのかな」

「もちろんですとも。何せガセネタや罠だったら提供した手前ェの命が危ないんだから、そりゃあ正確です。信頼関係だけで成立している対麻取さんとはそこが違う」

恐怖は最良の説得、か。

七尾は渋々ながらも頷かざるを得ない。いつの世も、人は優しい言葉よりは銃の言うことを聞く。

「よし。あなたたちの情報網の確かさは分かった。それなら正確な場所と時間も教えて欲しい」

すると、山崎は頭を掻きながら「いやあ、それはちょっとこの場では勘弁して欲しいですね」と言い出した。

「……何だって」

「こちらの情報を聞くだけ聞いて、はいサヨナラってのはあんまり虫が良過ぎやしませんかね？」

「だが、あなたたちは売人仙道寛人が検挙され、ヒートが撲滅されれば、それで目的が達せられるんじゃないのか」

「麻取さんの機動力は信用していますよ。いざとなったら警察とだって連携が取れるんだから。しかし、地下に潜られたらどうです？」

山崎は微笑みながらそう言う。

「全国指名手配だろうが何だろうが、結局あなた方の捜査は日の当たる場所に限定されている。真っ当な人間が住まわぬ場所、法律の手が届かない場所に潜られたら為す術がない。指名手配犯の多くが未だ逮捕されていないことからも分かるでしょう」

「つまり、我々の捜査の首尾を確認したいという訳か。それは結局、我々の機動力を信用していないということではないですか」

「相手をどれだけ信用しても、全幅ではなく必ず疑念を持ってチェックする。それもまたリスクマネジメントの鉄則ですよ。人的なミスというのは大抵相手を信用するところから発生しますんでね」

その物言いはますますヤクザ者のそれから乖離していく。

「本気ですか」

「七尾さんからそう聞かれるのは二度目ですね。そんなにあたしは突拍子もないことを言ってるんですかね」

「ガサ入れの現場に広域暴力団の幹部を同行させるなんてことが、突拍子もないことでなくて何だというんだ」

「警察だって重要参考人を犯行現場に同行させるのはよくやってるし、第一、七尾さんたち麻取は警察よりもっと自由な捜査が可能なんでしょ？」

「許可できないと言ったら、この話はご破算てことですか」

「あたしを同行したところで七尾さんたちに失うものは何もない。単に信憑性を確認するために情報提供者を同行させるだけです。たとえ、それを部外者が目撃したとしてもですよ。どこの誰があたしをヤクザだと思いますかね」

「さっきからリスクマネジメントと繰り返しているけど、我々にそこまで接近することが危険だとは思わないんですか」

「どんな猟師だって、懐に入ってきた鳥を絞め殺そうなんて思いませんよ」

どこか自慢げな山崎を、七尾は嘆息しながら見返した。

「武闘派でもないあんたが幹部になった理由が、今ならよく分かる」

二　急襲

1

山崎の条件を伝えると、案の定、篠田（しのだ）は渋い顔をした。

「やはり情報交換だけでは済みませんでしたか……何となく、そんな予感はしていましたが」

篠田にしてみれば以前にも増して悩ましい選択だろう、と七尾は思う。ヒートの取引について今までよりも精緻（せいち）な情報が得られる代償として、宏龍会の幹部に張り込みやガサ入れの仔細（しさい）を至近距離から観察されてしまうのだ。

情報が不十分なままでガサ入れをした際のリスクについては前回嫌というほど学習済みだ。鼻骨の損傷だけに留まった鰍沢は今日から職場復帰しているが、熊ヶ根はまだベッドの上にいる。担当者が手薄の現状、取締官全員が揃うまで、これ以上兵隊を減らす訳にはいかない。しかし仮に篠田がその職権で条件を呑み、それが後に公の事実になった場合、必ず何らかの責任を問われることになる。

「その山崎、でしたか。彼の言う情報網はどれだけの価値があると思います？」

「前回のガサ入れについて、エスの身元も経緯も、それから結果も全て把握されています。あの口ぶりでは熊ヶ根の入院先まで知られていますね」

「機密中の機密ですよ」

「ガサ入れはそれ以上の機密でした。それが、彼らには内緒話ですらありませんでした」

「つまり、それだけの情報収集能力があると」

「はい」

「そういう組織の幹部を身近に抱え込むのは両刃の剣ですね」

篠田は両手を組んで考え込んだ。

やはり、ここは相談抜きでやるべきだったか——そう後悔し始めた時、篠田がついと顔を上げた。

「山崎の扱いはあくまで情報提供者です」

「えっ」

「従って、彼には常時一人の専従員をつけて勝手な動きをさせないこと。また、必要最低限の会話しか交わさないこと。そして、必ず成果を挙げること。それでいけますか」

誠意ある責任者の指示としてはこれが限界だろう。

「それから、もう一つ」

「まだあるんですか」

「山崎の専従員には……分かっていますね？」

七尾は一度だけ頷いてみせた。

課長室を出ると、鼻に絆創膏をした鰍沢が近づいて来た。かいつまんで事情を説明すると、鰍沢は「そんな馬鹿な！」と言って七尾の襟首を掴み上げた。

「そんなに興奮したら、鼻息でまた鼻骨がどうにかなるよ」

「ふざけるな。自分が何を言っているのか分かってんのか。情報交換だけでも危ない話だってのに、選りにも選ってガサ入れ同行だとお。はとバスの観光コースじゃないんだぞ」

「ああ、その喩えはいいな。確かに観光コースみたいなものだよ。宏龍会の幹部をガイド役にしてブツの受け渡し場所ツアー。もちろんお土産付きだ。肝心なことはね、そのガイドなしじゃ、俺たちは迷子になりかねないということさ」

「そのガイドはボッタクリの店と共謀してるのが丸分かりなんだぞ」

「だから、そのガイドに惑わされないようにわたしがぴったり付いているんだよ」

「お前が？」

「ああ。情報の漏洩を最小限に食い止めるには接触部分も少ない方がいいしね。ヒートの捜査に関しては、想像したくもないけどわたしと山崎がチームを組む。君はまだ完調じゃないから、杵田の教育係を兼ねて釣巻と三人チームだ」

「教育係だあ？」

鰍沢は目を剝いた。

「お前がそんな爆弾抱えて現場を走り回っている後ろで、俺はスズメの学校の先生かよ」

「こんな物騒な商売はＯＪＴでしか教育できないよ」

「あの、僕は無理に現場でなくても……」

二人の背後から杵田がおずおずと申し出ると、二人は同時に「それは駄目だ」と告げた。

「ただでさえ人手不足なんだからね。それに机上業務を蔑ろにする訳じゃないけど、現場を知らなきゃ育たない資質というのもある」

「ほお。それならお前が教育係をやってみたらどうだ」

「あ。七尾先輩が教育係なら僕も」

「いやあ、わたしはそういう仕事に全く不向きでね。というか、人に教えられる甲斐性がない」

「ちょっと来い」

鰍沢は杵田を無視したまま、七尾の襟首を摑んで部屋の隅に移動する。

「おい。無茶はやめてくれないか」

「今どの口でそれを言った！　ガサ入れに宏龍会の幹部同行させるより無茶なことなんてあるか」

「課長も承認済みだ。条件付きで渋々で、しかも暗黙のうちに、だけど」

「お前がそいつの専従になることもかよ。いいか、虎穴にいらずんばじゃないが、そいつは虎子じゃなくて立派な成獣だ。少しでも油断したら寝首を掻かれるんだぞ」

「だからわたしなんだよ」

「何だと」

「山崎という男が伊達(だて)に宏龍会のナンバー3を張ってないことくらい、少し話したら分かるさ。何かの意図を持ってガサ入れに同行したがっているのもね。そういう人間が最初からわたしを指名してきたのにも、やはり理由があるはずだ。それを知るにはわたしが専従になるのが一番いい。課長もそう踏んだのさ」

それを聞くと、鰍沢は縛めを解いた。だが、まだその目には不信が宿っている。

「まだ言い足りないことがあるのか」

「どうして、お前は危険な方ばかり選ぶ？」

「そんなつもりはないよ」

「いいや。いつだってお前は人が避けて通る道に飛び込んでいる。おとり捜査にしても同じだ」

「あれこそ、向き不向きがあるからね。まさか自殺願望があるとでも言うのか」

「宮條貢平(くじょうこうへい)を目指してるんじゃないだろうな？」

いきなり出た名前に一瞬、言葉を失った。

「何を、言い出す」

「麻薬捜査に従事する人間なら一度は耳にする名前だ。そして七尾究一郎(きゅういちろう)が唯一信奉する人物。もしも、あの人になり代わろうとしているんなら……」

「馬鹿らしい。それこそ自殺願望じゃないか」

七尾は片手をひらひらと振ってみせた。

だが、鰍沢の指摘が山崎のそれに重なった不快感は振り払うことができなかった。

翌々日、夜十一時四十分。

七尾は新宿コマ劇場跡東側にある雑居ビル二階の窓際にいた。真向かいには山崎、窓からは五分方埋まった月極駐車場全体が見下ろせる。監視するには絶好のロケーションだった。

「こんな場所があるとはね」

七尾は呆れ顔で呟く。

「逆にこっちは驚いているんですがね」

山崎は七尾の困惑をよそに夜食のサンドイッチを頬張っている。

「この寒空の下、暖房を切ったクルマの中で張り込みするなんてどんな罰ゲームですか。第一それじゃあ、自分は張り込みしてるんだって看板掲げているようなものじゃないですか」

一方の鰍沢たちは、やはり駐車場を望めるビルの陰に待機している。この寒空の下、同じ駐車場に公用車を駐めておけば都合がいいのだが、それでは取引の当事者から丸見えになる。今頃はビル内の暖房を愉しんでいる自分たちを悪しざまに罵っているに違いない。

「これは宏龍会の所有物件かい」

「ええ、まあ。所有者名義はフロント企業になってますけどね。家賃収入も決して少なくない収益なんで」

「偶然にしたって、よくこんな絶好の場所にあったものだ」

「いいえ。このビルだけじゃなくって、周囲のビルのほとんどがウチの物件ですよ」

七尾は駐車場から片時も視線を外さない。山崎の話では零時ちょうどに、その駐車場で現金とヒートの交換が行われるはずだった。

買い手は千場翔平（ちばしょうへい）、十九歳。やはりチームのヘッドだが、父親は何と都立高校の校長を務めているという。教育者の子弟が非行に走るなど今では珍しくも何ともないが、もし今夜の逮捕劇が新聞に載れば、さすがに父親は管理責任を問われるだろう。

「大丈夫ですよ、七尾さん。零時までは何も起こりゃしませんて」

「そう油断して失敗することもある」

「だけど、緊張というのは長時間続くもんじゃない。敏捷（びんしょう）な野生動物だって、獲物を追う時以外はダラーッとしてるんだから」

「じゃあ、それまであなたと睨めっこでもしていろと？」

「こんなシチュエーションでもなけりゃ、宏龍会の渉外委員長と麻取さんが差し向かいで話をする機会なんてありませんからね」

「期待させたのなら悪いが、こちらから開示できる情報はない」

「そんな話が聞けるとは最初っから思ってませんよ。あたしの目下の興味は七尾さん、あなた自身に関してです」

「厚生労働省関東信越地区麻薬取締部捜査第一課、三十五歳、独身。以上」

「どうして七尾さんは麻薬取り締まりに、それほど体が張れるんですか？」

予想外の質問に、七尾は思わず山崎を見た。その目には確かに好奇の色しかなく、企てらしきものは認められない。

「関東信越地区のエース。噂によればおとり捜査にかけては他の追随を許さないらしい。だがおとり捜査は常に危険と隣り合わせで、警察でさえ表向きは禁止されている手法です。なのに、あなたはその危ない捜査を嬉々として続けている。その原動力というのはいったい何なんですか」

「公僕だからね。職務に忠実なのは当然じゃないかな」

「普通のお役人は自分の体を張るなんて真似しませんよ。そんなのが役人の標準仕様だったら、とっくにこの国はあたしらには住みにくい場所になってる」

「そんなことを聞いて、何の得があるんですか」

「少なくとも、これからしばらくはコンビを組むんです。相手のことを知っておくのは悪いこっちゃないでしょう」

「今更それを聞くということは、事前にわたしのことは調べているという訳だ」

「まあ、あたしだって素性や人となりの知れない方と仕事するのは怖いですからね。それでまず考えたのが、安易だけれど近親に薬物中毒者がいる場合。しかし、これは七尾さんの身辺を探ってもそれらしき事実は摑めなかった」

「でしょうね。元よりそんな事実はない」

「だから余計に興味を惹かれるんですよ。ねえ、いったいどうして……」

「待った」

七尾は山崎の言葉を遮り、首を伸ばした。視線の先、駐車場の片隅に一つの人影が現れた。人相と風体からすると千場翔平のようだ。

時刻は零時三分前、あとは仙道が到着するのを待つだけ――。

と思ったその時、山崎の胸ポケットからバイブ音がした。

「おっと失礼……はい、山崎。何……で、奴は？……追ってる最中？　よし分かった。そっちは追跡続行だ」

山崎は携帯電話を切ると、物憂げな顔をこちらに向けた。

「七尾さん、今日の取引はお流れです」

「何か異変が？」

「理由は分からないが、こちらに向かう途中で仙道が引き返した」

聞くが早いか、七尾は部屋を飛び出した。飛ぶように階段を下り、駐車場で人待ち顔の千場に駆け寄る。

「麻取だ。千場翔平だな」

千場はぎょっとして身体を固くするが、二の腕を既に摑まれている。

「な、何だ。いきなり」

「仙道は来ないよ。だから現行犯じゃないが、話は訊かせてもらう」

摑んだ手に抵抗を感じたが放す気はない。そのまま有無を言わさず連行しようとした、その時だった。

背後から慌ただしい足音が接近した。

鰍沢たちだろうと思ったが、その瞬間に何かを頭から被せられた。

鳩尾に一発。腹の中の空気が全部洩れ、それで抵抗できなくなった。

そして何者かの手で担ぎ上げられ、乱暴にクルマの中に放り込まれた。おとり捜査ではなかったため、発信機付きの奥歯を挿していなかったと気づいたが後の祭りだった。

目隠しを取られると、蛍光灯の光が眩く瞳孔を射した。瞳の奥の痛みに耐えていると、やがて周囲の光景が次第に輪郭を伴ってきた。

どこかの倉庫だろう。天井と壁がコンクリート打ちっぱなしになっている。その中央でパイプ椅子に腰を据えた短髪を挟んで二人の男が自分を取り巻いている。誰も彼も善良なる市民でないことは目を見るだけで分かった。

その後ろには千場が縛られて床の上に転がっている。

そして、七尾は自分もパイプ椅子に座らされ、後ろ手に縛られていることに気づいた。

「あんた、七尾究一郎ダナ」

短髪のイントネーションで日本人でないことも判別できた。

「チャイニーズの方ですか」

「質問するのはこっちだ」

短髪は不機嫌そうに言った。

「どうして、この取引のことを知った？　警察や麻取には洩れていないはずダッタ」

その質問で大方の事情が把握できた。

「あんたたちもヒートを狙っていたんだな」

短髪は黙っていた。この沈黙は肯定の意味だ。

「わたしたちにその情報が洩れていることを知らなかった。だから現場に現れたわたしを仙道と勘違いして千場と共に拉致した。つまりそういうことか」

「暗がりだったからな」

そして自分も仙道も面は割れてなかった。

「それで確認もせずに連れ去った訳か。つくづく大雑把な仕事だな」

「カネを奪う時だってＡＴＭごと持って行く。第一、その方が手間がかからない。日本人は神経質過ぎるね」

短髪はそう嘯いた。

「さすがに麻薬取締官手帳を見た時には驚いたが、まあ、それであんたから情報源を訊き出せるのなら悪くない」

「麻取にも情報網はあるさ」

「目の粗いのがな。ヒートの取引情報はそれを簡単にすり抜けていく。俺たちだって現場を押さえるのはカンタンじゃなかった。それでやっと網にかかったと思えば、捕まえたのはガキと麻取。こうなれば、とことん情報源を精査して仙道に辿り着いてみせるさ」

「へえ。荒っぽいだけじゃなく、そういう根気の要る仕事もするのか」

「さあ、あんたのネタ元はどこナンダ」

宏龍会だ、と答えたらこの男はどんな顔をするだろうか。

「言っておくが助けは来ない。ケータイは途中で捨てた。ＧＰＳで追跡されちゃ敵わないからナ」

「簡単に喋ると思いますか」

「あんたの手柄話は前から聞いてる。とても優秀ダそうだな。だが、そういう人間にも有効な訊き方というのがアル」

「たとえば？　拷問か」

「それも考えたが、こっちも疲れるし、もし死なれたりしたら報復が怖い。普段の日本人は羊みたいダガ、仲間を殺されると狼に一変するからな。第一、もっと楽な方法がアル」

短髪は後ろに転がる千場を顎で指した。

「そのガキには強過ぎたみたいダガ、あんたはまだ意識を保ってイル」

七尾は千場を改めて見た。よく観察すると、千場は目を開いたまま、気を失っているようだった。

「……何をした？」

「高純度のヘロインを打ってやった。麻取なら知ってるだろうが、アヘン系の麻薬というのは抵抗力を奪う。一時は自白剤として使用されていたくらいだからな」

「彼から洗いざらい聞いたのなら、もうわたしの自白は必要ないだろう」

「いや、やっぱりガキには堪え性がない。パケ一袋五ミリグラムであっという間に失神してシマッタヨ」

「常習者だったのか」

「いいや。腕は両方ともすべすべシテイタヨ」

親しげに言葉を交わしているが、やはりマフィアはマフィアだ。手段を選ぶ行儀よさは持ち合わせていない。

「初心者にいきなり高純度か。やっぱり大雑把な仕事だ」

「いいさ。まだあんたが残っテル」

「わたしにも？」

「あんたにも一袋分を打った。どうだ。何となく五感が朦朧（もうろう）としているだろう」

「ああ……これがヘロインの効き目なのか」

「なかなかいいダロ。阿片は昔俺たちの国を傾かせたくらいで、傾国の美女と呼ぶヤツもいる。そら、折角の美女が耳元で囁（ささや）いているんだ。質問に答えナヨ」

短髪と他の二人は野卑に笑い始める。恐らく、既に何例かの実績があるのだろう。七尾の精神と肉体を自らの制御下に置いた自信で、表情がすっかり緩んでいる。

「改めて聞く。ヒートのネタ元はドコダ？」

七尾は力なく唇を開閉した。

「何だって。聞こえないぞ」

短髪が怒鳴るが、七尾は尚（なお）も唇をぱくぱくと開くだけだ。

「ちっ。聞こえ方がおかしくなって、自分の声が調整できないンダ」

短髪は椅子から立ち上がり、七尾に近づいて来る。

「聞こえない。もっとはっきり、大声で」

短髪が耳を七尾の口に寄せる。

無防備になったその瞬間を捕らえて、七尾はその耳朶を思い切り嚙んだ。

「があああああっ」

短髪が叫ぶのと同時に、口中に血の味が広がる。

「この野郎っ」

我に返った他の一人が引き剝がそうと駆け寄る。七尾は咄嗟に椅子ごと身体を床に倒し、短髪を道連れにする。

「放せえっ」

七尾は短髪の耳朶を引き千切り、そのまま覆い被さってきた男の鳩尾に踵を蹴り込んだ。

「ぶふうっ」

急所に入ったのだろう、男は一声呻いて身体を折った。

七尾は手首を捻ってみたが、まだ縛めは解けない。今は二本の足だけが武器だ。

一人残った男が懐から何かを取り出した。

蛍光灯の光をぎらりと反射する。

刃渡り三十センチほど、深々と刺されれば心臓を貫きそうなボウイナイフ。相変わらず身動きの取れない身体で、さすがにナイフの攻撃を避けきる自信はない。攻略法を考えながら両肘で後退したその時だった。

いきなり部屋のドアが開いて数人の男たちがなだれ込んで来た。

鰍沢たち――ではなかった。黒いジャケットの一団が男に襲いかかりナイフを取り上げたかと思うと、顔といわず腹といわず爪先をめり込ませていく。男は身を縮こませていたが、やがて呻き声と共に露出した部分が赤黒くなっていった。

「七尾さん！　大丈夫かい」

蛍光灯を逆光にして、山崎が見下ろしていた。とすれば、この男たちは宏龍会の者か。

「意外と遅かったね」

「無理言わんでください。人質取られてるのに、そうそう簡単に踏み込めやしませんよ」

山崎の手でようやく手首の縛めが解かれる。見回せば三人のチャイニーズは全員宏龍会の男たちに捕らえられている。これが麻取の仲間たちなら多少溜飲も下がるところだが、助けられたのがヤクザでは苦笑いするのが精一杯だ。

七尾は口中に残る男の耳朶の一部と血をぺっと吐き出し、捕縛痕の残る手首を擦りながら立ち上がる。一歩目は少しよろめいたが、首を二、三度振ると背筋が伸びた。

「あの……七尾さん？」

「何だい」

「あたしら外からずうっと様子を窺ってたんだけど、あなたヘロイン打たれていたでしょ」

「そうみたいだね」

「そうみたいって……それで何で普通に立ってるんですか。ヘロインキメられたら足腰立つ訳ないのに」

「そんなもの個人差でしょう」

「個人差なんてもんじゃないでしょっ」

山崎は顔色を変えて迫ってきた。先刻までの人を食ったような対応がまるで嘘のようだ。

少しばかり賢い人間にはよくある反応だ、と七尾は思った。なまじ人の性格や事態の流れを計算して先々に対処しようとするタイプは、予想外の要因に出くわすとすぐにパニックに陥る。

「えらく泡を食ってるみたいだけど、理由は後で説明します。ああ、それからその子供とチャイニーズの三人、どうするつもり」

「決まってますよ。事務所連れてって色々と訊き出さなきゃ」

「それは困るな。こっちも訊きたいことが山ほどある」

「でも、こいつらは現在あたしらの管理下にあります」

「三人のうち、二人を戦闘不能にしたのはわたしだよ。しかも被害者だ。トンビに油揚げ攫われるじゃあるまいし、どう考えてもこちらに勾留権がある」

「じゃあ、子供だけはお預けするってことでどうです？　相手が中国人じゃ麻取の取り調べだって時間がかかるでしょう」

それは山崎の指摘通りだった。近年、外国人の絡んだ麻薬事件は急増しているが、折角逮捕しても外国人被疑者はすぐに日本語が理解できないふりをする。地方事務所に各国の通訳者が常駐している訳でもないので、相手が日本人の時よりも手間と時間がかかる。そしてまた——。

「こう言っちゃ失礼だけど、警察や麻取さんのやり方じゃあチャイナはウタいませんよ。あいつらにはあいつらに合った質問の仕方ってのがあるんだから。それに、ちゃんとこちらで得た情報は細大漏らさず七尾さんに伝える約束したじゃないですか。だったら、この三人の取り調べはあたしらに任せてくれた方が手っ取り早いですよ」

確かに今夜の取引の主役は千場と仙道だ。後から登場した三人は闖入者に過ぎない。千場一人を取り調べるのが正攻法だろう。それは恐らく篠田の望む方向にも思えた。

「いいでしょう。その三人はあなたに任せましょう。ああ、それなら一つ」

「何ですか」

「わたしのケータイをどこかで捨てたらしい。その場所を訊き出してから連れて行って欲しい」

「そのくらいなら今すぐ訊いておきますがね。七尾さん、さっきの質問に答えちゃくれませんか。あなた、どうしてあれだけのヘロインを打たれて平気でいられるんですか」

七尾は辺りを見回した。宏龍会の人間とチャイニーズの三人の姿は既になく、人事不省になった千場一人だけが残っている。

教えてもいいかも知れない――七尾はそう判断した。

「しばらくは他言無用にして欲しいんだが……無理かな」

「ここであたし一人の秘密にしますと言っても信憑性はないでしょうね」

山崎の言葉にはそれなりの誠意が感じられた。

「じゃあ、あたしとコンビを組んでる間だけは組の人間にも他言しない。それならどうです？」

「特異体質……と言ったら怒られるかな」

「はあ？」

「ふざけるなと言われそうだが、実際そうなんだからしようがない。あなたも素人じゃないから改めて説明するのは失礼なんだが、麻薬が作用するシステムを？」

「何となくは分かりますよ。しかし、大学教授が事務所に出張講義はしてくれませんから理論立てて説明するのはちょっと」

「人間というのは過大な緊張情報を受信すると、脳が過負荷になって正常に機能しなくなる。そこで脳内で作られた脳内麻薬物質がレセプターという部位を刺激して神経伝達物質の放出を抑えようとする。つまり痛みや恐怖を和らげる作用だけれど、麻薬というのはこのレセプターを外部から刺激するものだ。ここまではいいかな」

「つまり、偽情報を流して脳を騙すってことですか」

「ふむ。その説明の仕方が一番分かりやすいな。だから麻薬が脳内に取り込まれると、ヒトはありもしないモノを見、ありもしない音を聞く」

「そう説明されると目から鱗（うろこ）が落ちるようですね。今度、組の奴らに講釈垂れてやりますかね」

「わたしはね、そのレセプターが普通じゃないらしい。いや、脳外科の医者に言わせれば異常とのことだった」

「異常って……それは、その」

「もちろん頭をかち割って調べた訳じゃないからあくまでも推測なんだが、人並み外れて反応が鈍い。覚醒剤、ヘロイン、コカイン、マリファナ、LSD、どんな麻薬にも一定の耐性がある。脳内麻薬にしても同様。だから、どんな状況下でも神経伝達物質の放出量が変わらず、常態からあまり変化しない」

「そりゃつまり、自然の状態でもあまり興奮とかしないってことですか」

「そうだね。喜怒哀楽の情はあるけど我を忘れるほどじゃない」

山崎は不意に表情を曇らせた。

「俄(にわか)に信じがたいが、もしそれが本当なら……」

後には言葉が続かなかった。この男にも言葉を選ぶ程度の繊細さはあるらしい。

「人間じゃないって？　うん、それは同僚からも言われたことがある。ただ、断っておくけれど耐性について無限にかと問われたら答えようがない。少なくとも常人よりは耐えられるという程度でしょうね」

「それが検挙率ナンバーワンの秘密ですか」

「おとり捜査には有利だからね」

すると、山崎は一層昏(くら)い顔になった。

「……やっぱり人間じゃないですよ」

「今、説明を聞いていましたか？」

「身体のことじゃない。たかが麻薬取り締まりのためにそんな危ない橋を渡るのが人間らしくないって言ってるんです。売人一人挙げたところでボーナスが跳ね上がる訳じゃなし、庁舎の正門に銅像が建つ訳でもない。精々、あたしらの間で名が売れるくらいだ。七尾さん。あんた、いったいどういう了見なんだ。自分の身が可愛くないんですか」

「宏龍会の渉外委員長ともあろう人が妙なことを言いますね。身体を張って、というのはあなたたちの決まり文句でしょう」

「そりゃあ単なる比喩です。今日び、そんな無鉄砲なのはヤクザにだっていやしない。あんたは……あんたは怖いよ」

「宏龍会の渉外委員長にそう言われたら、結構な勲章になるかな」

山崎はぶるりと身震いすると七尾に背を向けた。どうやら、このまま退散するつもりらしい。

山崎の姿が消えると七尾と千場だけが残った。千場のズボンを浚うと果たして携帯電話が出てきた。これで事務所に一報を入れるとしよう。

山崎に告げたことは事実だった。しかし、全てを告げた訳ではない。同じ目的を持っているとはいえ本来の敵であることに変わりはなく、そういう相手に流していいのは自身に都合のいい情報に限られる。

告げなかった事実。それこそが七尾を苛立たせている唯一の懸念材料だった。

2

千場の取り調べは三日後の朝から始められた。

一課と二課、そして情報官室にはそれぞれ二室の取調室がある。広さは約三畳、スチール製の机と椅子が二脚。窓には鉄線入りの強化ガラスが嵌め込まれ、ブラインドが掛かっている。

その薄暗く殺風景な部屋で七尾は千場と対峙していた。高純度のヘロインを打たれて失神していた千場も今では何とか話のできる状態まで回復していた。

ヘロインの初心者は大抵がスニッフィング（鼻孔吸入）から始める。それをいきなり静脈注射されてはおいそれと完調になるはずもなく、発汗や排尿で排出されてもまだ体内に残留して症状があるのだろう。千場は今も両手で己の肩を抱いて細かく震えている。

「こいつは、人権問題だぞ」

開口一番、千場はそう吠えた。

「俺はまだ重症患者だ。それを無理やりこんな場所に閉じ込めて」

「そういう抗議は通用しないよ、千場翔平くん。君がこれまでやってきた悪さは全部知っている。ここを警察の生活安全課と同じように考えない方がいい」

「頭がまだぼうっとしている。だるい。寒い。膀胱が破裂しそうなのに小便が出ない」

「ヘロインを打った後、よくそんな風になるヤツがいる。もうしばらく続くよ」

「あのさ。取引を進めてたのはその通りだけど、実際は流れたんだから未遂だよな。だったら早く帰してくれ」

「それは君の回答次第だな」

「答えられることなんて何にもねーよ」

千場は唾でも吐きそうな風情だった。

「一週間前、俺のケータイにあの男から電話があって、その場で値段交渉さ。取引の場所と日時だけ決めてそれっきりだから相手のことなんか知らねーし」

「どうして仙道が君のケータイの番号を知っていると思った？」

「女だよ。ウリやってる女を介して、まず俺の連絡先を知りたいと言ってきた。ヒートの話で本物っぽかったから、こっちの業務用の番号をまた女越しに伝えたんだよ」

「女を介したら君と話せる。そんなことを相手がどうやって知った？」

「そりゃあ、数あるチームの中でウリやらせてるのはウチくらいだからさ」

千場はさも当然のことのように言い放つ。渋谷を根城にするチームは言わば暴力団予備軍のような存在だが、中でも千場の率いるチームは資金稼ぎに売春やクスリの売買にまで手を出していたという。

「グラム十万円、値切り交渉は一切不可。それでもヒートの効き目は聞いて知っていたから損な取引じゃないと思った。それで場所を決めて待ってたらあんたと一緒に拉致られた。結局、相手の顔は一度だって見ていない」

「傍らで聞いていると子供の使いだね。取引相手のことをよくよく確認しないまま取引に応じるなんて」

「話が伝わってんだよ。とにかく慎重で、あまり相手のことをほじくるとそこで話は打ち切られる。今まで取引に成功したのはみんなあいつの要求を無条件で呑んだ奴らだった」

不貞腐（ふてくさ）れたように話す千場の顔色を見ていると、どうやら虚偽申告ではなさそうなので、七尾は心中で悪態をついた。悪行ではヤクザ顔負けの千場だが知恵と注意力は幼児並みだ。こんな証人にわずかでも期待していた自分が嫌になる。

「それにしても折角のヘロインだったのに快感を味わう前に気を失って、残ったのはこんな不快感だけ。初体験にしちゃあ最悪のパターンだ」

「逆の見方をすれば最良のパターンだと思わないか。これ以降、身体はクスリに懲（こ）りて拒絶反応を起こす。少なくともジャンキーにはなりにくい」

「へっ、最初っからジャンキーになるつもりはねーよ。売り物に手を出すなんて馬鹿するかよ」

その台詞だけが妙に大人びていた。

「眠剤、スピード、コーク、アシッド、手に入るクスリは全部商品だ。クスリはよ、そのまま商品にできるし女の餌にもなるから使いでがあるんだぜ」

「女の餌？」

「渋谷とかさ、土日になると田舎からガキが大勢やって来るだろ。そこにウチのイケメン部隊が現れて声を掛ける。それで付いてきたらこっちのもんさ。速攻クスリ漬けにしてウリをさせる。そん時の様子を目の前で見てるから、とても自分でやろうとは思わねーな」

千場の歳でガキというからには中学生くらいの女子だろう。そんな年頃の女の子を麻薬漬けにした挙句、売春させることを千場は誇らしげに語る。

「あんたも麻取なら知ってるだろーけど、クスリ打つと人間じゃなくなるんだよな。最初は興味本位。自分だけは大丈夫、こんな粉末で人生が変わるなんて想像もしてない。ところが一発キメたらもうそれ以外のことはどーだってよくなる。親もガッコもカネもセックスもクスリの前じゃ全部色褪せて見えてくる。クスリのためならお嬢さん学校の女も俺のをしゃぶらせてくれって涙ながらに懇願するしよ。きっと命令したら自分の家に火ィつけてくるぜ」

得意げに開いた鼻の穴を見ているうちに、七尾の中で昏い感情がせり上がってきた。

千場に対する単なる不快感かと思ったがそうではなかった。思考の隅に生じた黒い澱はあっという間に面積を広げ、あまりの膨れ方に慌てて自制心を動員させたがもう遅かった。

七尾の手は千場の後頭部を捕らえると、そのまま力任せに押した。

千場の額が鈍い音を立てて机に激突する。突然の暴力に千場は声を発することもできない。

驚いたのは七尾も同様だ。必死に抑えようとしても、激情に操られるように身体が動いている。

七尾は髪を摑んで頭を引き上げる。

そしてまた机に叩きつけた。

「や、やめて……」

千場の声が耳に届く。しかし脳には届かない。手を止めようとするが、脳が命令を受け付けない。

思考に広がった黒は理性を覆い隠して七尾の自由を奪う。

もう一度。

そしてまたもう一度。

四度目に持ち上げられた顔は人相が変わりかけていた。

「やめろおおっ」

壁に設えたマジックミラーでこちらの様子を窺っていたのだろう。怒声と共に隣の保護室から鰍沢と釣巻が飛んで来た。

「何やってるんだ！　お前」

鰍沢に羽交い絞めされ、釣巻に両足を取られてしばらくすると、ようやく四肢が思い通り動かせるようになった。脱力してみせると、二人も警戒を解いた。

「ああ……悪かったね。迷惑をかけた」

「悪かったじゃねえ。見てみろ、この有様」

千場の額は内出血で腫れ、鼻からは血の筋が流れている。当の本人は目を閉じて意識を失っていた。

「ずいぶん、痛みや衝撃に弱い子だね」

七尾は内心の茫然自失を誤魔化すように軽口を叩く。

「ふざけるなっ。いったいどうしたっていうんだ。急に人が変わったみたいに。おい、こいつ連れてけ」

釣巻が千場を抱えて部屋を出て行くと、鰍沢は七尾を壁際に押さえつけた。

「正直に答えろ。何があった」

言葉には怒りがあった。しかし、視線はおろおろと泳いでいた。それを見た七尾は抗う気を失くす。

「何がどうなったのか自分でも分からない。彼の話を聞いていたら、手が勝手に動いたんだよ」

「無意識だったってのか」

「意識はしていたけど、止まらなかった」

「すぐに診てもらって来い！」

鰍沢は吐き捨てるようにそう言うと、乱暴に手を放した。


翌日、七尾が検査を終えると病院の正門で待っている男がいた。

山崎だった。

診察時間は麻取の同僚どころか篠田にさえ告げていなかったので、驚きと共に戸惑いがあった。ついでに苛立たしさもあった。時間を告げなかったのは、鰍沢に待ち伏せされてあれこれ訊き出されるのが億劫だったからだが、今度も山崎に先を越されている。

「これも自慢の情報網というヤツかな」

「大事なパートナーの動向ですからね。何人もの情報屋が七尾さんの身辺を警戒してます。もう、今度拉致なんかされたらあたしの立つ瀬がない」

「あれはわたしの失態だ。あんたのせいじゃない。それに、すぐ駆けつけてくれたしね」

それだけはこの男に礼を言っておくべきだった。実際、拉致された直後に鰍沢たちも後を追跡したのだが、結局は途中で見失ってしまったのだ。だからこそ、七尾たちを救出したのが宏龍会の人間だったのを告げられた鰍沢は喜ぶよりはむしろ憤慨していた。

「取調室で千場のガキにお灸をすえたんですか」

思わず山崎に振り向いた。

まさか。取調室の中の出来事まで宏龍会に漏洩しているというのか——。

「おっと。七尾さん気を回し過ぎ。別に麻取の中にスパイがいる訳じゃない。千場がやはり結構な面相で病院に連れていかれたという話は事務所を張っていた奴から聞いたんですよ。で、七尾さんはと見ると綺麗な顔をしてるから、ああ、あれは七尾さんが一方的だったんだなと」

「大した推理だ」

「何か、精のつくもんでも食べませんか。いや、接待されるのがお嫌なら割り勘ってことで。この近所で美味(おい)しいスッポンを食わせる店を知ってましてね」

山崎は自分の少し後ろから影を踏むようにぴったりと付いて来る。すぐにそうと分かった。自分を周囲から護っているつもりらしい。

「訊かないんですか」

「はい？」

「怪我を負わせた加害者が逆に病院から出てきた。殴った時に拳を痛めたにしてはバンドエイドも貼ってない。じゃあ、どんな理由で診察を受けたのか？……あんただったら、このくらいのことは当然考えたはずだ。なのに、何故それを一番に訊かない？」

今まで軽快だった山崎は不意に押し黙る。

「本人から訊かなくてもすぐに分かるから、でしょう？　確かに麻取の中にスパイはいない。しかし、病院関係者は別だ。身内の恥を晒すようだが、この病院にも医療大麻横流しの噂があって、その相手先は確か宏龍会だ。疑えばきりがないが、噂が事実ならあんたがわたしのカルテを入手するのはそれほど難しいことじゃない」

すると山崎は頭を掻きながら「手の内を読まれるってのは実に嫌なもんですねえ」と言った。

「今まではあたしが相手を読む一方だったんですけどね。やっぱり油断のならない人だ」

「カルテはもう読みましたか」

「カルテの写し、手に入れたって専門用語の羅列ですからね。どこでもそうなんでしょうが、病院ってのは薬剤は鍵の掛かる部屋に保管している癖に、カルテについちゃあそれほどでもない。その気になれば清掃作業員だって覗けますから。あたしが知っているのはそういう人間からの口伝えですよ」

つまり、カルテを読める程度の病院関係者という意味だ。

「それで診察結果は？」

「……薬物による中枢神経異常の可能性あり」

殊更(ことさら)にさりげない口調が逆に応えた。大袈裟に騒ぎ立てられても鬱陶(うっとう)しいだけだが、この男なりの気遣いだとすれば好感が持てる。

それが七尾の口を開かせた。

「それを知られたのなら隠しておいても意味はないな」

頭の隅に束の間警報が鳴ったが、すぐに聞こえなくなった。話を切り出してしまえば後は抵抗なく言葉が出てきた。

「この間、レセプターの話はしましたよね」

「神経伝達物質の放出を司(つかさど)る部位。七尾さんのそれは鈍感だから、本来レセプターを刺激するはずの麻薬が体内に入っても作用しない」

「あの時、レセプターの反応度合いは個人差であって、全く反応しない訳ではないと言いました。それが今度の顚末の真相です。レセプターはやはり作用するのですよ。ただし時間と場所をずらしてね。要はあんたたちもご存じのフラッシュバックというヤツです。打った時には無反応。それが何の前触れもなく、ふとした瞬間に甦る」

この表現はいささか事実と異なっている。本来のフラッシュバックとは薬剤投与のしばらく後に快感が再生される体験であり、七尾のように正体不明の感情が肉体を支配することではない。だが、その他には表現のしようがなかった。

「医者は、レセプターが鈍感ではなくて機能不全じゃないのかと疑った。つまり麻薬には反応するが、その反応の仕方が常人と異なるだけなのだと。情けない話だ。いつの間にかミイラ取りがミイラになっていた」

医者はそう診断した上で、その原因を度重なるおとり捜査での麻薬摂取によるものと決め付けた。反駁する気も起こらなかった。特異体質といい気になって続けた野放図の結果がこれなら、自業自得そのものだからだ。

いつ精神が暴走してもおかしくない——そんな麻薬取締官が適材だとはお世辞にも思えない。

「上司の方に申告するんですか？」

これもさりげなく山崎が訊いてきた。

「いや。まだその気はない」

答えた自分自身が驚いた。薄々考えていたことで、それを山崎に告げる気は毛頭なかったというのに。

「あんたはやっぱり変な人だよ、七尾さん」

山崎は何故か怒っていた。

「役人が、ただの公務員が身体を挺してこんな仕事するなんておかしいよ」

拗ねたような目を見ていると妙に心が落ち着いた。鰍沢に告げていたら確実に自己嫌悪と後悔に苛まれそうな状況がこんな風に安らいでしまう理由は、しばらく考えても思いつかなかった。

*

東陽町駅で降りると、仙道寛人は北方向に向かって歩き出した。夜零時近くになりまばらとなった乗降客の中でも、仙道は決して目立つことはなかった。

その最たる理由はサングラスを外しているせいだ。取引時も含め普段からサングラスを着用していると、それが顔の一部になる。外してしまえば全くの別人であり、元々特徴のない顔は他人の印象に残りにくかった。

江東区役所から東京イースト21の前を通り過ぎる。ここは鹿島が再開発に着手した施設だが、言い換えれば他の場所はまだ開発から取り残されているということだ。東西線沿いという好立地が却って災いし、地価の割には集客の見込めない場所。借りたはいいものの半年を待たずに撤退を余儀なくされたテナントも多い。仙道が向かっているのは、ちょうどそういう理由で空いているビルの一つだった。

明かりの消えた一階はハウスメーカーのモデルルーム跡だ。すっかり色褪せたテナント募集の張り紙が風にはためいている。仙道は裏の通用口に回ってドアを開く。かつて近所のガキかあるいはホームレスがどうにかして開錠したのを、管理会社が杜撰なせいでそのまま放置しているのだ。

もちろん電気やガスは止められている。中に入った仙道は部屋の隅に隠してあったランタンを取り出して点灯させた。白い光が部屋中を照らすが、ガラスの内側はベニヤ板で目隠しをしているので外に明かりが洩れる心配はない。ペットボトルと空き缶、そしてコンビニ弁当の容器がフロア中に散乱している。

以前はクスリをトランクルームやコインロッカーに預けたまま安宿を泊まり歩いていた。

だが警察や麻薬取締部、果てはヤクザからも追われるようになると宿泊所に捜索の手が回る恐れが出てきた。いや、彼らだけならまだしも、スタンバーグ社から差し向けられた追っ手が一番の脅威だった。警察やヤクザなら確保されるだけで済むが、あいつらに捕まれば命の保証はない。現にスタンバーグ日本支社の研究員たちはそのほとんどが消息を絶っている。もう真っ当なホテルは危険に思われた。クスリも絶えず身の回りに置いておかなければ安心できなくなった。だから、ここを偶然に見つけた時には小躍りしたものだ。

毛布を待ち込めば寝床にもなる。幹線道路から外れているので深夜の騒音もない。クスリを秘匿し、ただ眠りに帰る場所とするならここは最適の場所だった。多少残飯の腐敗で饐えた臭いがするが、これは許容範囲だろう。

ランタンの光を頼りに反対側の隅へと進み、堆く積まれたゴミを払い除けると、隙間から取っ手が顔を覗かせた。扉を開く。そこはビール瓶が二ケースは入りそうな床下収納庫だった。中には黄色いアンプルが並んでいる。

仙道はその中から三本を取り出してアンプルケースに収める。これで収納庫に残存しているヒートのアンプルは二十本を切った勘定になる。最初にスタンバーグ社から供与されたのは百アンプルだった。その時点では実験の意味合いからグラム三千円で売っていたのだが、もう少し単価を上げていれば良かったと今でも悔やまれる。スタンバーグ社が日本支社の解体を始めたと知った時には半分も残っておらず、それを売り捌いていくしか生活の糧を得る方法はなかった。

追っ手をかわしながら非合法な取引を続ける日々は、否応なく仙道を慎重にさせた。頼れる者も明確な希望もある訳でなく、生存するにはとにかく闇に紛れて息を殺すしかない。

それにしても、と思う。

新宿での取引には驚かされた。事の成り行きにではない。情報が筒抜けだったことにだ。チャイニーズ・マフィアだけならともかく、麻取にも洩れていた。どこか自分の与り知らない所で情報のやり取りがされているのか——。

不意にぞくりと悪寒が走り、仙道は自分の肩を抱いた。

3

「実はちょっとした提案があるんですけどね、七尾さん」

今や馴染みの待ち合わせ場所となったスターバックスで山崎はそう切り出した。

「前の新宿の時は取引の瞬間を捕らえようとしたけど、それじゃあやっぱり遅い。相手は細心の注意を払っているから、麻取のみなさんやあたしらが張っていたら気づく可能性がある。

チャイニーズの連中に至っては多分隠密なんて言葉は知らないから、そっちから露見する惧れもある」

「だから？」

「取引の前に仙道のヤサを急襲するってのはどうです？」

「どうやって居場所を探ろうというんですか」

「そこが肝で。警察には逆探知の装置があるでしょ。それを使わせてもらう。具体的にはこうです。まず今度の取引相手を見つけたら、そいつのケータイを取り上げる。そのケータイには仙道からの着信履歴が残っているはずだから、こちらから再度連絡して奴の居場所を逆探知する。電話番号から登録された住所を辿るってやり方もあるが、プリペイドのケータイを使われていたらアウトだ。しかし、この方法ならその時点での場所を特定できます。今は昔と違って相手先が即座に検知できるはずだし」

そのどこか得意げな顔を七尾はまじまじと見た。冗談を言っているのではないらしいがこれでは笑い話にしかならない。

呆れ半分で却下しようとして思い留まった。それは多分に捜査方法に言及することだ。この男に説明していいものかどうか。

「どうかしましたか」

何度も言葉を交わしていてもその風貌からヤクザの肩書を連想するのは困難だった。唯一、謀をしている最中の目は冷徹さと狡猾さを放っていたが、今はそれすらもない。見ているうちに、協力し合う部分だけは真摯になるべきだと思い始めた。第一、調べればすぐに分かることだから機密には当たらない。

「折角の提案だけど、それは無理ですね」

「何故ですか」

「まず逆探知の装置なんてものは存在しない。前にわたしのことをVシネマの見過ぎだと言ったが、そっちはテレビの陳腐な誘拐ものの見過ぎだ」

「えっ。そうなんですか」

「あれは警察の協力要請に従う形で、電話会社が交換機の記録を辿るんです。ただ固定電話ならともかくケータイとなると、発信元の基地局を特定してそこから半径何キロ以内、くらいしか特定できない。しかも相手が移動中だと当然ずれていくし、第一、人命のかかった誘拐事件でもなければ電話会社が協力してくれない。誘拐事件であっても令状がなければ要請も聞き入れてくれない」

「うーん。天下の厚労省だったら融通が利きそうなんですがねえ」

山崎はつまらなそうに頭を掻く。

だが七尾はふと思いついた。携帯電話の逆探知に有効性が認められないのは基地局から半径数キロの範囲しか特定できないためと自分で説明したが、それは単に物量の問題だ。それさえ解決すれば、この方法も満更ではない。

「山崎さん。あなたの情報屋を都内の一箇所に集めるとしたら三十分で何人集められる?」

「三十分……まあ、百人程度なら何とか」

こちら側はどうか。場所を特定し最寄の所轄に応援を頼んだとして十人から二十人といったところか。

「その方法、ありかも知れませんね」

水を向けると、山崎の眉がぴくりと反応した。

「逆探知で基地局とその範囲を確認したら三十分のうちにありったけの情報屋と捜査官を投入して仙道を捕獲する。単純な人海戦術だが、範囲が限定されていれば有効です」

「でも、仙道がしょっちゅう移動していたら? たとえばタクシーとか電車とか」

「細心の注意を払っているのなら、ああいう商談をする際には人目を避けるはずだ。タクシーでも運転手が聞いている。今までの行動パターンから、人ごみの中を取引相手と話しながら歩くようなタマとは思いにくい。取引の日時は一番の重要事項だから、その話をする時は他に人のいない個室である可能性が高い」

途中から繰り返し頷いていた山崎は、説明を聞き終わるなり破顔した。

「七尾さん。あんたはやっぱりあたしが思っていた通りの人材だ」

「そりゃあどうも。ただ、この話の肝心な点は以前よりずっと早く取引の情報を手に入れなきゃならないことだ。逆探知のタイミング、双方の人間の配置、命令系統のチェック。事前にすべきことが山ほどある」

「まあ、警察ほど訓練はされてませんが、アメとムチで兵隊を動かしてみます。いやあ、七尾さん。あたしゃ何だか愉しくなってきた」

いつもはあなたたちが狩られている立場なのだが——という台詞は呑み込んだ。麻取とヤクザの共同戦線。この冗談みたいな話を宮條だったらどう受け止めるだろうかと、ふと思った。

「一つ、訊いていいかな」

「何でしょう」

「あなた、宏龍会に入る前は何をしていた？」

「へえ」と、山崎は驚いてみせた。

「あたしに興味がありますか」

「コンビを組むのなら相手のことを知っておかないと、と言ったのはあなただ」

「あたしが訊いた時は碌に答えてくれなかった癖に」

「基本になるデータ量が違う。自分で言うのも何だけど典型的な役人です。語ることは少ない」

「そりゃこっちも一緒ですよ。ヤクザになるのに大層な理由なんてありゃしません。何となく世間にあぶれて気がついたらヤクザになってたってのが大部分でね」

「あなたも？」

「いやあ、あたしは脱サラ組で。元サラリーマンて結構いるんですよ。ああ、そう言えばウチには生保の営業マンとか塾の講師とかもいるなあ。多いのは自衛隊員ですかね。火器の扱いにも慣れてるし礼儀作法もきっちり仕込まれてるから組織に馴染みやすい」

「あなたは馴染まなかったのか」

「交渉能力を評価してくれたのは大きかったと思いますよ。ちょうどこの世界が抗争よりは共存共栄を旗印にし始めていた頃だったから時流に合ったのかも知れません。以前はね、割と名の知れた建築屋で資材管理任されてたんですよ」

社名を聞いて驚いた。誰でも知っている東証一部上場の優良企業ではないか。

「いや、当たり前の話だけれど上場企業だからって内容が上等とは限りませんよ。現にあたしみたいな人間が嫌気をおこしたんだから」

山崎はいかにも苦い顔をする。この男には珍しい表情だった。

「社内でハラスメントでも受けましたか」

「あたしじゃないんですがね。何年か前、そこの経理課長が大金を横領した挙句に自殺した事件をご記憶ですか」

会社員の自殺など日常茶飯事で、正直記憶になかった。

「普通はそうでしょうね。ただそんな小さい事件でも関係者にとっちゃ大事でして。実は自殺した経理課長というのはあたしの同期でした。妙に気が合って会社帰りにはいっつも呑んでました。小心者で真面目ないい奴でしたよ。そいつが会社のカネ数億を横領して自殺したあ？　へっ、とんでもない。真相は会社が議員へ賄賂を贈るために拵えた裏金がバレたものだから、そいつの横領に仕立てたんですよ。相手は与党の幹事長、贈賄と引き換えの大型公共工事受注。世間に知られたら双方袋叩きですからね。証拠の捏造と偽証言。会社ぐるみ、組織ぐるみの犯行でそいつには抵抗する術もなかった。それで結局、周囲を恨みながら首を吊った」

「……よくある話だ」

「ええ、嫌になるくらいに。ただ、その真相ってのも社内じゃ公然の秘密で、全員が知っていたけど知らんふりをしてました。誰も責任を取らなかった。誰も声高に叫ばなかった。それがえらく怖いっていうか居たたまれなくなりましてね。サラリーマンてのは手前ェの会社のためなら馬鹿にでも冷血漢にでもなれるんだって。ちょうど資材調達の関係で知り合った宏龍会の人間から誘いを受けたんで、渡りに舟でした。こんな人非人ばかりの会社よりは任侠道とかを口にするヤクザの方がまだ真っ当のような気がしたんですよ」

「その転職は正しい判断だったと思いますか」

そう訊ねると、山崎は苦い顔のまま唇だけを歪ませた。

「七尾さんも意地悪な人だなあ……まあ、結論を先に言えば組織なんてのはどこも一緒ですねえ。ただ、この世界は落とし前をつけようとする分だけ堅気よりはマシかも知れません」

課長室を出て事の次第を伝えると、鰍沢は予想通り不機嫌そうな顔をしていた。

「逆探知という方法は単純だが有効だろう。問題は電話会社の協力を取り付けられるかどうか……緊急性が伴っていないと裁判所もおいそれと捜査令状を出さんだろう」

「緊急性というのなら、現在都内にヒート絡みの事件が頻発していることに言及すれば裁判所も納得する。そう進言したら課長は黙っていたよ」

「お前の進言に従うかね」

「あの課長は前例がないからといってクスリが目の前で取引されるのを黙って見ているよう

なタマじゃない。それは一課の人間なら全員が知っているはずだよ」

「仙道の居場所が特定できたら宏龍会の連中と一緒にガサ入れしようってのか」

「まさか。彼らにはあくまで情報屋に徹してもらう。挙げるのはわたしたちだよ。それに居場所が判明したからといってすぐにガサ入れする訳じゃない。ヤサにヒートを隠し持っている可能性は高いが、他の場所に保管していることだって充分考えられる。現行犯で引っ張るとしたら取引当日、現場に向かう直前から尾行するのが一番いい」

「しかし、際どい勝負になるぞ。最初に仙道が接触してからすぐに網を張らんと、後手に回る」

「ああ。ファースト・コンタクトの直後に客を確保しなきゃならない。さすがにそれはタイミングの問題で宏龍会の人間に任せることになるけどね」

そう告げると、途端に鰍沢は眉間に皺を寄せた。

「えらくあいつらを信用しているんだな」

「信用なんかしていないさ。ただ、仙道と接触したという事実だけでそいつを拘束し命令するのは、麻取の仕事じゃないってことさ。要は泥を被ってもらう。もちろん不測の事態に備えてわたしが同行するけれど」

最初、山崎はその接触した人間の確保には自分と手下の人間二人で向かうと言っていた。

そこに七尾が捩じ込んだ形だった。

「お前一人でいいのか」

鰍沢の問いが引っ掛かる。この問いの意味は力不足を心配してのものではない。むしろその逆だ。先日の取り調べのように七尾が暴走することを怖れているのだろう。

「わたし一人では心許ないか。しかし鰍沢までいたら買い手が余計に警戒するよ。ただでさえ強面なのに、その鼻の絆創膏は凶悪さ二割増だからね」

混ぜ返してやると鰍沢は渋い顔のまま「けっ」と吐き捨てた。

「俺で具合悪けりゃ杵田でも連れて行ったらどうだ。場数踏ませるにはちょうどいいぞ」

「えええー」

二人の近くでゴミ袋と格闘していた杵田が困惑の声を上げる。一週間溜めたシュレッダーのゴミと空き缶は相当な量だが、そのゴミ出しは新人の役割になっている。

「七尾さんとコンビ組むのはいいけど、ヤクザが一緒というのはちょっと……」

「じゃあ熊ヶ根が退院したら奴と組ませてやろうか」

「それもちょっと……」

七尾は苦笑せざるを得ない。杵田のように腰の引けた者でも、身内を同伴させれば七尾の抑止力になると考えているのだろう。

「宏龍会と接触する人間はできるだけ少ない方がいい。それは課長も同じ考えのはずだよ」

「俺は、あの山崎って野郎が気に食わないんだよ！」

「鰍沢の気に入るヤクザなんているのかい」

「あいつは普通のヤクザじゃない」

口調が変わっていた。

「ヤクザってのは大なり小なり暴力崇拝の臭いが染み付いている。新宿の時にひと言交わしただけだが、それがあいつにはなかった。見かけは平凡なサラリーマンっぽいが何を考えているのか少しも読めん。ありゃあ相当な食わせモンだぞ」

「だからこそ宏龍会のナンバー3なんだろうね。それくらいはわたしだって心得ているさ。元より麻取と手を組もうなんて提案してくる手合いだ。食わせ者なのは百も承知している」

だが──と尚も鰍沢が抗弁を続けようとした時、七尾の携帯電話が鳴った。

液晶表示は〈山崎〉だった。

「噂をすれば、か」

二人に目くばせして携帯電話を開く。

「七尾です」

『やあ、山崎です。例の魚、早速網にかかりましたよ』

「早いな」

『前の取引が流れちまいましたからね。仙道も懐具合が寂しいんでしょう。さっき、ウチの子飼いから報せがありました。今すぐあたしたちと合流してくれますか』

「どこに行けばいいですか」

『もう、そちらの事務所の前まで来てますよ』

七尾は電話を切って、今出てきたばかりの課長室にとって返す。パソコンに向かっていた篠田は驚いて顔を上げた。

「課長。連絡がきました。逆探知の手配、お願いします」

「早速ですか。本当に上司を休ませてくれない人ですね、あなたは」

「令状、取れますか」

「取らなければ無能な上司と叩かれそうですから。幸い裁判所にクスリ嫌いの知り合いがいます」

「よろしくお願いします！」

ジャケットを引っ摑むなり事務所の外に飛び出した。

時刻は午後九時。街は既に暗く輝いている。

「七尾さん。こっち、こっち」

横断歩道の向こう側、黒塗りのＢＭＷの前で山崎が手招きしていた。

促されるまま後部座席に乗り込むと、運転席の男が顔を向けた。四角い顔で唇が厚い。

「ご苦労様です」

強面のヤクザからご苦労様と言われても返事に困る。七尾は頭を下げることもしなかった。

「ウチの若いので鯖江といいます。こういうことには役に立つんで連れてきました」

こういうこと、が暴力沙汰を意味するのは人相を見て判断できた。

「対象は？」

「対象？　ああ、麻取さんたちはそういう言い方をするんですかね。買い手はやっぱり渋谷でチームの頭を張ってる赤城というガキです。仙道から連絡が入ったのは五時半、買い付けたのはアンプル四本。現金で四十万はさすがに手持ちがなかったんで、大急ぎで近くのＡＴＭに直行したらしい」

「で、今はどこに」

「錦糸町。そいつのヤサがあるんです」

現金を引き出していったん自宅に戻る――つまり、取引の時間まではまだ余裕があるということだ。

いける。仙道に罠を仕掛けることは可能だ。

「赤城をすぐ特定できますか」

「ええ。チーム名の入ったスタジャンを着ているらしいんで。やっぱりワルぶっていてもその辺りがガキですな。存在を誇示しちゃいけません。悪事ってのは徹底して秘めやかにやらないと」

「所信表明演説みたいに大々的にするという手もある」

「そこまでの巨悪は、あたしらの仕事じゃありませんやね。所詮（しょせん）、ヤクザの悪行なんて政治家さんたちの足元にも及びません」

三人を乗せたＢＭＷは両国国技館の前を過ぎ、蔵前橋通りを東に進む。両側にオフィスビルとマンションの建ち並ぶ通りをしばらく走ってから左折すると、俄に暗がりが迫ってきた。

「赤城のヤサはあのマンションです」

鯖江の指差す先は百メートルも向こうにある。

「そこまで尻尾摑んでいるのか」

「チームの副ヘッドがウチのモンの舎弟でしてね。赤城を引き摺（ず）り下ろして自分が頭取りたい一心で、ありったけの情報を流してくれるんですよ。女の住所まで洗いざらいね」

ヒートの取引以前に麻取に捕まえられ売人の確保に協力させられる――渋谷の覇権を目論むチームのヘッドとしては、確かに面目丸潰れだろう。

「委員長、あれは？」

鯖江が指したマンションの前にタクシーが止まった。中から出てきた三人組の一人が派手な柄のスタジャンを着ていた。

「あいつだ。チーム名の入ったスタジャン」

その赤城らしき人物を挟むようにして、図体の大きな男が二人。鯖江が舌打ちする。

「ボディガード？　話が違う」

「ふん、銀行からの帰りに合流したんだ。七尾さん、あたしは腕に自信がないもので赤城を担当させていただきます。申し訳ありませんが図体の大きい方を……」

ＢＭＷをタクシーの前に回り込ませ、七尾たちは赤城の正面に走り出た。いきなり現れた三人に赤城たちはわずかに身じろぐ。真向かいに見た赤城は短髪を銀色に染めたチンピラ風だった。

「何だよ。手前ェら」

「誰でもいい。お前、赤城だろ。ちょっと顔貸してくれないか」

ただならぬ空気を読んでタクシーはすぐにその場を立ち去った。

七尾や山崎はともかく、鯖江の風貌でどういう関係の人間か察しがついたのだろう。赤城はさっと顔色を変えるなり、隣の偉丈夫の陰に隠れた。それを見た山崎が唇だけで笑う。

「何もタマ取ろうってんじゃない。大人しく協力してくれたら手荒な真似はしない」

その言葉を受けて鯖江が一歩近づくと、二人の偉丈夫が赤城の壁となって立ち塞がった。改めて男たちを見る。背丈は共に百八十センチを超え、髪型はアーミーカット。闇に紛れても、瞳の色と顔の彫りから外国人らしきことが分かる。米兵崩れか、それともどこかの国のマフィアか。一人は白人、もう一人は黒人。いずれにしても How do you do? で握手できる相手ではなさそうだ。

二重の意味で言葉が通じないが、鯖江は見知らぬ相手との会話の仕方を知っている。最強の会話は殴り合いだ。鯖江は問答無用で黒人に摑みかかった。

鯖江に引かれて黒人が動くと赤城の姿が晒された。が、今度は白人の陰に隠れる。やむを得ない。七尾は白人の前に進み出た。

自分の目線に相手の首がある。体格差は如何ともしがたく、これで相手が格闘技を習得していたら苦戦するのは目に見えている。

赤城が踵を返して後方に逃げ出した。それを山崎が追う。白人が止めようと突き出した手を七尾が払う——それが戦闘開始の合図になった。

ぶん、と音を立てて右の裏拳が飛んできた。咄嗟に頭を低くしたが髪の毛を掠った。身体が開いたところで右手首を捕まえ、背中に持っていく。だがその手首を吊り上げる前に、左手が七尾の顎を摑んだ。

白人は軽々と七尾の身体を宙吊りにし、アスファルトに叩きつけた。肩甲骨が悲鳴を上げ、肺の中の空気が一遍に吐き出される。

爪先で脇腹を蹴られ、空咳を起こす。

その途端に視野が狭くなった。

脳裏に黒い塊が生まれる。

七尾は片手で上半身を支えると、低い位置から相手の膝の裏に蹴りを打ち込んだ。

ぐらり、と白人の身体が崩れる。

機会を逃さず同じ場所にもう一度爪先を捩じ込むと、白人は尻餅をついた。尾骶骨(びていこつ)への衝撃ですぐには動けない。七尾は開いた股間に渾身の蹴りを叩き込む。鍛えようのない急所だ。

白人は一声呻いて身体を前に倒す。その勢いを利用し、七尾はカウンターで今度は鼻面を蹴り上げた。

嫌な音がした。多分鼻骨の折れる音だ。

白人の動きが緩慢になったので他の様子を窺うと、鯖江は交戦中、山崎は赤城の振り回す手から必死の形相で逃げている。振り被った赤城の手の先がぎらりと光った。

刃物か。

七尾は素早く赤城の背後に回り込み、やはり膝の裏を蹴り上げる。ぐあ、と叫んで赤城が路上に倒れると、真上から上半身を潰しにかかった。

ぶふうっ、と耳障りな声を上げて赤城は大の字に伸びる。七尾はその頭を尻に敷き、ナイフを握る手を片手に捕らえようとするが、相手が暴れ回るのでなかなか捕捉できない。ようやく摑むと、指を一本一本逆方向に曲げた。

束ねた割箸を折るような音と同時に、赤城の細く長い悲鳴が夜のしじまにこだました。

「旦那っ」

鯖江が七尾の肩を揺さぶる。

「もうそこで止めてください。これ以上やったらガキが気絶する」

その声で七尾は我に返った。尻に敷いた少年はすっかり戦闘意欲を喪失し、まだ無事な方の手で弱々しく地面を叩いている。黒人の方はと見ると、こちらも地面に横たわって低く呻き続けている。

「痛ェ……畜生、血だ」

山崎は左手を押さえてうずくまっていた。深刻そうな顔をしているので、二人はその傍に駆け寄った。

「見せてみろ」

半ば強引に開かせた手を見て、七尾は安心した。確かに流血はしているものの、掌を真横に切っただけの浅い傷だった。

「かすり傷だ」

「それでも血が出ている」

「そりゃあ、切ったら多少の血は出るだろうさ」

軽く答えたが山崎はひどく不機嫌そうに押し黙っている。思わず鯖江の方に向き直ると、この実直な手下は山崎から無理に視線を逸らしている。

こんなことに構っている場合ではない。七尾は赤城に顔を寄せて囁いた。

「さっき、ヒートの売人から連絡を受けたね」

少年は小さく頷いた。

「取引はいつだい」

「明日の……夜十一時……」

間に合う——七尾は携帯電話で上司を呼び出した。

『篠田です』

「課長、買い手はたった今確保しました。逆探知の用意、よろしいですか」

『何とか手配しました』電話の向こうで溜息が聞こえた。『お役所仕事で無理を通すのにどれだけ気を使うか。あなたにも一度こういう役目を負わせてやりたい』

「謹んでお断りします。それでは手筈通り、第二報を待っていてください」

七尾は赤城の使用している通信事業会社と電話番号を告げてから本人に向き直る。

「着信履歴に仙道のケータイ番号が残っているよね。今から折り返しかけ直すんだ」

「……どうして？」

「理由は君が知らなくていい。わたしの言う通りに喋るんだ。言うことを聞いてくれたら手荒な真似はしない」

赤城は怪訝そうな顔をしていた。

「今のが手荒じゃないって？」

横から鯖江が口を出した。

「あんな喧嘩、俺たちだってしない」

抗議を無視して、赤城に細かい指示を与える。四肢の自由を奪われ、指を数本折られた少年には憎まれ口一つ叩く気力もない様子だった。

赤城が仙道を呼び出した。が、コール音が続くだけで相手は一向に出ない。

「十回コールしたら切っても構わない」

言われた通りに電話を切る。これでいい。慎重な人間は見知らぬ電話番号からの着信にすぐ応答しようとはしない。まず発信先を確認しようとするはずだ。

　果たして数分の後に着信音が鳴った。

『……もしもし？』

　初めて聞く仙道の声は不安に揺れていた。

「赤城だ」

『どうした？』

「今、落ち着いて話のできる所にいるか」

『……ああ』

「相談があって電話した。実はヒートの代金、少し下げられねえかと思って」

『……値引き交渉は一切しない』

「いや、単価下げる代わりに本数が欲しいんだ。四本じゃ足りない。二十本用意できないか」

　話の途中で七尾は再度、篠田に連絡する。ただし今度は声を潜ませる。

「課長、今です。逆探お願いします」

『了解』

『二十本だと？　無茶を言うな』

「必要なんだ」

『そんなにストックがない。数週間も待てば調合者と連絡が取れるかも知れないが……』

傍で耳をそばだてていた七尾は思わず聞き返したい衝動に駆られた。

調合者？　そんな人物がまだいたのか？　そして仙道と連絡を取り合っているのか？

『とにかく今渡せるのは四本だけだ。それが嫌なら取引はなしだ』

「分かった。条件は変更なしでいい」

仙道は一方的に電話を切った。これで良し。後は電話会社が今の通話記録から発信電波を受けた最寄の基地局を辿るのを待てばいい。

それにしても調合者とは——。もしもそんな人物が存在するのなら、首尾よく仙道を確保できたとしてもトカゲの尻尾切りではないか。

「駄目だ。血が止まらん」

真横で山崎がぼそりと呟き、既に戦闘意欲を喪失した赤城をじろりと睨んだ。放っておけば更に危害を加えそうなので、七尾はそれとなく赤城を隠す位置に立った。

「大丈夫だよ、山崎さん。その程度の傷、傷のうちにも入らない。ただ黴菌(ばいきん)が入らないよう消毒は必要かも知れないが」

「鯖江、クルマに救急箱置いてあるかっ」

「あんまり、そういう物をクルマには……」

「気が利かねえなっ」

「それに出血なら、そっちの旦那の方が」

え、という顔をした山崎が七尾の手を見つめて大きく目を見張った。七尾がその視線を追うように俯くと、ぶらりと下げた右手の先から血が滴り落ちている。掌を開いてみると、中指からぱっくり縦に裂けている。おそらく揉み合った際に負った傷だろう。

何故気がつかなかったのだろうと考えていると自分の携帯電話が鳴った。上司からだ。

『篠田です。逆探完了しました。発信地は南森町基地局を中心とした半径一キロ以内』

横で聞いていた山崎が自分の携帯電話を開いて、その内容を伝え始めた。

『城東署からは二十人の捜査員を派遣してくれるそうです』

「よろしくお願いします」

時刻は十一時を過ぎている。先刻の赤城との会話でも落ち着いて話のできる場所にいると言っていた。仙道がねぐらに戻っている可能性は大だ。城東署員と宏龍会の情報屋合わせて百人以上の人間が、直径二キロの範囲内を捜索するのだから鉢合わせすることもあるだろうが、仙道の人相は双方に似顔絵が出回っている。

「本人が発見されるのも時間の問題でしょうね」

山崎も同様に考えたらしく緊張の解けた口調でそう言った。

「こっちの仕事は一段落だ。だから七尾さん、お互い怪我の手当てをしませんか」

「救急病院に搬送しますか」

皮肉のつもりでそう言うと、山崎は責めるような目で応えた。

「こんな刀傷を受けると女房が要らん心配をするんで、斬り合いになるような真似は避けてたんですよ。幸いここからあたしの家までは遠くない。一旦、戻らせてくれませんか」

「構いませんよ」

「鯖江。あたしの家の近くまで」

ぐったりとした赤城を助手席に詰め込み、鯖江はBMWを発車させた。ボディガードの二人は置き去りだが、這って行く程度の気力は残っていたから気に病む必要はない。

「なあ、俺も手当てしてくれるんだろうな？」

赤城が半ば懇願するように水を向けたが、親身になって耳を傾ける者はいない。

「唾でもつけとけ」と、鯖江がぶっきらぼうに答えた。

「骨が折れてる」

「骨を折ったのはお互い様だ。どっちにしろ電話の相手が捕まるまで我慢していろ」

四人を乗せたBMWは信号の少ない裏道を抜け、やがてマンションが建ち並ぶ一角に停まった。

「ちょっと待ってろ」

山崎は七尾を連れて何度か角を曲がり、とある中層マンションの門をくぐった。宏龍会幹部の自宅として億ションか豪奢な一戸建てを予想していた七尾にはいささか意外な佇まいだった。

「さあ、あばら家ですけど七尾さんも一緒に」

エントランスに入る。まだ新しいマンションで瀟洒な内装だが、やはり溜息の洩れるようなランクではない。

「七尾さん。一つお願いがあるんですが……七尾さんの身分は女房には伏せておいてもらえませんか」

「それはいいけれど……おい。あんた、ひょっとしてまだ自分の仕事のことを」

「ご明察で。ええ、女房はあたしの稼業のことをまだ知りません。組のフロント企業で〈興和商事〉ってのがあるんですが、あたしはそこに勤めてることになってます」

エレベーターで三階に上がり、降りた突き当たりが山崎の住まいだった。ドアの上の表札にちゃんと〈山崎〉と明記してあるのが、これもまた意外だった。

「ただいまあ」

『おかえりなさーい』

何とも平和そうな声に腰が砕けそうになったが、出迎えた女を見て七尾は更に奇異な思いに囚われた。

歳は三十代前半で小柄、小さな顔に大きな目が印象的な美人だった。ヤクザに独特の臭気があるのと同様、その妻も一般の主婦が持ち合わせない臭いを放っているものだ。だが、山崎の妻からそういう臭気は一切しなかった。

笑えばなかなかに魅力的なのだろうが、帰宅した夫を見るなり彼女はひどく驚愕(きょうがく)した。

「どうしたのよ、その怪我！　そ、そっちの人も」

「いや、帰りがけに酔っ払い同士の喧嘩に巻き込まれたんだ。こちらは仕事先の七尾さん。手当てしてやってくれ」

「まあ、それは申し訳ありませんでした！　主人と一緒にいたばかりにそんな目に遭わせてしまって」

彼女は慌てふためいて七尾を部屋に招き入れた。玄関先には女物の靴が大小一組ずつ揃えられている。

中は3LDKで存外に広い。家具や小物類は綺麗に片付けられており、家庭的ながら雑然とした雰囲気ではない。鼻に飛び込んできたのは室内芳香剤と鍋物の混ざった匂いだ。

居間のソファに連れていかれ、早速傷口を消毒された。薬用アルコールで乾いた血を拭き取ると、中指の腹から手首までほぼ一直線に切られていた。

「なあ、俺の方も……」

「あんたは後！　どう見たって七尾さんの方が深手じゃないの」

慣れない手つきながら薬を塗り、包帯を巻くとそれらしい処置に見えた。長らく女に傷の手当てをされてなかったので妙に落ち着かなかった。

「あの、七尾さんはお家で誰かお待ちになっている人が？」

「いや、わたしは独り者ですが」

「それならこんな時間ですけど、一緒にお夕飯食べていってください」

ちらと山崎を盗み見ると、これも済まなそうな顔でしきりに頷くので「では、お言葉に甘えて」と答える。

彼女がいそいそとキッチンに消えたのを確かめて、山崎がすり寄ってきた。

「すみませんね、本当に」

「本当に呆れましたよ。まさかとは思いましたが、仕事のことは全く教えていないみたいですね」

「建築屋辞めてからすぐの再就職でしたから。サラリーマンから一転ヤクザになったなんて、どうしても上手く説明できなくって。深夜残業や朝帰り、休日の不意の呼び出しだって前の職場でしょっちゅうだったから、仕事が変わっても不審がられることもないし……」

つらつらと言い訳を聞いていると成る程とも思えた。社宅にでも住んでいない限り、妻が夫の勤務先に関与することはまずない。家族を養えるだけの給料が毎月振り込まれれば、外でどんな仕事をしていようが気にする必要もない。宏龍会の渉外委員長がいつもサラリーマンの格好をしている理由も、これで納得がいく。

「しかし奥さんはいいとして、子供にはどう説明するんですか。娘さんがいるでしょう」

「え。どうしてそれを」

「靴がありましたから。あのサイズだと小学生くらいかな」

「……やっぱり油断のならない人だなあ。ええ、その通りです。麻香（あさか）といって今年十歳になります」

「子供は親の職業に関心を持つ」

「女ってのは怖いですねえ。まだ年端もいかないのに勘だけはえらく鋭くって。女房と同様、何とか誤魔化していますけど戦々恐々の日々ですよ」

山崎はいくぶん消沈してうなだれる。

「聞いた話ですがね、全国に名の知れた大親分がいて、この人は出入りだろうが警察だろうが何も怖いモノのない鬼神みたいなヤクザだったんだが、唯一夢でうなされるほど怯えていたものがあった。それは一人娘の入園申込書でした」

「入園申込書？」

「親の職業を書く欄があるんですよ。そこにヤクザなんて書いて我が子が皆から苛められたらどうしようかって。昔気質の人だったから嘘を記入することもできない。後で分かっちまえば同じことですしね。堅気の頃にはギャグで済ませてたけど、今はもう笑えません」

　その時、山崎の胸ポケットで着信音が鳴った。

「ちょっと失礼……ああ、あたしだ。何ィ、見つかったあ？」

　瞬間、七尾は腰を浮かせた。山崎は付いてくるようにと手招きをしながら別室に移動する。

「場所は？　東陽町駅を北に……一階の空いたビル。何てビルだ。庄山第一ビル。そこの一階だな。ふん、モデルルーム跡か、成る程ねぐらにするには好都合か。で、仙道の野郎はどうしてる。……そうか。よし、ちょっと待ってろ。七尾さん、奴さんはどうやら帰っているらしい。ウチのモンに踏み込ませましょうか」

　七尾はすぐ篠田に報告を入れる。

「課長、七尾です。仙道の居場所が見つかりました。東陽町駅を北、庄山第一ビル一階のモデルルーム跡。本人が中にいるそうです」

『彼らに先を越されましたか。残念でしたね。世界に誇る警察組織より街の情報屋の方が優秀だとは』

「その代わり頭より身体が先に出る人たちです。機先を制して飛び込むかも知れません」

『それは厳に慎んでください。打ち合わせ通り、ブツを所持した状態で確保しなければ逃げられます。必ず立件できる環境を揃える。それが今回の令状発行の条件でした』

「見張りはどうしますか」

『相手は先の取引失敗でナーバスになっているはずです。現場の俯瞰写真を今グーグルで検索しましたが見通しのいい場所ですね。大勢で取り囲んで徒に警戒心を煽ってもコトです。現場への進入口は？』

山崎が横から口を添える。

「ビルの裏側に専用の通用口があります」

『では、その通用口を監視できる場所に二名。深夜から朝にかけては一人で構いません』

「情報屋さんは張り込みに関しては素人です。二時間保ちませんよ」

『そうでしょうね。では二時間ごとに。朝になったら釣巻くんを向かわせますから情報屋さんと交代させてください』

篠田の意向を伝えると、山崎は渋々ながら承諾した。

「だけど仙道をふん縛る時には、あたしが必ず付いていきますからね」

『勝負は仙道が取引場所に赴く直前です。その時こそ、あなたに気張ってもらわないと』

報告を終えると、七尾はひと息吐いた。


そのまま辞去するつもりだったが、結局キムチ鍋の相伴に与ることとなった。商売柄、山崎が客を招くことはないはずで、山崎の女房はひどく嬉しそうに話しかけてくる。

「主人が迷惑かけてませんか？　この人はホントに意気地がなくって、肝心なところはみんな他人任せにするもんだから」

「いやあ、そんなことはありませんよ」

「そうですかあ？　でも、そんなんだから前の建築関係の仕事、少し心配だったんです。ほら、ああいうお勤めって気の荒い人が多いって話だから。そこへいくと今の仕事は商談で話すことが主体っていうから安心です」

噴き出しそうになった。

「よくご一緒になるんですか」

「いや。今回は山崎さんの会社とある共同プロジェクトがありましてね。一緒に仕事をするのは初めてです」

山崎はと見ると、飯を掻き込みながらちらちら不安げに七尾へ信号を送っている。

「じゃあ、これを機会に仲良くしてやってくださいね。この人ったら家では仕事の話なんか一切しないもんだから、上手くやってるんだかそうでないか全然分かんないんです」

「ちゃんと上手くやってるよ……」

「あんたの自己申告なんて信用できないわよっ。前の会社辞めたのだって、教えてくれたのは再就職決まった時だったじゃないの」

七尾は改めてテーブルの周辺に視線を投げる。椅子は三脚、食器棚に収められた皿も三枚ずつある。自分の前に置かれた皿も三枚セットのうちの一枚だ。

「麻香さん、でしたか。娘さんはもう食事、お済みなんですね」

「え?」

「娘さんだけは別メニューなのかなと。いや、娘さんの分の皿が見当たらないもので」

「ああ……麻香は長患(ながわずら)いをしてまして。ずっと病人食なんです」

「それは失礼しました。つまらないことをお聞きして」

食事を終え、今度こそ辞去しようとするとエントランスまで山崎が見送りに付いてきた。

「七尾さん、ご面倒かけました。芝居に付き合ってもらって」

「それはいいけれど山崎さん。あんた、こんな二重生活が長続きすると思ってるんですか」

「こんな商売だからバレるのは時間の問題だ。そんなこたぁ分かってますよ」

山崎は自嘲するように言った。

「ただね、七尾さん。あたしゃあ、まだサラリーマンに未練があるんですよ」

「その世界に幻滅したのじゃないんですか」

「しましたよ。でも、サラリーマンの世界にはヤクザにないものもある。〈平穏〉ってヤツです」

「宏龍会の幹部が〈平穏〉、ですか」

「ないものねだりだってのも分かってますよ。だけど、毎日生きて帰る。家の中では女房と子供とで他愛ない話をして笑う……。そういう普通の暮らしをね、あたしは手放したくないんですよ」

＊

人殺しは思ったよりもずっと簡単だった。

しかし、気持ちと身体は別の反応を示した。

麻由美（まゆみ）は握っていた鉄パイプを放そうとしたが、指が強張って言うことを聞かない。左手で指を一本ずつ剝がして、やっと掌から離れた。

凶器にするつもりだったナイフは懐に収めたままだった。隠し持つために小ぶりなナイフを選んだものの殺傷能力に不安があったのだが、ここに来てみるとお誂え向きの鉄パイプが転がっていたのだ。

前の道路を今また大型車が通過した。だが、窓にはベニヤ板が打ちつけられていてヘッドライトの光も洩れてこない。

目の前に仙道が倒れている。

ペンライトの光輪の中で人相は奇妙に歪んでいたが、行為の前に傍らのジャケットを漁ると本人の免許証とサングラスがあったから人違いではない。第一、人相が変わるほど殴打したのは自分だ。

光輪の中には血も見える。あれだけ渾身の力を込めて殴ったのに、その流血の少なさは意外だった。

頭蓋に鉄パイプを振り下ろした時の感触がまだ掌に残っている。まるで粘土を詰めた花瓶を割るような感触。

心臓は停止している。呼吸もしていない。

後悔はなかった。ヒート――あんな恐ろしいクスリを売っているような奴は悪魔だ。殺したところで誰も文句は言わないだろう。

心残りはこの男の苦しむ様を拝めなかったことだ。完全に寝入っていたところを襲ったから目覚める隙さえ与えなかったが、本当は命乞いをさせたかった。その命乞いを十分聞いた上で殺してやりたかった。それほどに憎い仇だった。

この男の――正確にはこの男の売ったヒートのせいで、自分の娘はまともな身体ではなくなってしまった。一家の幸せとあの天使のような笑顔は、もう二度と戻らない。

腕時計で時刻を確認する。午前五時五分。そろそろ東の空が白み始める頃だ。長居をする必要はない。見張りはさっき交代したばかりで、裏の通用口しか気に留めていない。脱出は容易のはずだ。だが、その前にもう一つだけ仕事を済まさなければ。

麻由美は床に落ちた鉄パイプをもう一度拾い上げた。

4

東陽町庄山第一ビルで仙道寛人の死体が発見されたのは午前八時のことだった。発見者は麻薬取締官の釣巻で、朝食の時間になっても仙道が姿を現さないのを不審に思い、現場に踏み込んで死体に遭遇したのだ。直ちに管轄の城東署に連絡がもたらされ同署の捜査員が急行、死体は検分の後に監察医務院に搬送された。検分に当たった検視官は死亡推定時刻を同日の午前四時から五時までの間、凶器は死体の傍に転がっていた鉄パイプであろうと所見を述べ、それは司法解剖の報告とほぼ一致した。

鑑識の結果、凶器の鉄パイプには一種類の指紋が残留していた。城東署はその指紋からある人物を特定し、即日任意同行を求めた。

その人物とは麻薬取締官七尾究一郎だった。

三　混戦

1

城東署の取調室は呆れるほど麻薬取締部のそれに酷似していた。三畳程度の部屋の中央にスチール机が一つ、両側にパイプ椅子が一客ずつ。壁際には一回り小さな机と供述記録用のパソコンが一台。被疑者の凶器になるような物を極力排除しているため、机の上には紙コップとアルミ製の灰皿が置いてあるだけだ。ホテルのラウンジのような内装にしろとまでは言わないが、この殺風景さに心のささくれ立たない被疑者がいたらお目にかかりたい——。取り調べられる側になって初めてそのことが実感できた。

取調室で対峙した刑事は仁藤（にとう）と名乗った。

「七尾（ななお）さん、だったね。噂は聞いたよ。ずいぶんと優秀な取締官だそうじゃないか」

生え際の後退した頭、酷薄そうな眉と唇、歳は四十代だろうか。親しげな口調とは裏腹に、まるで敗残者を見下すような優越感丸出しの目をしている。日頃見慣れている麻薬常習者とは別の意味で胸糞の悪くなる目だった。

「ちょっと調べさせてもらったけどなかなか面白い経歴だねえ。実家は富山市。北陸では有名なドラッグストア・チェーンの御曹司だっていうじゃないか」

家のことを持ち出されたことに、まず嫌悪感を抱いた。家族の話から入れば崩せる人間と見られたのならそれは不愉快な推測だったし、同時に仁藤という男の思慮のなさを窺わせるものだった。

「確かに実家は薬屋ですが、わたしは跡継ぎでも何でもありません」

「そのようですな。社長はお父上、その下の専務取締役は次男の正二郎氏。商業登記簿を取り寄せたが、あんたの名前はどこにも記載されていない」

「高校の時、商売には不向きな性格だと思い知りましてね。以来、実家とは没交渉ですよ。それより、凶器からわたしの指紋が検出された経緯を教えてもらえませんか」

急いた気持ちを抑えたつもりだったが、普段よりも喋り方が速くなっている。しかたがない、と自分を慰める。事務所に出勤したら、門の手前でいきなり警察手帳を見せられてすぐにパトカーに乗せられた。任意同行に応じたと言えば聞こえはいいが、実際は拒絶する間もなく拉致されたというのが実態だった。車中で聞かされたことは仙道が殺害されたことと発見者が釣巻だったという二点だけで、後は何も知らされていなかったのだ。

「おやおや、事情聴取するのはこちら側なんだが。ま、経緯といっても隠すほどのものじゃない。死体発見は午前八時。被害者が朝になっても姿を見せないので、あんたの同僚が様子を窺ったところ、空室の中に死体と凶器の鉄パイプが転がっていた。鑑識が調べたところ指紋は一種類しかなかった。被害者は麻薬取締部が追っていたという情報が事前にあったから、念のために麻薬取締官たちの指紋と照合させたら、七尾究一郎がヒットした。それだけのことさ」

元来、警察と協力体制を敷いた時点から互いの捜査員のデータを交換している。七尾の指紋が警察のデータベースにあるのは当然だった。しかし、疑問は残る。

「わたしの指紋しかなかったというのはおかしくないですか。前の店舗が撤去した後だから鉄パイプが転がっていたのは分かる。しかし、それでも解体業者の指紋が残っているはずだ」

「業者は作業中に手袋をしていることが多い」

「じゃあ、犯人は不用意に素手で摑んでいたと？」

「多分、あんたは別に凶器を持参していた。その時点では凶器は持ち去るつもりだったから手袋をする必要がなかった。しかし、現場に来てみるともっと手頃なモノが転がっていた。そこで予定を変更して鉄パイプを使用した。手袋はしていないから当然指紋が残る」

「それで、そのまま放置して現場を去ったというんですか」

「日頃犯罪者を相手にしている麻薬取締官はそんなヘマをしないってか。いいや、それがやっちまうんだな。人を殺すとなると、どんな奴だって動転する。そして必ずミスをする。それは、犯罪捜査に携わってきたあんただって承知していることだろ」

ミイラ取りがミイラになった、という響きが聞き取れた。もう、この男は自分が犯人だと決めつけている。そんな相手に材料もなく抗弁するのは無駄だと分かっていたが、今の七尾には容疑を否認することしかできない。

「わたしは犯人じゃない」

「じゃあ午前四時から五時までの間、どこで何をしていた」

「自宅マンションで同僚からの連絡を待っていた。現場で何か動きがあれば、すぐに飛び出す用意をしていた」

「証人はいるかね」

「いない」

ふん、と仁藤は聞こえよがしに鼻で笑った。

「それなら、わたしが仙道寛人を殺さなければならない動機はどうなりますか」

「動機は横領さ」

「横領？」

「ヒートとかいう新種の麻薬を追っていたんだってな」

「わたしがヒートの売人になろうとしたと言うんですか」

「いいや、売り物じゃない。あんたは自分で愉しむつもりだった」

そう言って仁藤が差し出したのはカルテの写しだった。患者の欄には自分の名前が記載されている。

まさか、こんなに早くこれを探し出してくるとは——七尾は少しだけ城東署の手腕を見直した。

「今まで何度もおとり捜査で実績を重ねてきたらしいな。いや、全く頭が下がる。所轄の生活安全課や本庁の麻薬担当者が束になっても敵わんような検挙率だ。だが、その代償もあった。あんたは麻薬取締官でありながら、いつしか麻薬なしではいられない体質になった」

「あなたは依存症と禁断症状を一緒にしている。それにヒートは現段階で依存症の要素は報告されていない。依存症がなく安価であること、それこそがヒートのセールス・ポイントだった」

「それは普通の人間にとってだろう。ジャンキーにしてみれば猫にマタタビなのかも知れん。それはひょっとしたら医者にも説明が難しいことなのかもな。第一、あんたの捜査手法というのはおとり捜査が中心だそうだな。しかも噂によれば、相手を信用させるために自分で打ってみせるそうじゃないか。そんなことを繰り返していたらどんな人間だってあっという間にジャンキーになる」

「わたしは特異体質でね」

仁藤は鼻で笑った。今の言葉を冗談としか受け止めていない様子だ。

「仁藤さん。申し訳ないがイリーガル・ドラッグに詳しい担当者を同席させてもらえませんか。そうすれば、わたしにかかっている嫌疑がいかに的外れなものであるかが分かる」

いきなり仁藤がスチール机を叩いた。

「いったい自分を何様だと思ってる。薬物知識なんか必要ない。指紋という立派な物的証拠があるんだからな。いいか、あんたが死亡推定時刻以前に凶器に触れていたというのならともかく、犯人でないのなら何故鉄パイプに指紋が残っているんだ」

七尾は臍を噛んだ。どうやら、選りにも選って一番相性の悪そうな相手とぶつかったらしい。

「現場にヒートなる麻薬は見当たらず、床下収納庫の扉は開いたままだった。つまり仙道の殺害はもちろんだが、犯人には麻薬奪取という目的もあったことになる。捜査の途中で仙道のヤサを探し当てたあんたは、監視が手薄になる時間帯を狙ってヒートを奪おうとしたんだ」

　それにしても行動が杜撰過ぎる。自分ならもっと上手く仕事をする――が、そんなことはもちろん口に出せない。

「百歩譲って、あんた自身にヒートを愉しむつもりがなかったとしても、それを横流しすればかなりのカネになる。お互い公務員だからな。特別ボーナスが欲しくなる気持ちも分からんじゃない」

　こいつは馬鹿だと思った。七尾の実家がドラッグストア・チェーンを展開していると自分で言っておきながら、七尾が金銭に窮していると矛盾した理屈を展開する。父親と没交渉なのは確かだが、たかだか百万単位のカネのために法律を犯すほどひもじい生活はしていない。第一、高収入を望むのなら最初から公務員など選んではいない。家業を継いだ方がずっと楽で、しかも確実だったのだ。

　憮然とした表情が図星を指されたものと勘違いしたのか、仁藤は満足げに笑った。

「しかしだ。同じ公務員だからこそ図れる便宜というものもある。現場から持ち去ったヒートはどこに隠してある？　それをウタうだけでもずいぶんと心証が良くなる」

　七尾は耳を疑った。便宜を図るだと？

「現場に放置していた鉄パイプを凶器にしたんだ。本人と争いになって、咄嗟に反撃したところ過剰防衛になったという可能性もある。そういう話し合いもできるからな」

売人一人の殺人事件よりはヒートの在り処の方が重要、といったニュアンスが聞き取れる。恐らく警視庁からの指示も働いているのだろう。司法取引でもあるまいが、この場で取引を持ちかけられたことにまた不快感が募った。七尾自身も被疑者を問い詰める時には様々に揺さぶりをかけることがあるが、こんな風にあからさまに取引をちらつかせるような真似はしない。

「折角のご厚意だけれど、わたしは仙道を殺してもいなければヒートを横領してもいない。だからその取引には応じられない」

「ほう。じゃあ鉄パイプにあんたの指紋が付着していた理由はどう説明する」

「わたしが知りたいくらいです」

誰かに嵌められた、とこの男に訴えるのは空しい行為だ。ほんの短いやり取りで仁藤の、そして城東署の思惑は透けて見えた。完全否認か完全黙秘を続けなければ無実の罪を着せられてしまう。「冤罪」という言葉が不意に圧倒的な現実感を伴って脳裏に去来する。まさか自分がそんな災禍に見舞われるとは想像だにしなかった。

「あくまでもシラを切り通そうというんだな」

「知らないものをそっちの都合に合わせて答えるのは却って不誠実でしょう」

「ふん。それならこれからしばらくの間はお付き合い願おうか。だがまあ、とりあえず礼は言っておこうか」

「何に対して？」

「こんな機会でもなけりゃ、厚労省のエリートさんと膝突き合わせて話すことはないだろうからな。それに麻薬取締部のエースと呼ばれる人間が、裏でどんな闇に取り込まれていたかは個人的にも興味がある」

組織内の勇名も他の組織に伝われば悪名に変わる。おとり捜査で実績を挙げていた過去が、ここに至ってオセロゲームよろしく白黒反転することは容易に予想がついた。思わず溜息を吐きそうになったが、それを仁藤に曲解されるのも癪だったので堪えた。

表情を殺した七尾を見て、仁藤の嫌味と挑発は更に数分間続いた。


取り調べが終ってしばらくすると、面会者の来訪を告げられた。城東署が接見禁止にしなかったのは少なからず意外だったが、面会者が篠田と聞いてすぐに合点がいった。あの根回し上手な篠田のことだ。恐らく厚労省や検察の誰それを介して城東署に釘を刺したに違いない。

面会は拘置所と同様に接見室で行われる。被留置者と接見者を遮るアクリル板もそのままだ。七尾は特別扱いでもされているのか、通常一人のところ、二人の制服警官が立ち会うこととなった。

「寝耳に水でした」

碌（ろく）な挨拶もなく篠田はそう言った。とるものもとりあえず駆けつけたのだろう。いつもきっちりと整えられている髪が所々で跳ね上がっている。

「それはわたしも同じです。訳も分からず引っ張られてきて。事件の詳細もさっきの取り調べでやっと聞き知ったくらいですから」

不意に篠田が顔を覗き込んだので、七尾は一瞬どきりとした。

「長年一緒に仕事をしてきた仲間だからこそ、敢えて訊きます……。あなたは殺（や）っていないんですね？」

部下、ではなく仲間と呼ばれたことが心に沁（し）みた。

「殺っていません」

そう答えると、篠田はこくりと頷いた後にアクリル板に掌を押さえつけた。

「一緒に、闘いましょう。一課だけではなく、麻薬取締部一丸となってあなたの嫌疑を晴らしてみせる」

不思議な現象だった。まともに暖房も効いていない部屋、取調室と同様に殺風景この上ない寒々しい部屋なのに、胸の辺りが熱くなった。

「しかし一課では大騒動でしたよ。激昂して城東署に乗り込もうとした鰍沢さんを釣巻さんと杵田くんが必死に押さえつけて。ところが鰍沢さんも途中から犯人を見逃していた釣巻くんを責め立てるわ、現場に足を踏み入れようとしなかった杵田くんを貶すわ」

まるで目に浮かぶような光景だった。

「挙句の果てには、事の顛末を伝え聞いた熊ヶ根くんまでが病院から自主退院しようとするし。昨日今日の二日間、管理職としては非常に有意義な時間を堪能させてもらいましたよ」

迷惑そうな笑顔につられて、七尾も頬を緩ませる。

「さて、それではあなたが凶器の鉄パイプに触れた記憶はないのですね」

「ええ。取り調べを受けてから記憶をまさぐってみましたが、ここ数日は工事現場とかに出向いたこともなかったですから」

「つまり誰かが偽装したことになりますね。しかも現場からはヒートが持ち出されている。状況を鑑みれば、犯人は仙道殺害よりもヒートの奪取を念頭に置いていたフシがある」

「ヒートを奪おうとした者が侵入に気づいた仙道と揉み合いになり、傍に転がっていた鉄パイプで殴殺してしまった……」

「その可能性は濃厚だと思います。すると犯人は仙道の居場所を知っており、尚且つヒートを奪取せんと目論んでいた者ということになります」

そう指摘されると、たちまち一人の男の顔が脳裏に浮かんだ。だが、それを篠田の前で口に出すことは躊躇われた。

「そういう人物に心当たりはありますか」

「いえ……」

言葉を濁した理由は自分でも判然としなかった。

「わたしとしては宏龍会の関係者も容疑者の範疇に入れています。準構成員を含めれば大層な人数になるから、一人や二人が命令を無視して、ヒートを独り占めにしようとした線も大いに有り得る。幹部連中はともかく、準構成員のほとんどは日銭稼ぎに明け暮れていますからね。とにかく早急に構成員と準構成員を洗い出してみましょう」

その篠田の面に不安の色が残っているのを、七尾は見逃さなかった。

「課長。何かあるんですか」

「はい?」

「犯人探しの他に懸念されていることがあるんじゃないんですか」

篠田はしばらく七尾を見つめてから、諦めたように溜息を吐いた。

「これでもポーカーフェイスを自任しているのですが……時々、あなたという人が嫌いになりますね」

「課長よりも嘘に長けた人間たちと多く付き合ってきたせいでしょう」

「要は内憂外患というヤツです」

「内はわたしへの嫌疑。外は……警視庁の思惑ですか」

「その通りです。警察と麻薬取締部が連携を図っているといっても、やはり検挙率でウチに水をあけられている警視庁は面目が立たない。しかし、麻薬取締部の検挙率を上げているエースが汚れた英雄であったのなら、その功績も相殺される。ひょっとして、取り調べでは殺人容疑以外のことを訊かれませんでしたか」

「仙道から横取りしたヒートをどこに隠したか、と」

「ああ、やはり」

篠田は納得顔で頷いた。

「あなたがヤクの常習者であり、しかも職権を利用して売人までしていた。当然そんな悪事に手を染めていれば麻薬ルートに詳しいのも道理で、今までの検挙率は蛇が蛇の道を通って得たものだった……警察の描いた絵は大方そういったところでしょうね」

それは七尾もちらりと思い浮かべた絵だ。だが、あまりに陳腐でありふれた構図なので、馬鹿らしくて再見できなかった。

「下衆の勘繰りだ」

「高尚な犯罪なんてありませんよ。だから彼らもそういう絵しか描けなくなる」

そう説明されると少しだけ溜飲が下がる。

「警察の追及の仕方は時として非人間的になる。清廉潔白の者でも薄汚れた犯罪者にされてしまう。だが無実を貫き通し、向こうに言いなりの供述調書さえ作らせなければ勝機は見えてきます」

「ええ」

「知り合いに優秀な弁護士がいます。すぐに連絡を取りますから少し待っていてください。事情聴取の際にはぴったり横に付いていてもらいます」

七尾は素直に頭を下げた。

「それはそうと警察に妙な動きがあります」

篠田は俄に声を潜めた。

「どうやら、あなたをここから桜田門に移送するつもりのようですね」

「警視庁へ？　いったい何故」

「城東署の担当者では力不足と踏んだのでしょう。もしもその情報が正しければ、捜査一課のみならず組織犯罪対策第五課までが関与してくる可能性がある」

警視庁組織犯罪対策第五課は薬物と銃器を取り締まる部門で、そのうち何人かは七尾の知った顔もある。噂も聞く。揃いも揃った薬物捜査のエキスパートたちといったところだ。

「彼らと顔を合わせるのは気が進みませんね」

「あなたに出し抜かれて悔しい思いをした捜査員が沢山いるでしょう。それこそ今までの腹いせによってたかって……」

「課長。わたしを激励に来たんですか。それとも脅しに来たんですか」

やんわり抗議すると、初めて篠田が破顔した。

「冗談ですよ。たとえそんなことになっても、あなたならびくともしないでしょう。ただ、華々しい功績を挙げた者は、そうでない者から謂れのない反感を買うのは事実でしてね。それは一般人であろうと警察官であろうと変わりません。あなたの敵には冤罪の他にも、そういう悪意の集合体がいることも忘れないでください」

面会を終えて留置場に戻ると昼食を出された。ご飯、コロッケ、カレー、野菜炒め、サラダ、お新香が一つの容器に入っている。コンビニ弁当なら四百円相当といったところか。

すっかり冷えきっていたが、空腹のままではこの後の闘いに支障を来す。七尾は碌に味わいもせず、容器の中身を掻き込んだ。

粗末なメニューでも、腹が膨れればそれなりに人心地がつく。空の容器を格子の間から外に出し、ごろりと横になった。留置室の格子は下半分が半透明な板で覆われているので、寝転がれば監視の目からは遮断される。部屋の中には何もないが通風と採光だけは確保されているので、読書や瞑想にはもってこいの環境だった。

　雑音も邪魔者もない中で、ようやく落ち着いて考える時間ができた。今朝、ここに連行されるまでは理解不能の展開にただ身を任せるしかなかったのだ。

　頭の中を占めているのはただ一つ、いったい誰が自分を陥れたのか――。

　凶器の鉄パイプに付着していた自分の指紋。最初に聞いた時にはさすがに動転したが、落ち着いて考えてみれば手品でも何でもない。自分の指紋を、触れてもいない場所に付着させるのは全くの不可能ではないのだ。ただし犯罪に寄り添った闇社会の技術だが。

　たとえば極薄のシリコン素材で他人の指紋を象り（かたど）、指に貼り付けるという方法がある。単純で精巧さに欠ける印象があるが、最近のシリコンは素材が良く、現実に強制送還された韓国人がこの方法を使って日本に不法入国した例もある――。

　そこまで考えた時、すぐに思い当たった。犯罪組織の人間であり、あろうことか自分はその人物の家で夕食を共にした。食器にべたべたと指紋を付着させて。しかも、仙道が保管していたと見られるヒートのアンプルは現場から持ち去られていた。

山崎岳海。奴なら七尾の動静を確認しながら現場に赴き、仙道を殺害してヒートを奪うことも凶器に七尾の指紋を転写しておくことも可能だ。しかも仙道の見張りは、釣巻が交代するまでは宏龍会の息の掛かった情報屋がしていたではないか。そういえば、仙道を罠に嵌めて取引の直前を急襲しようと提案したのも山崎だった。まだある。昨夜、怪我の手当てに七尾を自宅に招いて夕食を振る舞った。あれも七尾の指紋を手に入れるため、女房と口裏を合わせて一芝居打ったに違いない。

　畜生、と七尾は声も出さずに己を罵った。その愚かさに吐き気さえ覚える。迂闊（うかつ）といえばあまりに迂闊だった。何のことはない。自分は山崎のいいように踊らされていただけではないか。宏龍会の渉外委員長の肩書を持つヤクザが天敵である麻薬取締官と連携しようなどという与太（よた）を、どうしてここまで信用してしまったのか。絶えず警戒していたなどという言い訳は通用しない。その結果がこの留置場だ。今頃、山崎とその配下たちはヒートのアンプルを前に、腹を抱えて大笑いしていることだろう。

　そうだ、警戒はしていたのだ。あの男の話を聞く度に頭の中では警報が鳴っていた。それでもここまで信じてしまったのは、あいつの顔が妙に馴染んでしまったせいだ。時折、狡猾な面を見せるが、それ以外は臆病で善良さを残した顔。じっと見ていると、七尾が忘れかけていた小市民の安らぎとやらを思い出しそうになった。だが、あれこそが山崎を宏龍会の渉外委員長にまで押し上げた能力だったのだろう。

何か身の潔白を証明する方法はないか。

今からでも山崎たちからヒートを奪還する方法はないのか。

七尾は必死になって考えた。

2

「だからあれほど気をつけろと言ったのに！」

鰍沢は事務所の壁を蹴り上げて悪態をついた。

「七尾を嵌めたのは宏龍会だ。何もかも最初から計算ずくだったんだ。それをあの野郎、いとも簡単に」

その怒り狂う様を杵田がはらはらしながら横で見ている。

「やめてください、鰍沢さん。それ以上蹴ったら」

「放っておけ。どうせ俺の足は頑丈で」

「いえ、壁が破損したら修復するのは俺の役目なので……」

ぎろりと睨むと杵田は押し黙った。

「壁を直してあいつの嫌疑が晴れるんなら、いくらでも俺が左官をしてやるぞ」

「そんなこと言ってないじゃないですか」

「だったら、ずっと口閉じとけ。この役立たず」

「そ、そりゃひどい」

「俺たちがこうして手をこまねいている間にも、七尾の首に掛かった縄が絞まっていく」

「でも、本人の指紋が検出されたんでしょ」

　鰍沢がもう一度、杵田を睨む。

「お前、まさかあいつが犯人だと思ってるのか」

「あの人、日頃から売人には容赦ないじゃないですか。ヒートを横取りするかどうかはともかく、売人を殺っちゃったというのならひょっとして……急に人が変わったみたいに暴れたこともあったし」

「ふん、物的証拠と状況証拠というヤツか。じゃあな新人、俺や釣巻、それに熊ヶ根がどうしてあいつの無実を信じているか分かるか。言っておくが仲間だから庇っている訳じゃないぞ」

「どうしてですか」

「七尾自身が自白していないからだ」

一瞬、杵田はきょとんとした。

「それ、どういう意味です？」

「あの男が真っ当な取締官でないのは確かだよ。おとり捜査が得意で、相手を騙すためなら自分の腕に針を突き刺す。とてもじゃないが、昨日今日入省したばかりのお前には絶対に見習って欲しくない取締官だ。ま、見習えと言っても到底無理だろうがな」

鰍沢が挑発気味に言うが、杵田は不承不承に頷くだけだ。反発しようにも反発できないほど七尾という男は規格外に思われている証左だ。

「そういう無茶な男だが、一つ言えるのは自分の行動が正しいなんて露ほども思ってやしないことだ。あれは完全な確信犯だ。そしてな、確信犯てのは自分のしでかしたことを正当化することはあっても、否定することはしない。もしも七尾が売人憎さに仙道を殺害したとしたら、胸張って申告することはあっても否定はしない。しかし七尾は犯行を否認している。だから、七尾は仙道を殺していない」

説明を受けた杵田は半ば呆れるように鰍沢を見た。意見を求めるように包帯姿の熊ヶ根の方に向き直るが、熊ヶ根は神妙な面持ちで納得している。釣巻はと見るが肩を竦めて苦笑いを浮かべる。

「ああいう人はなかなかいないから実感湧かないだろうけどさ。あの人はねえ、常識や法律より自分の信念の方が正しいと思ってるところがあってさ。まあ普通は正直引くよなあ。ところが一課の人間は変わり者揃いでさ。引くどころか引き摺られてっちゃうんだよなーこれが」

「今回はあいつが引き摺られたんだよ！　あの山崎って野郎にな。用心深いはずのあいつがどうしちまったのか。ヒートのことでよっぽど頭が一杯だったんだろう。それにしても……畜生！」

「七尾さんばかり責めるのは酷というものでしょう」

二人の間に篠田が割って入った。

「本来は七尾さんのブレーキ役でなければならないあなたも宏龍会の情報の確かさに二の足を踏んだ。いや、一課の人間は皆そうでした」

篠田が肩を叩くと、鰍沢は不貞腐れたように背を向けた。

「だからといって腹立ち紛れに壁を蹴るなんて大人気ない。どうせ蹴るならわたしを蹴りなさい」

鰍沢と杵田と熊ヶ根のみならず、それまで傍観者よろしく眺めていた釣巻までがぎょっとして篠田を見る。

「悪名高き広域暴力団との提携。話を持ちかけられた時から胡散臭い（うさん）と思っていたのは皆さんと同様でした。しかし一方、彼らの情報収集能力に一番注目していたのはわたしでした。甘言とは知りながら、もしもその能力を利用して仙道寛人とヒートを確保できるのなら御の字、駄目でも途中から解消すればいいだけの話と高を括っていた。それで彼には正式な承諾を示しませんでした。いざとなれば宏龍会との提携話など最初からなかったかのように装うために」

「しかし課長。それは課長の立場なら当然のことなんじゃ……」

「鰍沢さん。公務員の得意技というのは何だか知っていますか。まず、逃げることなんですよ。責任から逃げる。追及から逃げる。そして自分から逃げる。わたしたちの仕事は国家の仕事であって、わたしたちは国家の手足になって動いているに過ぎない。国家のミスをいちいち個人に向けられたのでは身が保たない。だから逃げる。それはもう公務員の性のようなものでで……わたしは以前そういう風に教えられ、そして反発しました。成果にだけ評価を求め責任には頰被りなど、およそ人倫に悖る行為だからです。しかし結局は、わたしもその卑劣な衆小の一人でしかなかった」

語尾が震えていた。

他の四人はただ黙って、その唇の動きを見ていた。

「彼の捜査手法にわたしも異論がない訳じゃない。鰍沢さんが言ったように、他の取締官が模範にできることじゃない。しかし警察では禁じられているおとり捜査が何故わたしたちに認められているかと言えば、それは必要悪だからです。言い換えれば、わたしたちの敵とはそういう必要悪を行使してでも闘わなければならない存在なのです。その意味で、彼の捜査手法は妥当ではないけれども間違ってはいない。我が身を危険に晒してまで売人を逮捕しようとする精神は、真似はできないが決して非難できるものじゃない。彼は麻薬取締部のエースの名に恥じない人材です」

その言葉には一同が頷いた。

「ところがあれだけ彼のことを信用しているように言っておきながら、わたしも最後の最後には逃げることを考えていた。ひどい上司ですよ、全く。ただし……」

「ただし？」

「部下が困っている時に頑張れとしか言えないような無能な上司でもありません。七尾さんはまだ起訴もされていません。その前にわたしたちにできることが山ほどあるはずです」

釣巻と杵田の表情がさっと引き締まった。鰍沢は我が意を得たりとばかりに拳を固める。

「そうだよ。これでこそ一課なんだよ」

「わたしたちは殺人事件の捜査に乗り出すことはできません。しかし麻薬の流れを追うことはできる。宏龍会がヒートを奪ったのであれば、必ず闇市場に出すなり、成分を分析して大量生産に乗り出すはずです。二課とも連携を取って宏龍会の動きから目を離さないようにしましょう。そこからヒートの流れを把握する、もしくは現物を押収できれば、七尾さんに掛けられている容疑の半分は晴らすことができます。そして、そうなれば七尾さんが仙道を殺害する動機も薄弱なものになる」

「しかし、指紋は立派な証拠ですよ」

「杵田さん。検察というのも公務員ですから失敗を嫌います。間違いを嫌います。被疑者を起訴したとしても、法廷で引っ繰り返されたら目も当てられない。被疑者は同じ公務員で、しかも麻薬取締官。無罪にでもなれば内外から何を言われるか。物を知った検事なら指紋一つだけで起訴はしないでしょう」

「物を知らない検事だったらどうするんですか」

「だからこそ外堀を埋めていくのですよ。法廷で雌雄を決するのは感情ではなく論理です。そして論理を構成する要素とは一にも二にも証拠です。わたしたちが残存するヒートを発見できれば、それは向こうの持っている指紋というカードに対抗できるのです」

篠田は手招きして四人を呼び寄せた。

「しかし一刻の猶予もありません。警察は近々彼の身柄を警視庁に移し、海千山千の捜査員を駆り出してくるはずです。現段階では証拠は指紋一つですが、海千山千というのは老獪さのことですから何を取り出してくるか油断がなりません。そうなる前に是が非でもヒートを捜し出さなければ」

*

城東署に連行されてから二日目の朝、七尾は寒さで目を覚ました。窓の外を見るとすっかり雪景色だった。どうやら昨夜に降り始めた雨が雪に変わったらしい。

せめてこんな朝ぐらいは温かい味噌汁が欲しいものだと思っていたら、やってきた仁藤は朝食の代わりに、

「七尾究一郎。今からお前の身柄を本庁に移送する」との言葉を浴びせた。

「思ったより早いですね」

「本庁であんたを待っている人間が大勢いるそうだ。今まであんたの後塵を拝してきた人間は、そりゃあ涎を垂らさんばかりだろうさ」

「涎で思い出しました」

「うん？」

「朝食はここと警視庁では、どちらが豪華ですかね」

この手の冗談は通用しないらしく、仁藤はふん、と鼻を鳴らして踵を返してしまった。

それから一時間後には覆面パトカーに乗せられた。スカイラインを改造したもので内装は市販の車両とあまり変わりがない。違いといえばサイレンアンプとメタルコンセント、そして無線機が装備されていることくらいか。陰に収納された回転灯とフラットビームが無言でこちらを威圧してくる。

留置場と同様に殺風景な車内は、これからの小旅行がひどく味気ないものであることを容易に想像させた。これで随行者が愉快な人物であればまだ救いもあったのだが、再び仁藤が現れたのを見て七尾は軽く絶望した。

「そんなに邪険にしなさんな。こっちだって名残惜しいんだ。折角、しばらくはあんたとお付き合いできると思ったのに」

「それはどうも」

「勘違いするなよ。俺は半ば本気でそう思っている。あんたの身柄を本庁に移すと聞いた時には正直ムカついた」

おや、と仁藤を覗き込むと、その顔は獲物を取られた悔しさに燻っている。

「本庁のヤツらがどうしてあんたを調べたがっているか分かるか」

「出る杭は打たれる、ですか」

「ああ、その通りだ。あんたに鼻っ柱をへし折られたエリートたちが自分の不甲斐なさを糊塗しようと躍起になってる」

「それがどうして、あなたのムカつく原因になるんですか」

「俺は殺人事件を解決したいだけだ。だが、ヤツらはあんたを貶めたいだけだ。この二つは全くの別物だ」

「別物ではいけませんか」

「駄目に決まってるだろ。刑事の本懐は犯人の逮捕だ。私怨を晴らすことじゃない」

ほう、と七尾は意外な感に打たれる。第一印象が当てにならないこともある。この仁藤という刑事は同じ仕事をすれば、結構いいパートナーになるかも知れないと思った。

「武士の情けだ。車内では手錠は外しておいてやる」

雪の降り方はますます激しくなってきた。東京の道路には珍しく、路肩はすっかり積雪で覆われた。さすがに車線はアスファルトが顔を覗かせているが、表面がきらきらと乱反射しているところを見ると、部分部分で凍結しているようだ。

「仁藤さん」と、ドライバー役の署員が後方に振り返った。

「急に降ったものでスタッドレスに交換してません。首都高まではのろのろ運転になります」

「しようがない」

「交通情報では、高速は凍結してないみたいです」

どうやら明治通りを北上して首都高速七号に入るつもりらしい。

無線連絡の後にパトカーが発車する。平日の午前十一時。いつもなら行き交うクルマでごった返す明治通りも、この日ばかりは急な積雪で慎重になったドライバーたちが多いらしく、先行車も対向車もまばらだった。つい先週にアイスバーンとなった靖国通りで玉突き事故が多発した事件を受けての反応だろう。

北陸で生まれ育った七尾には、東京の雪に対する脆弱さが滑稽に思えてならない。パトカーを運転する署員も慣れない悪路に悪戦苦闘の様子で、徐行運転にも拘わらずクルマは右左に大きくハンドルを取られている。

「お、おい。運転大丈夫かよ」

「すいません。こんな雪道は初めてなもので……チックショウ！　大体、こんな目に遭うのも天気予報が外れたせいだ」

違う。あんたのハンドルさばきが未熟なせいだ。

どうも東京は都市ばかりか住人までも雪に弱いようだ。

笑いを噛み殺したつもりでも面に出たのだろう。仁藤が七尾を睨みつけた。

「何がおかしい」

「いや、失礼。だけど運転を笑ったんじゃない」

「じゃあ何だ」

「あなたたちは突発事故への対応が鈍いと思ってね。やれ豪雨だ、やれ積雪だ、やれ交通網のマヒだとか、日常生活をほんの少し狂わされたくらいで大騒ぎだ」

「へん、北陸育ちには雪自体が日常生活じゃないか。田舎者が偉そうなこと言うない」

いや、雪だけの話ではない。そして都会と田舎の比較でもない。七尾が嘲笑っていたのは仁藤たち警察官に対してだった。全てが綿密なコントロールの下に管理された日常、事件の九割方がルーチン業務で事足りる現実。だから想定外の局面に立たされた時に右往左往する。

蛇行しながら北上していくと進開橋を越えて西大島に至った。恐らく城東清水橋を渡って錦糸町出入口から高速七号に乗るつもりなのだろう。

ところが前方に小学校の校舎が見えてきた付近でクルマが更にスピードを緩め始めた。何事かと視線を投げると、五十メートル先の路上にトラ縞のA型バリケードが設置されていた。バリケードの前ではヘルメット姿の作業員が赤い手旗で行く手を遮っている。

「ちっ、工事中かよ」

署員が愚痴ると作業員は深々と頭を下げた。

看板には〈迂回路〉として左折するように指示されている。三人を乗せたクルマはそろそろと道路のご機嫌を伺いながら狭い角を左に折れる。クルマ一台がやっと通れるほどの狭い路地だが、一方通行なら問題はないのだろう。

視野の狭まった道路は両側がビル壁になっており、道路側に面した窓はどれも小さい。

交差点に立つ別の作業員が今度は右折を指示した。このまま直進すれば城東清水橋に近づくはずだが、次の交差点では再び右折を指示された。

「ああ、結局幹線道路に戻るんですね」

ところが、今度は道路の真ん中に最初に見た作業員が立って行く手を遮っていた。

「何なんだよ、いったい」

署員が文句を言うと、それが聞こえでもしたかのように作業員が手刀で詫びる真似をする。そして、運転席に寄ってウィンドウをこんこんと叩く。

ふと気づくと、路地には自分たちの乗るクルマしか見当たらなかった。

七尾の頭に警報が鳴り響いた。

「どうかしたんですかあ？」

署員がウィンドウを下げたのと、作業員の手が伸びてくるのがほぼ同時だった。

その手にはライター大のスプレーが握られていた。

七尾は咄嗟に腰を屈めて助手席の陰に隠れたが、ドライバーと仁藤の反応が一瞬遅れた。スプレーから黄色い霧が二人の顔面に向けて噴射された。

「……うう－わああっ」

少し遅れて仁藤が顔を覆って叫んだ。七尾も顔面を両手で覆ったが、それでも刺激臭がわずかに侵入してくる。これは催涙ガス特有の臭いだ。催涙ガスの主成分はオレオレジン・カプシカムで皮膚や粘膜に付着すると焼けるような激しい痛みを覚える。しかも浸透するので手で拭ったくらいでは絶対に取り去れず、その痛みは長時間持続する。今、二人を襲っている痛みはそういう痛みだった。

運転席と後部座席でドアの開けられる音がした。開けたのは作業員たちだろう。二人が力ずくで車外に引っ張り出されるのが気配で察知できる。

いったい何が起きた？

混乱する事態の中で状況を把握しようとした時だった。

いきなり腕を摑まれた。

「早く！」

声を聞いて耳を疑った。

この声は――。

有無を言わさず、七尾も車外に連れ出された。狭い車内から出されると催涙ガスの臭いも消え、尖った寒気が鼻腔を突き刺した。目を開ければ、署員と仁藤が手錠とガムテープで手足と口を封じられ雪だまりの中に転がされている。まだガスが効いているのか、閉じられた両目からはぼろぼろと大粒の涙が流れている。

襲撃したのは二人の作業員だった。もちろん、ただの作業員であろうはずもない。ヘルメットを目深に被り、七尾にすっぽりとゴムマスクを被せた。マスクといっても口の部分は閉ざされていて、大声を出しても外部には響かないようになっている。

二人の作業員は七尾を両側から抱えると一目散に駆け出した。

「一緒に走れ」

逆らう間もなく、引き摺られるようにして走り出したが終着はすぐそばだった。角を一つ曲がると黒のＳＵＶが停車しており、七尾は後部座席に放り込まれた。

「出せ」

七尾の隣に乗り込んできた男の命令でＳＵＶは路地から明治通りに抜ける。そして今来た道を逆走して南方向に転じた。スタッドレスに履き替えているのだろう。ＳＵＶは時速四十キロ程度で走り続ける。

しばらく走ってから、隣の男がふううっと深い息を吐いた。

「ここまで来ればひと安心かな。おい、ヘルメット取れ。そんななりでこのクルマに乗ってたら怪しさ大爆発だ」

二人はヘルメットを脱ぐ。

「やっぱりあなたか」

下から現れた顔は山崎と鯖江だった。

「やっぱり声で分かっちゃいましたか」

山崎は悪戯を見つけられた子供のような顔をした。

「いや、しかしこの雪で助かりました。お蔭でパトカーが徐行運転してくれて捕獲しやすかったですよ」

「何のつもりだ」

「何のつもりって。まあ、警察からすれば誘拐でしょうね」

「今すぐ引き返せ」

「ご冗談を。折角七尾さんを奪還したばかりなのに」

「わたしを、江戸川にでも浮かべるつもりか」

「はあ？」

山崎は素っ頓狂な声を上げる。

「どうこねくり回したらそういう話になるんですか。七尾さんを川に浮かべて、いったいあたしに何の得が」

「ヒートを大量摂取させた上で川に放り込めば事故に見せかけられる。そして仙道殺しとヒートの横領をわたしに被せて、あなたは悠々とヒートの密売に着手できる」

「勘弁してよお。七尾さん」

山崎は恨みがましい目を向けた。

「あんたに罪被せるだけの目的で護送のパトカーを襲ったって？　そんな手間暇かけなくたって、あんた今の段階で既に被疑者にされてるじゃないですか」

「とにかく引き返せ」

「いい加減くどい人だな、あんたも。パトカー襲ったすぐその後で引き返すような襲撃犯がどこにいるんだ。本庁に引き渡されて痛くもない腹を探られた挙句、殺人の汚名を着せられるところだったんですよ。少しは感謝して欲しいなあ」

「感謝なんかできるものですか。このまま逃亡したらわたしが罪を認めたことになりかねない。それに全国指名手配されたらどの道、逃げ場はない。結局は捕まった時に心証を悪くするだけだ」

「余計な真似だと？」

「ええ、その通り」

「七尾さん。あんた、一つ忘れてやしませんか。そりゃあ今逃げたら心証は悪くなります。しかし、あんたは元々本庁の組織犯罪対策五課の受けが滅法良くないから、行儀よく振る舞っても同じです。第一、物的証拠はあんたの犯行を明示している。このまま送検されれば絶望的だ。それにね、あんたが塀の中に入っちまったら、いったい誰がヒートの捜索をするんですかね」

いきなり頰を叩かれたような気がした。

山崎が指摘した通り、連行されてからというもの身の潔白を証明することに心を砕き、ヒート捜索には全く考えが及ばなかったのだ。

「ヒートの流れに関しては、おそらく不慣れな警察が後を引き継ぐ。仙道が喋ったこと、憶えてますよね？　数週間も待てば調合者と連絡が取れると言っていた。ヒートを根絶するなら、その調合者を確保しなきゃ意味がない。だが、あの人たちじゃあ無理だ。あたしとあんたが追っかけない限り、尻尾は捕まえられないよ。それにあたしだって……」

語尾が途切れた。

「あなたがどうしました？」

「あたしも身内から疑われてるんですよ。仙道を殺ってヒートも横取りしたんじゃないかって。冗談じゃない。何であたしがそんな危なっかしいことしなきゃならない？　七尾さんもそうでしょうけど、あたしだって今度の事件はいい迷惑なんです」

パトカーを襲撃するのは危なっかしいことではないのだろうか――そう思ったが口には出さなかった。

七尾は山崎の言説を吟味してみる。何しろ最前まで疑っていた当人の言葉だ。弁明に筋は通っているか。行動に矛盾はないか。七尾の頭がフル回転するが、山崎という男の真意を摑みかねるために即座に判断が下せない。

「まあ迷惑っちゃあ、この鯖江もそうなんですがね。七尾さん奪還計画はあたしの一存でね、宏龍会は何一つ関与してません。こいつはあたしに無理に引っ張り込まれたんですよ」

バックミラーの中で鯖江が情けなさそうに目を伏せた。

「あたし一人でも無理。あんた一人でも無理。ここはあたしたちが真犯人を探し出して、残りのヒートを回収するしか疑いを晴らす方法はない」

その言葉には首肯するしかない。宏龍会の情報収集能力と警察や麻薬取締部のそれを比較してもその差は歴然としている。自分を陥れたのではないかという疑念が解消された訳ではないが、ことヒートの捜索において山崎と連携を取る以上の方策は思いつかない。どうせ大人しくしていても、本庁の担当者から烈しい取り調べを受けることは目に見えている。選択の余地はなさそうだった。

「それにしても、どうして物的証拠がわたしに不利だと知ってるんですか」

「城東署には知り合いが沢山いましてね」

やっぱりそうだったのかと合点する。

「あなたと一緒にいると退屈しないな」

「そりゃあ、こっちの台詞ですよ」

やがて三人を乗せたクルマは明治通りを南下し続け、城東署を横に見ながら東陽町を通過した。

3

雪はまだ降りやまない。クルマのワイパーを最速にしないと、まともに前方も確認できないほどだ。都内は一夜にして厚い白装束を纏ったように見える。カーオーディオから流れる予報によると、既に東京では十五年ぶりの積雪を記録しているらしい。

「そろそろ覆面パトカーの襲撃がニュースになる頃かな」

七尾が独り言のように洩らすと、山崎がぶんぶんと首を振った。

「まだ、あれから一時間も経ってませんよ。それに城東署の方じゃ、ニュース種になるより先にあたしたちを捕まえようとするでしょうから、当分マスコミには流しません。下手したら警視庁にも連絡するかどうか」

「それは穿った見方じゃないかな」

「同じ公務員同士、庇いたい気持ちは分かりますがね。過去に起きた警察の不祥事なんていつも一緒ですよ。体面を気にして身内だけでドタバタしているうち、後手後手に回る。今回も必ずそうなる。だから、まだあたしたちにも動き回れる余地があります」

「警察もえらく見くびられたものだ」

「なに、これは自戒を込めての話でしてね。組織ってのは大きくなればなるほど、体面を気にするようになるが、面子じゃ飯は食えませんやね。以前、ウチがチャイニーズ・マフィアと新宿の覇権争いで苦戦した件は話しましたよね。組織力でも地の利でも有利だったウチが苦戦した理由はただ一つ。それはあいつらが仁義やらルールとかの体面を毛ほども気にしてなかったからです」

「大きな組織が敏捷性をなくすという説には、その一員ながら同意せざるを得ないですね」

「何、言ってるんですか。七尾さんは組織の一員じゃありませんよ」

「おや？」

「確かに飼い犬の群れの中にいるけど、あんたには首輪がついていない。自分の意志で別行動を取る、群れから離れる、それどころか好きな時に檻を破って外へ出る」

「買い被りですね」

「そうじゃなかったら、あたしなんかと手を組むなんて選択はしなかったし、今、警察から逃げ回るなんて破目にはならなかったでしょ？」

　山崎は誘いをかけたのが自分であったことなど忘れたかのように言う。だが群れの中にいながら、実際は単独行動に活路を見出していたという指摘はもっともなので反論するのは気が引けた。七尾自身、自分の手前勝手に行動するために麻薬取締官の肩書を利用してきたきらいがある。鰍沢や釣巻たちと歩調を合わせた捜査を続けていたら、売人殺しの容疑者にされることもなかっただろう。

「ま、逆に言えば七尾さんがそんな飼い犬の一人だったら、あたしも手を組もうなんて思わなかったんだけど」

「それは語弊がありますね。いつわたしとあなたが手を組みましたか」

「正確な言い回しがご希望でしたら、さっき城東署のお巡りさんから逃げた時から、ということでもようござんすよ」

　からかうように言われたが、逃亡を結局受け入れたのは自分だったので、これにも返す言葉はない。

「やれやれ、いつの間にか共犯者という訳か。それではその共犯者に質問しますが、具体的にはこれからどこに向かうつもりですか」

「あたしに訊きますかね？　麻薬捜査の専門家が。ヤクの売人が殺されて手元に置いてあると思われたヤクが消えている。刑事でなくたって、売人を殺した犯人が持ち帰ったんだろうとアタリをつけるのが当然じゃないですか」

そうだ。それは七尾も真っ先に考えた。犯人はヒートの奪取を目論む者。だからこそ、次の瞬間にはこの山崎を疑ったのだ。方法、チャンス、そして動機と三拍子揃った容疑者だった。しかし、その当人が自分を警察から拉致したことで七尾の推理は引っ繰り返ってしまった。もしも山崎が仙道殺しの犯人ならば七尾の拉致など何の意味もない——。

いや、待てよ？

その時、不意に新たな疑念が湧き起こった。

その拉致も含めての計略だったとしたら？　現にこうして逃亡したことで警察の七尾に対する心証は最悪のものになっただろう。仙道殺しの容疑を被せるには、これ以上効果的な演出もない。

「では、もう仙道殺しの犯人が誰なのかを探り当てたんですか」

「いや、さすがにそこまでは。でも怪しい奴は分かってます。今から向かおうとしてるのはそいつらのヤサですよ」

　興味が湧いた。

「聞きましょうか」

「仙道が殺されたとされるのは午前四時から五時までの間。死体発見が午前八時。その間の三、四時間に現場近くにいた人間」

「ちょっと待ってください。死体発見が午前八時だというのはマスコミ発表があったでしょうが、その死亡推定時刻が四時から五時までの間という情報は……ああ、さっき言っていた城東署の知り合いからですか」

　山崎は皮肉な笑みを浮かべてこれに応える。

　何てことだ。捜査内容は全て宏龍会側に筒抜けということか。これでは警察と暴力団が馴れ合っていると糾弾されても仕方がない。

「長めに見積もっても朝の四時から八時。ただし死亡推定時刻、それから殺害者イコールヒートを持ち去った者と考えれば、容疑者はもっと絞り込めます」

「しかし仙道が殺害された後、第二の犯人がヒートを持ち去った可能性もありますよ」

「その可能性もゼロじゃないです。でも、仙道寛人という男の存在理由はヒートの売人であったその一点だけでしょ？　だったら仙道を殺した犯人が現場にあったヒートを放置しておく可能性なんてないに等しい。犯人は一人だけですよ」

七尾は少しだけ感心した。ヤクザにしては、という言い方は失礼だが、出来の悪い刑事よりはよほど論理的だ。恐らく、この男の特技とされる交渉力と無関係ではないだろう。

「その口ぶりだと、既に具体的な容疑者を念頭に置いているようですが」

「死亡推定時刻の四時から五時。その時間帯に見張りをしていたのは島袋裕二（しまぶくろゆうじ）という情報屋です。ええと……四時から六時までの間、そいつが現場に張り付いていましたから、一番怪しいといえばこいつでしょう」

「他には？」

「はい？」

「さっき、あなたはそいつらのヤサと複数形を使った。今もまた一番怪しいという言い方をした。つまり誰か他にもいるということでしょう」

「本当に油断のならない人だなあ」

山崎は露骨に顔を顰めてみせた。

「人の言葉尻捕まえてアヤをつけるのは、あたしらヤクザの専売特許なんですけどね」

「言いにくいようだから、わたしが言ってあげましょうか。あなたが疑っているのはわたしの同僚の釣巻だ」

　七尾が指摘すると、山崎は表情を固めたまま一言も発しなかった。ここ数日の会話でこの男の所作は理解している。これは肯定を意味する沈黙だった。

「島袋の後、六時から八時までが釣巻の当番だった。死亡推定時刻から考えれば、確かに釣巻は仙道殺しの犯人とは思えない。しかし、何らかの理由で犯人がヒートを取らずに現場を去ったとしたら？　八時近くに現場に踏み込んだ釣巻が放置してあったヒートを横領した可能性もゼロじゃない」

「七尾さん。あなた、自分の同僚をそんなに信用していなかったんですか」

「仕事の上で必要なのは能力に対する信頼です。その人となりについての信用じゃない」

　とはいえ七尾自身、釣巻がヒートを奪取した可能性は薄いと考えている。だが、山崎が論理の帰結として島袋という情報屋を疑うのであれば、自分も釣巻について言及しなければフェアではない。加えて、釣巻に会って直接訊きたいこともあった。

「同僚さんを引っ張れますか？」

「釣巻の行動パターンは大体知っていますから、彼の確保は難しくありません」

「七尾さんと組んで良かったとつくづく思いますよ。あなたには帰属意識なんか欠片もありゃしない。絶対、敵に回したくないタイプの人間ですよ」

帰属意識が皆無なら味方にもしたくあるまい——そう思っていると、山崎の胸の辺りから着信音が聞こえてきた。

「げっ？」

携帯電話を取り出し表示を確認した途端、山崎の顔色が変わった。まるで熱い物に触れるように本体を開き、おずおずと話し始める。

「か、会長」

何と、宏龍会の会長からだったか。

「今どこにいるって？……いや、ちょっと野暮用で……え？　ヒート、ですか。それはあたしも捜している最中だと昨日もご報告を……ええっ、あたしがそんな。誤解、誤解ですって！　なんであたしごときがそんな大それた真似を……いえ、会長。本当に知らないんですよ。あたしはただ麻取さんと一緒に仙道を追いかけていただけで。会長もその提案にはご承諾を……いえ！　そんなことは一切考えておりませんです。え？　今からですか？　それはちょっと。いえいえいえ！　そんな滅相もない。この山崎岳海、天地神明に誓って大恩ある会長に隠れてそんな謀など……」

見ていると山崎の顔は信号機のように次々と色を変えていく。さっきまで紅潮していたのに、今は蒼白になっている。

「いえ、それは本当に誤解で。誰が会長にそのようなことを吹聴したのか大体察しはつきますが……い、いえ、会長。それはあんまり。今まであたしが組のためにどれだけ。いやそんな、ちょっと待ってくだ、もしもし？　もしもし？」

電話は向こう側で一方的に切れたらしい。

山崎はしばらく泣きそうな顔で液晶画面を見つめていたが、やがて「けっ」と吐き捨てるとシートに深々と半身を預けた。

「委員長。今の電話って」

「やかましい。黙ってろ」

鯖江をそう一喝すると額に手を当てて何やら思案し始めた。蒼白だった山崎の顔には次第に赤みも戻ってきた。

「鯖江。そこの路肩で俺と運転代われ」

「え？」

「それでお前はお払い箱だ」

「それは、あの」

「口答えすんなよ。質問も受けつけん」

それきり鯖江は口を閉じた。

　ＳＵＶが銀行前の路肩に停車する。ハザードランプを点滅させたまま鯖江が運転席を山崎に譲る。

「今までご苦労さん。ここでおさらばだ」

「いったいオヤジが何を」

「幹部連の誰かが注進に及びやがった。オヤジは俺がヒートをガメたと思い込んでる。とんだゴチャだ。疑いは晴らさなきゃならんが、ほとぼり冷ます必要があるからしばらく隠れる」

「……はい」

「分かってるとは思うが、覆面パトカー襲撃に関して一言だってチクるんじゃないぞ」

「それはいいですけど……委員長一人で大丈夫ですか」

「一人じゃない。七尾さんが一緒だ。このコンビをナメるんじゃないぞ。まあ、ちらちら家の方は様子見ておいてくれ」

「承知しました」

　山崎はステアリングを右に切る。深く頭を下げる鯖江を遠ざかる風景にして、ＳＵＶは再び幹線道路を直進していく。

　七尾は山崎の横顔をずっと観察していた。いつもはどこか人懐っこい丸顔が、今は悲愴感漂う切羽詰まったものに変貌している。組の一部からヒートの奪取を疑われてるとは言っていたが、まさか会長本人から指弾されるとは思ってもいなかったのだろう。

そう考えると、急に親近感が湧くのだから人間というのは勝手なものだ。上司から信用されているかどうかはともかく、これで二人とも組織から追われる破目になったのは間違いなく、期せずしてお尋ね者同士の道行になってしまったことになる。

まだしばらくはこの顔と付き合いが続くな——そう思った時、いきなり山崎が沈黙を破った。

「ああああっ。どうしてこんな貧乏くじ引いちまったんだろ！」

真正面を見ながら、鬱憤（うっぷん）を晴らすかのように声を張り上げる。

「折角、順風満帆だったのに！　何で俺って奴は大事なところで感情に流されるんだ」

ヤクザの幹部にのし上がったことが順風満帆な人生だとは思えなかったが、敢えて異論は唱えないことにした。

「あんたのせいですからね」と、山崎は軽く七尾を睨んだ。

「七尾さんとつるまなけりゃ、こんなことにはならなかったのに！」

「何を馬鹿な。最初に声を掛けてきたのはあなただったたし、わたしと組むのが危険だと察知したらさっさと逃げれば良かったじゃないですか」

反論しながら、何やら痴話喧嘩のような会話になってきたなと思う。

「あんたを見てると放っておけないんだよ！　無鉄砲で無自覚で、はらはらさせられっ放しで……あああっ。本当にあんたときたら！」

*

「あああっ。本当にあいつときたら！」

鰍沢は机の上を拳で叩いた。

「拘束の次には覆面パトカー襲撃、そのまま拉致されただと？　少しは落ち着いて待つってことができないのか」

事務所の中に怒声が響き渡るが、それを諫める者は誰もいない。

覆面パトカー襲撃の報せは発生から実に三時間後、しかも篠田課長が検察庁の知人に問い合わせた結果もたらされたものだったので、鰍沢たちの怒りは自ずと警察にも向けられた。白昼堂々、しかも易々と七尾を拉致された警備態勢の甘さに対して。そして、保身と面子を重んじたために関係部署への報告を遅らせたことに対して。

「ったく、城東署も城東署だ。どうして襲撃された直後に緊急配備するなり、ウチに連絡するなりしなかった？　それがあれば襲撃犯を早期に確保できたはずなのに」

「それはやむを得ないことだったでしょうね」

　篠田は物憂げにそう洩らした。

「護送途中の被疑者強奪なんて前代未聞です。指摘されるのは当然警備態勢の甘さだから、署長の引責問題になります。城東署が警視庁や検察への通報を遅らせてでも自力捜査に執着した理由は、分からなくもありませんが……」

「それにしたってあまりにも不甲斐ない」

　鰍沢の舌鋒は留まるところを知らない。

「課長。自分たちが独自に七尾の行方を追うことはできないんですか」

「何度も言うようですが、それはわたしたちの仕事ではありません。それにあなた方の捜査能力はわたし自身高く評価していますが、今回の一件は城東署にも同情すべき点があります。催涙ガスの襲撃を受けた二人の警察官はしばらく人事不省になって署への通報が遅れました。現場は路地裏の雪だまりで他の目撃者もおらず、路面に残っていたであろうタイヤ跡も降り積もる雪に覆われてしまった。第一、覆面パトカーが襲われること自体、全く想定外のことだったでしょうしね」

「城東署、いや、警察はもう検問張ったんですよね」と、これは包帯姿も哀れな熊ヶ根が訊いた。

「張ったことは張ったらしいのですが……何せ車種は不明、犯人の二人組についても人相が分からないということでは、検問にも大した意味はないでしょう」

「問題は、どうして犯人が七尾さんを拉致したか、ですよね」

釣巻はいきり立つ鰍沢とは対照的に、椅子にかけたまま腕組みをしている。

「七尾さんを口封じしなきゃならない事情があったとか、さもなければ七尾さんから無理やり情報を引き出そうとしたのか……いずれにしても、この事件がヒート絡みという可能性は高いなあ」

「十中八九、宏龍会の仕業だ」

鰍沢は決めつけるように言う。

「呉越同舟なんざ最初っからでまかせだった。奴らはヒートを手中にしたかった。だから、その行方を知っていると勝手に考えて七尾を連れ去ったんだ。間違いない」

皆が同じように推察していたのだろう。杵田を含めた他の三人が黙したまま頷く。

だが、これに篠田が異を唱えた。

「宏龍会の仕業と決めつけるのは、いささか早計かも知れませんよ」

「どうしてですか」

「警視庁の知り合いから聞いた話なのですが、当の宏龍会に慌ただしい動きがあるようです」

「奴らが？」

「かなりの数の構成員および準構成員が事件発生から都内で動き回っているとのことです。彼らもまた七尾さんの行方を追っていると見るのが妥当でしょうね」

篠田の言葉に居並ぶ取締官たちは動揺を隠せなかった。

「奴らも追っている……？　じゃあ、いったいどこの組織が七尾を」

「……チャイニーズ・マフィア？」

釣巻がぼそりと呟く。

「新宿の一件でヒートを横取りし損なった彼らが反転攻勢に出た可能性もあるし、だとしたら宏龍会の慌て方も納得できますよね。でも、彼らが犯人だとすると七尾さんの扱いは手荒くなるだろうな。きっと拷問してでも情報を吐かせようとする。で、もちろん用済みになったら」

「本当に、お前って奴は碌な想像しないな！」

鰍沢はじろりと釣巻を睨むが、本人はいたって冷静だ。

「いつだって最悪のパターンってのは笑い話みたいに聞こえるじゃないスか。それにですよ、チャイニーズ・マフィアなら警察がどうとか宏龍会がどうとか歯牙にもかけないでしょ。僕が警察の人間だったら、まずそっちを当たりますけどね」

　一同は黙り込んだ。

　新宿ではヒートを狙ったチャイニーズ・マフィアとニアミスしたこともある。その時に彼らの身柄を確保していれば情報も引き出せたのだろうが、結局麻取の手に落ちたのは千場という子供だけで、肝心の中国人は宏龍会の管理下にある。つまりは、この点においても宏龍会の情報は鰍沢たちより先んじていることになる。

　後手後手に回った感がひしひしと迫る。

　そして焦燥でぶすぶすと黒くなり始めた一同に、篠田が追い打ちをかける。

「しかし、城東署は中国人とは別の団体の関与を疑っていますよ」

「それはいったい……」

「ウチですよ。麻薬取締部捜査一課。城東署の刑事さんはウチの誰かが覆面パトカーを襲撃したという疑いも持っています」

「馬鹿な」と、鰍沢は吐き捨てる。

「事件の発生した直後、城東署からこちらに、連絡の取れない取締官はいないかと照会がありました」

「そんな無茶、当の七尾だってやるものか」

「この部屋にいる人間は皆さん一笑に付すでしょうが、外側からはそう見られているということです。まあ、それが結束の固さなのか、遵法意識の欠如なのかはともかく。しかし、一応確認はしておきましょう。この中に覆面パトカー襲撃に関与した人はいますか？」

鰍沢たちは一様に苦笑を浮かべながら首を振る。

「結構です。とりあえずはこんなことでも確認しないと先に進めないタチでしてね」

釣巻が手を挙げる。

「城東署からの照会というのは、どのくらいのトーンだったんですか」

「声色から察するに、可能性の一つを潰している作業、といったところですね。本筋だと思っていれば、直接ここに照会などせず、わたしたち一人一人に尾行を付けるくらいのことはするでしょうから」

「ワン・オブ・ゼムか」

その程度か、とでもいうように釣巻は肩を竦める。

「いきなり容疑者扱いだったから身構えたんだけど……緊張して損したな」

「しかし言い換えれば、まだ警察が本筋すら摑んでいないことの証左です。覆面パトカー襲撃というかつてない事件に上から下までが右往左往し、捜査方向さえ見えていないのですよ。

聞くところによれば検問の配置も首都高をはじめとした幹線道路に集中していて、ポイントを押さえている様子がない」

鰍沢はおやと思った。

篠田の言葉からは対岸の火事を見物する気安さも、競争相手を揶揄（やゆ）する響きも聞き取れない。察知できるのは、不快混じりの焦燥と怯えだ。

「課長……何か？」

「心配なのですよ、わたしは」

篠田は眉間に皺を寄せたまま言った。

「日本の警察というのはやはり優秀でしてね。検挙率は諸外国の警察と比べてもトップレベルです。捜査のスキルや体制についても立派だと思います。しかしそんな組織が、ある時には凡（およ）そ考えられないようなミスをしでかす。担当者の気の緩みと言ってしまえばそれまでですが、そういう失態は大抵、未体験の状況下に晒された時に起こるものです。スキルを重視し、組織化が整備されたところほど、未体験の事態には対処しづらい。それは経験則が通用しないからです」

冷徹な口調。篠田の語る内容は官僚の世界を渡り歩き、他人の成功と失敗を分析し自らの知識に取り込んできた知恵者の独白だった。

「そしてパニックに陥った組織がまずやらかすことは過剰反応なのですよ。まあ、日本人の特質なのかも知れませんが、とにかく失地回復とばかり理性や自制心をなくして猪突猛進してしまう。そして新たな失敗をする……。過去に起きた警察の不祥事というのは大抵がこのパターンです」

「じゃあ課長の心配事というのは……」

「そうです。焦燥に駆られた捜査陣が七尾さんの捜索と奪回に逸るあまり、肝心の七尾さんの生命を蔑ろにする可能性があります」

4

「こんなお手軽な変装で本当にいいんですか」

七尾は鼻の下の付け髭を慣れない手つきで撫で回した。ルームミラーで確認した顔はウールニットの帽子にサングラス、そして付け髭だけの軽い変装だ。

「それで十分ですって。その程度なら外出時の服装で普通だし、隠すべきところは全部隠してる。これにマスクなんてするとたちまちやり過ぎになって、どうですわたし変装してるんですよって逆に目立っちまう。そのくらいがちょうどいいんです」

ハンドルを握る山崎は山崎で、フレームの大きな伊達メガネとやはりウールニットの帽子を目深に被り印象を変えている。二人並ぶと、湖水へワカサギでも釣りに行く道中に見えなくもない。

確かにこの程度の変装ならやり過ぎの感もなく、それでいて七尾の特徴は大部分が覆い隠されている。今が冬であるのも好条件だった。

「しかし変装はいいとしてこのクルマは？　警察はともかく宏龍会の人に目撃されたらすぐに分かるでしょう」

「いいえ。このＳＵＶは鯖江の弟の持ち物ですよ。鯖江が黙っている限り、組の人間にも分かりゃしません」

「色んな人間に迷惑をかけているな」

「何を今更。利用できるものは片っ端から利用して迷惑をかける。それが世間を上手く渡る極意ってもんです」

山崎がやけくそのように言う。乱暴な理屈だが、よくよく考えれば一番迷惑をかけているのはこの山崎なのであえて反論はしない。

「ところで島袋裕二というのは？」

「淡路町のスナックでバーテンやってる男でしてね。一言で言やあ、まあ典型的な予備軍でしょうね」

「予備軍？」

「ヤクザなんて商売を最初から目指してる奴なんてあまりいません。リクルートブックにも求人出してませんしね。ところが仕事上でヤクザと顔見知りになるうちに妙な慣れや憧れを抱くようになって、気がついたら組の一員になってた……そういうのが大半なんです。だから元々、将来の展望がない。現状が不満なのに自分で打破しようとは思わない。社会倫理が欠如している。それから付和雷同」

「よくも身内のことをそこまで悪しざまに言えますね」

「実際そうだからですよ。モノホンの幹部にでもなれば、そりゃあさすがに相応の覚悟なり矜持（きょうじ）が身につきますが、それ以外はやっぱりヤクザなんて半端者の集団なんですよ」

山崎は吐き捨てるように言ったが、これは自分自身への罵倒とも、信用していた組織から疑われていることへの意趣返しとも受け取れた。

「その島袋さんとは顔見知りなのですか」

「ええ。以前、野暮用を命じた時、その他大勢の中に混じってました。前の商売で現場仕切っていた時の名残でしょうな。一回見た顔はなかなか忘れんのですよ。店の場所は鯖江から聞いてますしね」

午後四時三十分、既に街は夜の顔を見せ始めていた。

三越前を過ぎ、神田駅の高架を越えて左に入るとすぐに淡路町だ。神田から流れてくるサラリーマンを目当てに居酒屋とスナックとマッサージ屋が軒を連ねている。夕方のラッシュ時を待たずともコート姿の通行人でごった返しており、ニット帽の二人連れが潜り込んでも人混みの中にあっさり埋没するものと思える。

ＳＵＶを路地裏のパーキングに駐め、山崎は先導する形でとあるビルに入っていった。エレベーターで二階に上る。正面突き当たりに〈スナック蓮(れん)〉の看板が見えるが、まだ開店はしていない。

山崎はそのドアを何度もノックした。

「すみません。五時開店なのでもうしばらくお待ち……」

ドアの隙間から覗いた男の顔がたちまち驚愕に変わる。山崎は素早く片足を隙間に突っ込み、問答無用で中に入る。

「い、委員長。どうしてこんなところに」

察するにこれが島袋裕二だろう。ひょろりとした痩せぎすで貧相な瓜実顔(うりざね)をしている。顎の下にたくわえた髭が却って童顔を引き立たせて、残念ながら大人の顔にはとても見えない。

「お前に訊きたいことがあってな。ここで話すのも何だ。ちょいと面貸せ。おっと、その前にケータイを預かっておこうか」

　さすがに目下を恫喝する顔は堂に入ったもので、島袋は抵抗らしい抵抗も見せない。刃物や飛び道具をちらつかせてもいないのに、唯々諾々と従う姿は、まるで蛇に睨まれたカエルだ。こんな小心者がヤクザの構成員を志望しているなどお笑い草だと七尾は思った。

　山崎と七尾は島袋を連れて、今度は非常階段から外に出る。

「分かってると思うが、騒いだら二度とカクテルをシェイクできない指になるぞ」

　こくこくと頷く島袋をＳＵＶの後部座席に押し込めると、山崎はドアロックをした上で迫る。

「お前が見張りをしている最中に仙道が殺された。同時に奴が隠し持っていたヒートも姿を消した。オヤジたちに話した以外に知ってることがあるなら今すぐ吐け」

　島袋は眼前の山崎からちらちらと七尾の方に視線を投げる。

「その人はな、俺と同じくお尋ね者になった麻取の七尾さんだ。色んな奴から噂は聞いてるだろ？　この人の機嫌損ねただけで半身不随になった馬鹿は両手でも足らん。おまえ、その人数を更新してみるか？」

　七尾は危うく噴きそうになる。まさかヤクザの口からこんな風に紹介されるとは思ってもみなかった。

「お、俺何も知りませんよ」

　島袋は弾かれたように答える。

「四時からずっと裏の通用口を見張れる場所に立っていて中には一歩も入ってません」

「じゃあ、現場を見張ってたお前以外の誰がビルの中に入れるんだ」

「後で分かったんスけど、あのビルにはもう一つ出入り口があるんです。きっと犯人はそこから」

「何だと」

「あそこは外付けの非常階段があるんです。ちょうど通用口の反対側にあって隣のビルで隠れてるんだけど、そこからでも中に入れるんです」

「そんな大事なこと、何で見逃してた！」

「し、し、仕方なかったんスよ。そのビルを探し当てたのが真夜中で、誰も非常階段には気づかなかったんですから」

「外から中の異変には全然気づかなかったのか。人一人殴り殺されてんだぞ」

「あの時間帯はしょっちゅうトラックが行き来して中の物音なんて聞こえませんよぉ。中からベニヤ板張られて明かりも洩れないし……六時になって予定通り釣巻って人が来たから、見張りを交代して俺はそれっきりでした」

「交代する際、誰か怪しい奴は見なかったか」

「もうその頃は出勤する奴らが集まり始めていて、目立って怪しい奴なんて」

怯えた目だが泳いではいない。話の辻褄も合っている。

嘘は吐いていないと判断したのだろう。山崎は「ふん」と鼻を鳴らす。

「オヤジたちから何か通達はあったのか」

島袋は気まずそうに黙り込むが、山崎と七尾に睨まれ続けると諦めたように唇を開く。

「全国の宏龍会に回状が出てます。見つけ次第、捕まえて本部に連絡しろって」

「扱い方は」

また黙りこくる。

「答えろおっ」

「か、会長の命令に背いてヒートを横領した、う、裏切者だと」

「賞金でもかかったか」

「俺たちみたいのが見つければ金一封と、それからすぐに構成員にしてやるって」

「……やっぱり本気らしいな」

山崎は少し落胆するように呟く。

「七尾さん。場所代わってください」

まあそう来るだろうと予測していた七尾は黙って運転席へ移動する。

「あの、俺はもう用が済んだんじゃ……」

「自由にした途端、チンコロされたら敵わないからな。もうしばらく一緒にいてもらう。なに、大人しくしてたら無事に帰してやる」

「そんな」

「もちろん、大人しくしないって選択肢もあるが、その場合は口だけが静かになる訳じゃないからな」

後部座席の会話が止んだのを見計らって、七尾はクルマを出した。

「七尾さん、行先は」

「分かっていますよ。今度はわたしの番だ」

その時、山崎の携帯電話が着信を告げた。

「おう、鯖江か。どうした。ちゃんと家の方は様子見てくれたか……何だとお！　もう張ってやがるのか？　ああ……ああ……ああ……よし。まだそこまでなんだな？　ふん。そうと分かって誰が近づくか……分かった。引き続き頼む」

通話を切った山崎は短い溜息を一つ吐くと、キーを押して別の相手を呼び出した。

「ああ。俺だ。麻香(あさか)は？……いや。それならいい。実は急な話でな。今日から出張が入った

「……いや、だから今日からだって。今から空港に向かうんだ……場所は九州としか聞いてない。いつまで？……それは先方次第だ。商談を一つ纏めにゃならんからな。着替え？　ああ、本当は取りに行きたいんだが……いや、いい。下着の類は現地調達で済ますから。あのな、多分移動が多くなると思うから日中ケータイの電源は切っておく。何かあったらメール送っておけ……ああ。それじゃあ」

二度目の通話を終えた山崎が、今度は深い溜息を吐いた。

「早速ですよ、七尾さん」

「自宅が張られているみたいですね」

「ええ。ウチのマンションを六人ほどが遠巻きに監視しているらしい」

「しかし、家族に手を出さないのは少し感心しますね」

「違いますよ、七尾さん。手を出さないんじゃない。周囲に網を張るだけ張って、やんわりあたしを脅しているんですよ。もしも戻って来なかったら、いつかは家族にも手を伸ばすってね」

「どうする気ですか」

「とりあえずは状況を探りながら逃げ回るだけです。今はオヤジたちもあたしたちがどう動くのか様子を確かめている頃なんですよ。だからまだ向こうは動かずにじいっと身を潜めている」

「宏龍会というのは武闘派のイメージがあったのですが、結構慎重なんだな」

「三つ巴ともなれば慎重にもなりますわね」

「三つ巴？」

「オヤジたち、桜田門、そしてチャイニーズ。ヒートを狙ってるのは奴らも同じ。そして桜田門が摑んでいるネタなら奴らも摑んでいると見た方が無難です。その三者があたしと七尾さんを我先に奪い取ろうとしている。ところが行方は皆目見当もつかない。こんな時、先に動くのは無駄な労力だ。それよりも他の奴らが動いた時にうまく立ち回った方が楽……と、利口な奴ならそう考えるでしょう」

「違うな」

「え？」

「三つ巴じゃない。四つ巴だよ。わたしの同僚たちも独自捜査に乗り出すはずだ」

「ああ、それは確かに……しかし七尾さん以外の麻取さんたちが、果たして宏龍会やチャイニーズを向こうに回してまで戦線に加わりますかね」

「個人的には決して加わって欲しくないんだけど、恐らく加わるだろうな」

「何故、公務員さんがそんな無茶を」

「上司がひどく諦めの悪い人でね」

山崎の前では軽く受け流したが、七尾は焦燥に駆られていた。普段からヤクザやチャイニーズ・マフィアを摘発の対象にしている篠田たちも双方の戦争に首を突っ込んだことはない。下手をすれば殉死者が出る。こんな時、せめて警察との連携が図れるなら最悪の事態は回避できるはずだが、それも自分の逃走で恐らく瓦解(がかい)している。

三人を乗せたSUVが南西方向に進む。降雪はいくぶん勢いを緩めたものの、轍(わだち)を挟んで積もった雪だまりは泥の色を含みながら融けずに残っている。

『……昨夜半から降り始めた雪は今もなお降り続き、東京都では観測史上二番目の降雪を記録しました。この大雪に伴い、首都圏の交通機関の多くがマヒ状態となっています。鉄道は東海道新幹線をはじめとして運休、遅延が相次ぎ、一般道路でも各地でスリップ事故や衝突事故が多発しています。また空の便は……』

「少なくとも天はあたしたちの味方をしてくれてるみたいだ」

カーオーディオから流れるニュースを聞きながら、山崎は自分を慰めるように言う。確かに降雪のお蔭でクルマの数はまばらだ。頻発する道路事故の処理に人手を食われているためか、未だに検問にも当たらない。

『次のニュースです。今日の午前十一時頃、殺人事件の被疑者を護送中の警察車両が何者かに襲撃され、被疑者が拉致されるという事件が発生しました』

ようやくニュースネタになったか——諦めと悪戯心が綯い交ぜになったような気分で、自分が主人公となったニュースに耳を傾ける。聞きながら確認できたのは、まだ報道機関が自分の姓名を明かしていないこと、そしてヒートという単語が一度も出てこないことだった。

「七尾さんの名前が出ないのは麻薬取締部に対する配慮ですかね」

「いや、恐らくはわたしよりもヒートの名を表に出したくないんだろう。きっと箝口令が敷かれている」

「それはそうかも知れませんね。仙道殺しの時もニュースでは元製薬会社社員と紹介するだけで、ヒートのヒの字も出しませんでしたから」

まるでパンドラの箱だ、と七尾は思った。

昨年続出した都内の少年による凶悪事件、ヒート開発者の不審死と同地区における乳幼児の失踪、スタンバーグ日本支社の焼失。一度ヒートという単語を口にすれば、それらの事件に触れない訳にはいかない。そして触れたが最後、確実にパンドラの箱が開く。事件の収拾に奔走した警察庁がいきなり梯子を外され、外した当事者である厚労省と外務省が口裏を合わせたように沈黙を守っていることや、実はヒートによる災禍が根絶した訳ではないことが白日の下に晒されるだろう。

そうなれば後から飛び出してくるのは警察庁、厚労省、外務省に対する不信と抗議。ヒートがまだ存在していること、そして事件現場がヒート汚染されていることへの恐怖——考えるだに憂鬱になってくる。官僚嫌いを旗印とした野党が関係省庁を悪罵し、ヒートに関する一連の事件を政治カードに利用する図までが容易に思い浮かぶ。いずれにしても混乱が巻き起こるのは必至で、最後には希望すら残らないかも知れない。

中目黒に入ったSUVは、やがて共済病院の前に停車した。道路を挟んで関東信越地区麻薬取締官事務所が見える。

「選りにも選ってこんな場所で待ち伏せですかい」

「灯台下暗しですよ。まさか拉致された被疑者が職場近くにいようとは誰も想像しないでしょう」

二人の交わす会話も行動も理解の外にあるのだろう。後部座席で手足を縛られた島袋は一言も発せず、ただ二人を奇異な目で見守るだけだ。

腕時計の針が八時を過ぎると正面玄関に人影が現れた。

「あれだ」

小柄で長髪、耳にイヤフォン——釣巻に間違いなかった。

「あれれ、ドンピシャ。七尾さん、千里眼ですか」

「几帳面というか、自分のリズムに固執する男でね。突発の事件がない限り、終業時刻はいつも午後八時プラスマイナス五分」

では自分の拉致は突発事件ではなかったのかと一瞬複雑な気持ちになるが、今はそれどころではない。

クルマから出て向こう側に渡り、そっと釣巻の後を追う。慣れない雪道に足を取られながら、それでも携帯オーディオのイヤフォンを外さないので二重に注意散漫になっている。

俺が不審人物だったらどうするつもりだ――と、怒鳴りつけたいのを我慢する。よくよく考えれば、今の自分は不審者よりもタチの悪い存在だ。

釣巻が反対側、つまりSUVの駐めてある側に渡った時、七尾は背後から覆い被さった。

「やあ、久しぶりだね」

振り向いた釣巻は目を見開いて絶句した。

喋らないのに越したことはない。七尾は口をぱくぱくする釣巻の首を強引にかき抱くと、そのままクルマの方まで引き摺り、「とにかく入って」と、運転席に押し込んだ。

「な、七尾さん！　あなたいったい」

「色々訊きたいことや言いたいことがあるのは分かるけど、今はちょっと抑えてくれないかな」

「でも七尾さんの身柄を今」

「後部座席を見なさい。新宿で一度会ってるよね。宏龍会の山崎渉外委員長だ」

「何でそんな人と一緒に」

「質問は後。言うの忘れたけど、シート越しにこの人の三八口径が君の胸に照準を合わせているから」

　ぎょっとして釣巻は山崎を見やる。山崎は精々冷徹な表情を装うが、突然話を振られて慌てているのが七尾には丸分かりだ。

「悪いけど運転してくれないかな。まずは駒沢通りまで」

「いったい何を」

「それは道すがら説明するよ。とにかく、この山崎という人は虫も殺さないような顔してる割にとんでもなく悪逆非道なヤクザ屋さんでね。おまけに人差し指の関節が痙攣(けいれん)気味でいつ引き金を引いても不思議じゃない」

　山崎の顔が奇妙に歪む。

「じゃあ発車して」

　抵抗しても無駄と悟ったのか、釣巻はそれ以上の抵抗は示さずにハンドルを握った。

　クルマが動き始めると七尾は、

「次の角を左折したらしばらく直進。制限速度は遵守して」と、ナビゲーターに専念する。

「この様子だと、ただ拉致された訳じゃなさそうですね」

「まだ質問には答えてあげないよ」

「一課の皆がこれだけ心配しているのに」

釣巻は恨みがましく言う。

「城東署はもちろん警視庁は汚名返上のためにかなりの人員を七尾さんの捜索に投入するようです」

「そうだろうね。今はまだポイントが絞り切れていないだろうけど、すぐに一斉検問も始める。面子がかかると、彼らの動き方は急ピッチになるから」

「篠田課長なんか、警察が躍起になるあまり、七尾さんの身の安全まで顧みないんじゃないかって」

「それは悪かったね。帰ったら少なくとも現段階では大丈夫だと伝えておいてよ」

「銃を持った人間と同行して、ですか」

「武器というのは使用しない限りは抑止力にもなるからね。本気で撃つつもりはないだろうけど、真面目に運転を続けた方が安心であることは確実だよ」

しばらく釣巻は雪道を慎重に走り続けた。

「七尾さん、もう質問してもいいですか？」

「いいけど、わたしの質問が先だよ。訊きたいのはね、君が仙道の死体を発見したくだりだ」

「警察にはもう話しましたよ」

「けれどわたしが訊いていない。確か八時に仙道の死体を発見したんだよね。その時の状況は？」

「朝の七時八時になれば食事なりトイレで外に出るのが普通なのに、まだ一度も姿を現していない。妙だと思って現場に近づいたのが最初です」

「ふむ」

「裏の通用口から中の様子を窺うと物音一つしない。もしやと思ってノブを回してみると施錠がされていませんでした。そしてドアを開けてみると中で男が倒れてました。寝ているのかとも思いましたが、寒い室内でジャケットが傍らに脱ぎ捨ててあるんです。それで近づいてみたら、流血が見えて……」

「死体の傍には凶器の鉄パイプが落ちていたそうだけど、その他で目についたものは？」

「その他には生活ゴミしかなかったです。弁当の容器と空き缶、袋菓子の残骸と空のペットボトル……長居するつもりはなかったんでしょうね。そのせいで少し饐えた臭いがしました」

「ヒートの隠し場所は分かったのかい」

「ああ。それは一目瞭然でした。部屋の隅に床下収納庫があって扉が開いたままでしたから……あ。まさか七尾さん、僕を疑ってるんですか」

「何といっても第一発見者だからね」

「そ、そんな」

「でも、今の証言を聞いたら君じゃないと思えてきた」

「え」

「収納庫の扉は開けっ放しだったんだろ？　もしも君が犯人だったら、そこにヒートが収められていたことを隠して仙道殺しとヒート捜索に捜査の手を二分させようとするだろうな。違うかい」

「僕なら……ええ、きっとそうするでしょうね」

「うん。君はそういうタイプだよ。だから可能性はずいぶん低くなった」

「だったら、もう解放してください」

「それはまだ駄目だよ。ここで降ろしたら、職務に忠実な君はすぐに通報する。まだしばらくは捕まる訳にはいかないんでね」

「自分でわざわざ疑われるような真似ってどういう意味ですか。僕には何が何だか」

「疑いが晴れない限りわたしは檻の中だ。檻の中では捜査ができない」

「一課の連中では心許ないですか」

「いいや。あくまで自分が先頭に立ちたいという我が儘さ。悪気はないんだよ……ああ、そうだ。君のケータイ貸してくれないかな」

「……窓からポイッてのは嫌ですよ」

「解放する時にはちゃんと返すよ。わたしのは城東署に押収されたままでね。ちょっと確認したいことがあるんだ」

　渋々差し出された携帯電話を開き、七尾は唯一暗記していた番号を押した。

　すると四度目のコールで相手が出た。

『七尾です』

　十年ぶりに聞いた声だが、まるで変わりはなかった。平穏な、柔らかい声。

「正二郎か。久しぶりだな」

『あ、兄貴っ』

「母さん、元気か」

『元気だ。元気に慌てまくってる。そっちこそ今どこで何をやってる。今日、東京から刑事さんが来て』

「元気ならそれでいい。じゃあな」

七尾は先方の言葉を遮るように通話を切ると、そのまま電源を落とした。切なさの残る自分の心も同時に閉じる。

「実家ですか」

山崎が訊いてくる。

「ご苦労なことです。警視庁が富山まで出張したみたいですね。恐らく訪問だけではなく監視も付けているでしょう。こうなると少し厄介ですね」

「何が？」

「何故、わたしの実家を張っているかというと、拉致された身でありながらわたしに行動の自由が許されている……つまり襲撃犯とつるんでいる可能性を考慮しているからですよ」

「それにしてもなかなかに攻撃範囲の広いことで」

「ポイントが絞り切れていない証拠ですよ。人海戦術でその粗さをカバーしようとしているだけです。しかし、わたしの実家にまで刑事さんが張りついているとなると、潜伏先を熟慮しないといけませんね」

潜伏先に限らない。七尾と山崎が追うべきものはヒートと、仙道が口走った〈調合者〉の行方だ。この二つを押さえなければヒート撲滅という共通の目的が果たせない。また、七尾にかけられた疑惑も晴らせない。しかも、それを警察と篠田たち、そして宏龍会とチャイニーズという四面からの追跡をかわしながらという条件が附帯している。

そして思いついた。

「釣巻くん。それから島袋さん。どうやらもうじき解放してやれそうだよ。とりあえず埼玉との県境までやってくれないか」

山崎が身を乗り出す。

「七尾さん。何かいい思いつきでも」

「いいかどうかはともかく、警察も宏龍会も、そしてチャイニーズ・マフィアも近寄れない場所があるのを思い出しました」

四　潜入

1

雪道を延々と徐行運転しているうちに日付が変わった。雪はようやくその勢いを緩めたものの、長時間の降雪で冷え切った地面からはすっかり熱が奪われ、車道は依然としてセンターラインも見えない有様だった。

七尾と山崎、そして釣巻と島袋の四人を乗せたSUVは立川市から県道十六号線に入り、国分寺市、小平市、東村山市を抜けていく。

「もうじき埼玉との県境ですけど……七尾さん、いったいどこに行く気ですか」

「人質に犯人がそういうことをぺらぺら喋ると思うかい？」

七尾は慣れないハンドルを握る釣巻にそう言った。

「人質って、そんな……」

「そいつはあたしも知りたいなあ」

山崎が後部座席から話に割り込む。

「それにしても、お巡りさんが近寄らない場所ってんなら大阪にお誂え向きの所があるんですが」

「ああ、それは駄目でしょうね。お巡りさんが近づかなくても、宏龍会の人たちがやってくるでしょうから」

「だけど、それでどうして埼玉なんです？」

「ここにはね、魔窟があるんですよ。そこは命の惜しい者は誰も足を踏み入れない。チャイニーズ・マフィアも例外なくね」

七尾の口には似合わない言葉に、山崎と釣巻が不審な顔をする。

「……そんな無法地帯みたいな所、日本にあるんですか？」

「それがあるのさ。ああ、釣巻くん、次の交差点を左に入って」

七尾以外の三人が思わず標識を確認する。左折の方向は所沢市内を指し示している。

「所沢……？」

釣巻が呟くが、七尾は黙ってカーナビの画面に見入っているだけだ。

十分ほども走っただろうか。民家も滅多に現れない寒々しい田園風景が続いたかと思うと、いきなり七尾が声を出した。

「ストップ。釣巻くん、そこの路肩で止めてくれ」

命令のままにSUVが停止する。

「さて、ここで釣巻くんと島袋さんは降りてもらうとしよう」

「こ、ここで……ですか？」

釣巻は周囲の風景に怯えたように言葉を返す。島袋も口に出さないまでも亀のように首を竦めている。

「さ、降りて降りて」

七尾は有無を言わさず釣巻を車外に押し出して運転席に移る。阿吽の呼吸とでもいおうか、山崎もそれにつられるように島袋を突き出すと助手席に移動した。

辺りは田畑が広がるばかりで民家どころか電話ボックス一つない。風雪吹き荒ぶ中に投げ出された二人は行く当てもなく、身を縮めることしかできない。

「あの、七尾さん。俺のケータイ……」

「はい」と、七尾から差し出された携帯電話を受け取った釣巻は怪訝そうに首を捻る。

「何か軽いんですけど」

「バッテリー抜いておいたからね。もちろん島袋さんのケータイも同様に」

「へっ？」

「降ろした直後に事務所へ報告されたんじゃ敵わないからね。ここから公衆電話なり民家に辿り着くには多少歩いてもらわなきゃいけない。まあ、せめてもの時間稼ぎだよ」

「ここで降ろされたって七尾さんの行先なんて分かりゃしませんよ。課長や警察に通報しても埼玉県警まで命令が下りてくるまでのタイムラグがあるだろうし」

「ああいう組織にはね、人一倍鼻の利く人間が何人かはいるものでね。ひょっとしてわたしたちの目的地を勘だけで探り当てる人がいるかも知れない。用心に越したことはないよ」

「……七尾さんを敵に回した連中の恨みが分かったような気がします」

「悪いね。事件が一件落着したら相応のお詫びはするからさ。あと、課長たちにはわたしが決して麻取の使命を忘れてはいないことだけ伝えておいてくれないかな」

「あの」と釣巻は言いかけたが、七尾は終いまで聞かずウィンドウを閉ざしてクルマを出した。バックミラーの中で、心細げな二人の姿がどんどん小さくなっていく。

「七尾さん、えらく同僚さんにドライですねえ」

「これ以上同乗させて深入りさせるよりは、よっぽど温情があります。早々に解放しないとまた余分な罪状が付いてしまいますしね」

　それからしばらく走ると、民家と田畑の隙間を埋めるようにファミリー・レストラン、紳士服の量販店、ガソリンスタンド、コンビニエンスストア、サラ金の無人店舗が建ち並ぶ郊外が現れた。だが、典型的な郊外の街並みもよくよく観察してみると更に寒々しくなる。店舗の半分以上はシャッターが下り、テナント募集の張り紙がされているのだ。

「ひどく寂れた場所ですねえ……ここら一帯、自然災害か何かがあったんですか」

「どうして、そう思います？」

「前の仕事で店舗物件もよく扱ったんですが、こういう郊外ってのは常時需要がありましてね。どこかが閉店してもすぐに新しい店子が入るんですよ。こんな風になるのは自然災害か伝染病の蔓延くらいしか思いつきませんやね」

山崎はバスの停留所に立てられた標識をすれ違いざまに読んだ。

「神島町……？」

「さてと。そこで食料品を調達しておきましょうか。しばらく籠城せざるを得なくなるかも知れません」

七尾は最寄りのコンビニエンスストアの駐車場にクルマを入れた。そして山崎と共に両手に抱えきれないほどの飲料水と食料を買い込む。

「ねえねえ、七尾さん。こんなに食い物抱えてどこの穴倉に潜むつもりですか」

「もう少し行くと集落が見えてくるはずです。その集落を突っ切って一キロほどの場所が目的地ですよ」

それ以上は答えず、七尾はまたＳＵＶを駆る。今までわずかに目にした人影も、もうすっかり見当たらない。雪景色も手伝って、まるで原野のようにさえ思える。

七尾の言う集落を過ぎると、いきなり森林地帯が見えてきた。その奥に続く道路脇には〈立入制限区域〉の標識が立ち、両側から鉄条網の柵が設えてある。柵は林の向こう側、視界の消える先まで続いており、どうやら半径三キロ内をぐるりと囲んでいるようだった。

「山崎さん」

「はい」

「後で鯖江さんには謝っておきますから」

「へ？」

七尾はそう言い放つと、いったんＳＵＶをバックさせてから柵に向かって急発進した。

「うわっ」

山崎の悲鳴に少し遅れて、派手な音と共にバンパーが柵を突き抜ける。めりめりと柵を押し潰しながらＳＵＶは立入制限区域の中に侵入した。

「七尾さん、あんた無茶ですよ」

「何がですか。あの頑丈そうな柵を素手で壊そうとする方がよっぽど無茶じゃないですか」

「いや、そういうことじゃなくって……いや、もういいです」

山崎は深い溜息を吐いた。

やがて沼地に出た。沼の水面には薄く氷が張り、ちらつく雪が化粧のように覆っている。ちょっと見にはありふれた田舎の風景だが、数ヶ月前その付近に横たわっていたモノを知る人間にとっては不穏な舞台にしか見えない。

寒気の中にも腐臭が漂ってくるような気がする。

「クルマはここまでのようですね。歩きましょうか」

「こいつは乗り捨てですか。だったら、どこか遠くに移動させないと足がつきますよ」

「足がついたところで追っかけてこられやしません」

二人は食料を詰めた袋を片手に歩き始めた。しばらく進んでも代わり映えのしない雪原風景が続く。

「いい加減に教えてくださいよ。いったい、ここは何なんですか」

「ヒート誕生の地」

「えっ」

「わたしも現地に来るのは初めてなんですけどね。この先にスタンバーグ日本支社があったんですよ。昨年の暮れ、焼けてしまいましたが」

「ここが……」

山崎は意外そうに周囲を見回す。

「おや。知らなかったのですか」

「正確な場所までは。去年の九月に閉鎖したという話だったから突き止める気もしませんでしたが、火災があったんですか」

ほう、と七尾は思う。さすがにこの情報は宏龍会にも洩れていなかったかと妙なところで安心する。

「埼玉県警や警察庁はおろか、関係各省庁に厳重な箝口令が敷かれたようでしたからね。事件に直接関与した人物とそれに近しい者以外には知られていないのですよ。下手をすれば放射能汚染並みのパニックを引き起こしかねない事件ですからね。政府の対応も慎重を極めたと聞きます」

「……ここで何が起こったんですか」

そして七尾は話し始める。七尾自身も宮條貢平とヒート絡みであったために篠田を通じて強引に収集した話だったが、日本国内で起きたとは俄に信じ難い事件だった。

スタンバーグ日本支社。かつていち主任研究員の発案によって完成したヒートは、この地から汚染が広がった。MRの仙道寛人を介した若年層への供給と重大事件の発生、開発者自身の不審死、乳児誘拐――頻発する事件の根源はここにあった。それに気づいた埼玉県警の刑事が研究所にまで潜入したが、ヒートの解毒剤を入手する前に研究所は焼け落ちてしまったのだ。

「もちろん、それで事件が終結した訳ではありません」

七尾は不機嫌そうに継ぎ足した。

「ヒートはダイオキシンと極めて似た性質を持っており、自然環境では分解せず、七百度の高温でなければ滅殺もできない。それが周辺の野生動物を介して土壌や地下水まで汚染してしまったのです。つまりこの地の水や農作物はヒートまみれになっていて、当然住人への被害が懸念される。そこで政府の打った手は研究所から半径三キロ範囲を立入禁止区域に指定した上で、神島町の住人を残らず隣町に避難させるというものでした」

「そんな大がかりなことをしておいて、よく秘密が守られましたね」

「元々、隣の垂井町とは学区も生活拠点も重なっていたので生活が一変するほどじゃない。避難住民には過分な生活環境と手当も支給されたらしいですね」

「へえ。しかし、その程度で立入禁止ってのは少し過剰反応じゃないんですかねえ」

「いえいえ、土や水だけじゃなく、動物も汚染された可能性があります。ヒートに侵された動物がどうなるのかは容易に想像がつくでしょう？　現に買い物途中の主婦が野犬に食い殺されかけた事件がありますす」

　さっと山崎の顔色が変わった。

「ちょ、ちょっと待ってください。それじゃあ、ここにはクスリで見境なくした野犬やら鳥やらが群れを成してるというんですか！」

「まあ、見境のある野犬というのも珍しいと思いますが……でも山崎さん。ちゃんと護身用の拳銃、持っているでしょ」

「え」

「え、じゃないでしょう。仮にも覆面パトカーを襲おうなんて計画を立てたんです。用意周到なあなたが丸腰でやってくる訳がない」

　そう告げると、山崎はばつが悪そうにそろそろとジャケットの裾を開いて見せた。そこにはホルスターに収まった短機関銃があった。

　麻薬のガサ入れをしていると、付録に密輸銃まで発見してしまうことがある。ヤクザ絡みの事件は特にそうだ。だから、麻取捜査の長い七尾も自ずと銃器類には詳しくなっていた。

　イングラムM10――アメリカ製マシンピストル四五口径。装弾数は三十発から四十発、シンプルブローバック方式、ストック収縮時の全長は二百九十六ミリ。角柱型のL字ボルトを採用したために軽量であり、構造の単純さから作動不良も起こりにくい。だが、アメリカ軍の特殊部隊が使用した銃をサラリーマン然とした中年男が携えているのは、もはやタチの悪い冗談にしか思えない。

「ウチにはそのテの予算がありましたからね。トカレフなんぞの安物には見向きもせずに、こういうブツばかり仕入れてましてって」

「戦争でもする気ですか、あなたは」

「でも一丁しかないんですよ」

「二丁あります」

七尾は自分のジャケットも開いて見せる。ベルトには同型のイングラムが挟まっていた。

「鯖江さんにも同じ物を渡していましたよね。今となっては賢明な判断でした」

「いったい、いつの間に……」

「鯖江さんとの別れ際、山崎さんを護るためだと言ったらすんなりと。良い部下をお持ちですね。あれでわたしの山崎さんに対する評価は一段とアップしました」

「あたしの七尾さん評価は一段と黒くなりましたよ……って、ちょっと待ってくださいよ。ひょっとしてこの銃のことが念頭にあったから、こんなおっそろしい場所に身を潜めようと考えたんですか？」

山崎は薄く笑うだけで答えようとしない七尾をじろりと睨む。

「……あんた、絶対公務員向きじゃない」

「とにかく小型サブマシンガン二丁もあれば犬に怯えることもないでしょう。雪の降りしきる中、彼らも塒でじっとしているはずです」

「獲物を求めてうろついているかも知れない」

「慎重なのも結構ですが、わたしとあなたの仲間たちを振り切るためには蛮勇も必要ですよ」

「狂犬の群れの中に飛び込むのが勇気ですかね」

二人は七尾を先頭にしばらく歩く。草原の中の一本道、行き交う者は人間どころか犬猫一匹とてない。彼方を見やれば民家の点在する集落が確認できるが、やはり人影は見えない。

「本当に人っ子一人いませんな」

不安そうに山崎が呟く。

「政府の脅しがよほど効いているんでしょう。それ以前に、発見された主任研究員の死体がそれはそれは無残極まりないものだったようで、近隣住人のトラウマになっていたようです。わたしも現場写真を見ましたが、バラバラ死体どころか細切れになってましてね。寸断された骨に申し訳程度の肉片がこびりついている程度。頭蓋の七割は頭皮ごとなくなり、両目は空っぽ、頬と唇は完全に欠落していてその組織がまるで」

「やめてください」

山崎はぶるっと肩を震わせ、感情を押し殺したように言う。

「あたしらヤクザだって、そんな猟奇趣味はないんだ。これ以上、寒くなるようなことは言わんでください」

物を言えば唇が冷たくなるので、自ずと会話は途切れがちになった。

風雪に打たれながらこうして歩いていると、この世に二人だけが取り残されたような錯覚に陥る。元より二人ともお尋ね者扱いだ。最初のうちは呉越同舟と言っていたのが、今では一蓮托生となっている。ヤクザと麻薬取締官、普段は敵対している者同士が同じ立場になって仲良く逃避行している図など、いったい誰が想像し得たろうか。

二人はやがて三叉路に出た。一方は集落のある方向に、もう一方は鬱蒼とシダ類の生い茂った林の中に続いているが、その入り口は降雪ですっかり塞がれている。

「あたしとしちゃあ、たとえ人気がなくたってあっちの民家の方に行きたい気持ちありありなんですが」

「却下します」

言下に答えると、山崎はううと洩らした。

「追われる者の安全地帯は追う者の危険地帯です。いい加減、腹を括ってください」

「腹なんて、そんな簡単に括れるもんじゃない」

「宏龍会のナンバー3が何を気弱な」

「あたしは至って普通です。七尾さんの方がおかしいんですって」

山崎はむきになって応じる。

「身体を張ってなんて言葉があるけど、七尾さんのはやっぱり異常です。今度のことだってそうだ。あんたどんだけ怖いもの知らずなんですか」

「怖いからこうして武装しているじゃないですか」

「そういう意味じゃない。あんたに護るものはないのかって話です」

「護るもの？」

「家族、財産、地位、友人、それから自分の命。人間てのはそういうものを護るために汗水垂らして働いている。一方でそういうものを失うのが怖くて守りに入る。ところが七尾さんにはそれがない。だから無鉄砲にもなれる。命知らずにもなれる」

「ずいぶんな物言いだ」と返したが、七尾はその弁にも一理あると思った。

家族、財産、地位、友人に執着していないのは確かだ。それよりも麻薬禍による悲劇が一つでも減ってくれたらという気持ちの方が大きい。そして、そのためなら自ら法律を破っても構わないとさえ思う。

数ある犯罪の中で麻薬禍ほど凶悪なものはない。人の生命のみならず人格や尊厳までも破壊する。厚労省に入省し、麻薬取締部に配属されて最初に検挙したのは十五歳の少女だった。まだ幼さの残る面立ちなのに眼窩（がんか）は落ち窪（くぼ）み、肌は荒れ、身体中の肉がこそげ落ちていた。進学校に入学、予習復習に睡眠時間を削られる中でタチの悪い友人に勧められた「目の覚める」クスリがその一生を狂わせた。

初めは一週間に一本。それが二日に一本になるまで二ヶ月もかからなかった。小遣いを使い果たし、父親からねだり、母親の財布から現金をくすね、それも叶えられないとなると出会い系サイトで日銭を稼ぐようになった。セーラー服姿で肉体を売るまではあっという間だった。

七尾が辛かったのは、彼女が初恋の相手にひどく似ていたことだった。若さゆえの気の入れ方もある。ずいぶんと親身にもなった。何くれとなく世話を焼き、お互いの部屋にも行き来し、カウンセラーの真似事をしたこともある。しかし結局この娘は薬物の過剰摂取が原因でショック死してしまった。葬儀の席、棺の前で瘧（おこり）のように身体が震えたのは今でも忘れられない。この娘だけではない。その後に担当した事件でも、出逢った被害者は人格と人生をぼろぼろにされた挙句に人間であることをやめてしまった。

例外はなかった。

警察庁との人事交流で宮條貢平と知り合い、その人柄に触れて大きく影響を受けた。宮條も麻薬禍に巻き込まれて妹を失っていたが、自責の念に追い立てられるような捜査手法は七尾に大きな影響を与えた。非情な犯罪には非情な捜査で対応する——それは若い七尾にとって全否定できない論理だった。

　自分がそういった薬物に対して一定の抵抗力を持つ体質であるのを知ったのも、ちょうどその頃だ。七尾は神とやらに感謝した。天啓とさえ思えた。この体質を与えられたのは自身の使命を遂行するためだと信じた。

　そして宮條が消息を絶ってからは、その捜査手法をなぞるような日々が続いた。その帰結がこの冴えない中年ヤクザとの逃避行だとしても、それほど悔いはない。

　元より家族とは断絶している。仕事仲間以外に近しい者もいない。誇るような肩書もなければカネにも無縁だ。だが、それでも——。

「それでも、一つくらいはありますかね」

「そりゃあ何ですか」

「教えてあげません」

＊

『……という訳で、こちらの知りたいことはほとんど教えてくれませんでした』

「教えてくれませんでしたで済むかあっ」

鰍沢は受話器が割れるような声で怒鳴った。

「昨夜の八時から今まで一緒にいながら、所沢の手前で別れただけの情報しか掴めなかっただとお。ガキの使いか貴様はあっ」

釣巻と連絡が途絶えてから一夜、七尾に続いて二人目が拉致されたのかと気を揉んだ挙句の安否報告だった。驚いたことに七尾と宏龍会の山崎に連れ去られたのだと言う。それならば訊きたいことが山ほどある。言いたいことはそれ以上にある。

それなのにこの馬鹿ときたら、碌に情報を引き出すこともせず運転手をさせられ、解放されたらされたで電話を貸してくれる民家に辿り着くまで三十分も費やしてしまった。三十分もあればクルマならかなりの距離を移動できる。所沢の手前で釣巻たちを降ろしたのも陽動作戦であり全く別の方向に逃走したという可能性は否定できない。いや、あの七尾のことだ。こちらの考えを更に裏読みして行動するに違いない。ついでに嫌なことを思い出した。いつだったか捜査一課でポーカーに興じたことがあったが、何度やっても七尾の一人勝ちだったのだ。

鰍沢は改めて七尾究一郎の厄介さを思い知った。味方にすれば心強いが、敵に回せばこれほど難儀な相手はそうそういない。

「とにかくタクシーでもヒッチハイクでもいい。その島袋って奴と一緒に今すぐこっちまで戻って来いっ」

『了か』

言い終わる前に電話を切った。三十分近くも雪道の中を彷徨（さまよ）っていた同僚を思いやる気持ちより、自分たちの裏をかいた同僚への怒りが勝っていた。

「畜生。何がチャイニーズ・マフィアだ。全部あいつの狂言だったなんて……」

鰍沢の絞り出すような声が事務所の中に響く。篠田と熊ヶ根、そして杵田はそれをとりなそうともしない。鰍沢の失意は捜査一課全員の気持ちを代弁しているようだった。

やがて熊ヶ根がぽつりと口にした。

「でも、七尾さんの拉致が狂言だったとしたら、いったいどうしてそんな真似をしたんだろう？　釣巻の話じゃ宏龍会とつるんでいるみたいだけど」

「七尾さん、宏龍会に寝返っちゃったんでしょうか」

杵田がそう言った途端、鰍沢がぎろりと睨んだ。

「お前、本当にそんな風に考えているのか？」

「いや、あの、その」

「鰍沢さん、杵田も別に他意はなくて……」

「やかましいっ、答えろおっ、杵田あっ」

「皆さん、落ち着いてください」

剣呑な雰囲気が漂いかけた時、篠田の湿った声が割って入った。熱くなった場を冷ますにはちょうどいい具合だった。

「あの七尾さんが欲得ずくでヤクザとつるむと思いますか？　そんなに分かりやすい人だったら、わたしだってあんなに苦労しませんでしたよ。あの人の行動を額面通りに受け取っていたら知らぬうちに寝首をかかれる」

「じゃあ、課長は七尾さんの行動をどう解釈するんですか」

「杵田さん。七尾さんが釣巻さんを拉致して何を訊き出したかを反芻してみなさい。仙道殺害事件、その目撃証言の確認です。恐らく島袋何某が同乗していたのも同じ理由からでしょう。仮に彼が犯人だとしても、わざわざ釣巻さんたちを拉致までする必要もメリットもありません。そんな時間的余裕があれば、とっとと捜査網の及ばない場所まで逃げ果せますよ」

「それなら何故」

「警察は当てにならない。一課の面々も同様。だったら自分一人でも犯人を捜し出してみせる。そのためなら宏龍会さえも利用する……あの人なら、それくらいは当然考えるでしょうね」

熊ヶ根と杵田は合点がいったように、そして鰍沢は腹立たしそうに頷く。

「ったく……一人で戦争でもするつもりか、あの野郎」

「当たらずといえども遠からずですね。追い詰められたら、いや、追い詰められなくても彼は自分だけで仕事を全うしようとするでしょう。いい意味でも悪い意味でも彼はスタンドプレーヤーです。組織への帰属意識は希薄、省の存続よりは仕事の貫徹。公務員でありながら、あの人は根っからのアウトローなのですよ」

　篠田の指摘はいちいちもっともで、一課の中で一番七尾と長かった鰍沢はその度に首肯せざるを得ない。

　アウトロー――そうだ。確かに、あいつは厚生労働省という組織の中にあって無法者だった。与えられた特権も組織力も、自分の目的のために利用してきたような印象がある。今までは突出した検挙率と独特の捜査方法に目が眩んで見えなかったが、こうして距離を置いてみるとその逸脱の仕方が本人の能力よりは志向によるものであることが分かる。チームワークを遵守しているようでいて、実際は先頭に立って一課全体を振り回していた。いや、振り回されていたというのはあくまでこちらの主観であって、七尾にしてみれば好き勝手に行動していただけだったのかも知れない。

「でも、課長。情報では宏龍会も七尾さんを追っているんですよね。だったら、一緒にいる山崎はどんな立ち位置にいるんですか」

「釣巻さんの話では七尾さんに脅かされてという風ではなかったようですから、この場合は共犯関係と見て間違いはないでしょう。案外その山崎という男も、組織のはみ出し者かも知れませんね。七尾さんみたいな人は自分に似たタイプの人間にシンパシーを抱くことが多いようですから」

鰍沢はその言葉に少なからず引っ掛かるものがある。あの山崎という男と七尾が似たタイプだと？　いったいこのクソ課長は何寝ぼけたことを言っているんだ。

「いずれにしても釣巻さんと島袋何某が帰還したら、七尾さんとのやり取りの詳細を再度確認しなければ。その中から七尾さんたちの行方を摑むヒントが得られるかも知れません」

「待ってください」

鰍沢の頭の隅で何かが閃いた。

「そう言えば七尾、妙なことを口走っていませんでしたか。確か……埼玉には魔窟がある。命が惜しい者は絶対に足を踏み入れない所だ、と」

「命が惜しい者は足を踏み入れない……咄嗟に思いつくのは放射能漏れを起こした原発ですが、さて埼玉からとなるといささか距離があるようですが……いや、待ってくださいよ。七尾さん、魔窟とも言ったのですよね？」

篠田は机上のパソコンで地図検索を呼び出した。鰍沢たちは何事かと篠田の後ろに回って画面に見入る。

「一行は県道十六号線から埼玉に入ったんですよね」

「ええ」

篠田のクリックで地図の縮尺が大きくなり、画面の中心部から所沢市内が拡がっていく。そして、それにつれて篠田の表情も険しくなっていく。

「まさか……いや、しかし七尾さんならあるいは」

眉間に皺を寄せた篠田に、鰍沢が詰め寄った。

「課長。何か？」

篠田は無言で画面の一点を指差す。

そこには〈神島町〉という表示があった。

「神島町？　ここがどうかしましたか」

「ここなら、確かに命の惜しい者は足を踏み入れないでしょう。七尾さんが魔窟と称していたのも納得できます。ここはスタンバーグの日本支社があった場所です」

その名前が出た瞬間、鰍沢たち三人は一様にうっと声を洩らした。

「ヒート汚染区域。焼失したスタンバーグ日本支社跡を中心とした半径三キロ以内は関係者以外立入禁止。といっても、ヒートに汚染された水と作物、そして野生動物の群れが跋扈（ばっこ）していてその関係者自身が絶対に立ち入ろうとしない、正に現代の魔窟なのですよ」

2

「本当に、何の音もしませんな」

山崎の語尾がわずかに響く。四方を雪で覆われた林の中は外部の音を遮断して、ちょうど無音室のような状態になっている。二人の雪を踏む音だけがきゅっきゅっと耳に届く。

「研究所の焼失とそれに続く立入制限の後は誰もいないはずですからね」

「不思議ですな。ヒートの汚染区域で危険度はメーターを振り切っているのに、えらく平穏な気分になります」

それは多分、墓地の静けさに似たものだろう――と七尾は思ったが、口には出さない。

「ところで、そろそろ本音を話しちゃくれませんかね」

「本音？」

「七尾さんがここを潜伏場所に選んだ理由は、人が立ち寄らないだけじゃないんでしょ」

「どうしてそう思いますか」

「あんたの行動には大抵、裏がある。十考えていても一しか喋らない」

「まあ、何によらず一石二鳥というのはコストパフォーマンスに優れていますから。いいですよ。実は〈調合者〉なる者の居場所をずっと考えていたんです」

「ああ、仙道が口走ったアレですね」

「ヒートを調合する者。つまりは供給者になる訳ですが、その人物を確保しない限りヒートの根絶は画餅に過ぎない。では、その調合者はどこにいるのか？　ヒートは元々、スタンバーグ日本支社のいち主任研究員のアイデアで完成したクスリです。その研究員が死んでしまった今、ヒートを製造するには彼の遺したデータを漁る他に手はない。それなら、その調合者がデータを求めるとすればここ以外にないのではないかと考えたんです」

「ヒートで汚染されまくったここに？　化学者ってのはそんなに命知らずなものなんですかね」

「化学者である前にスタンバーグ社の社員であるなら、本社からの命令には背きようもないでしょう。調べてみると、あの会社にはそういう種類の研究員が大勢いたようですから」

「組織の命令には絶対、かあ」

山崎は溜息交じりにそう呟いた。

「もしそれが当たりなら身につまされる話だな。しかし組織というやつはどうしてこうも従業員を馬鹿にしちまうんですかねえ」

「社内の常識は世間の非常識という言葉、知ってますか。組織というものはどうしてもその存続を第一義にしますから、存続すればするほど世間の価値観からズレていく。きっと、それは公務員も民間企業も、そしてあなたたちヤクザも同じなのでしょう」

しかし、そう言ってしまった七尾の唇は固い。ここにいる二人とも非常識のはびこる組織から逸脱したはずなのに、辿り着いた地がやはり非常識この上ない場所なのは皮肉としか言いようがない。

ふと思った。

臆病で狡猾で小さな幸福に拘泥する山崎。自分と共通する要素はほとんどない。ただ、二人とも組織に反感を持っていることだけは確かであり、それはひょっとしたら多くの男たちの最大公約数ではないのか――。

何時間も身近にいながら十全の信頼を置けなかった相手に、一瞬警戒心が緩んだ。

「ところで七尾さん。あんた、こんな風に追われる立場になっても、まだ公務員に未練がありますか」

「はい?」

「今頃は、解放した釣巻さんの口から七尾さんとあたしがつるんでることがバレてるはずだ。覆面パトカー襲撃は狂言だったと決めつけられているかも知れない。それでも、あの人たちの中に戻る気ですか」

何を言おうとしているのかはすぐに見当がついたので黙っていた。黙っていると、せっつくように山崎が言葉を重ねてきた。

「最前も言ったけど、あんたは絶対公務員には向いてない。むしろ、あたしたちに近い人種だ」

「それは有難迷惑です」

「有難迷惑だけどお門違いではないでしょ？　七尾さんも自分じゃ分かってるんだ。自分が世の中の決まりごとや偽善を嫌っていることを」

「勝手に決めないでください」

「ねえ、この一件が片づいたら本気であたしと組みませんか。どうせ、麻取に戻ったとこで今までと同じ扱いを受けることはないでしょう。それならいっそ、どうですか。いや、もちろん宏龍会に入れってんじゃない。あたしとコンビで何か大きいことを……」

聞きながら、七尾は噴き出しそうになる。こんな状況下で自分を口説くとは、さすがに交渉術だけで暴力団の幹部にのし上がっただけのことはある。

だが、その時だった。

「七尾さん……！」

背後の声は怯えに変わっていた。

振り返ると、山崎が左斜め後方を指している。

その先を視線で追う。

犬だ。

白くなった林を背景にして、黒い犬がそこにいた。

七尾の視界を通り過ぎた時、犬と判別できなかったのは身動き一つしなかったからだ。犬はまるで彫像のように立っている。

唸りもしない。

吠えもしない。

だが、この犬が危険な存在であることは即座に肌が感知した。犬が唸るのは警戒しているからだ。吠えるのは、威嚇して闘いを回避するためだ。

唸りも吠えもしない犬には警戒も回避もない。襲撃があるのみだ。この犬は照準をこちらに定め、前足を屈して既に戦闘態勢に入っている。

その目を見て、ざわと総毛立った。

生き物の目ではなかった。感情が窺えない、ガラス玉のような目だった。

「山崎さん。イングラムの安全装置を外して。そっとだ。音を立てないように」

「あ、安全装置ってどこに」

「トリガーの前にスライド式のスイッチがあるから前に押し出すんだ。セレクターはセミオートで」

「セレクターって」

「レシーバーの左側面に回転式のスイッチがある！」

セミオートを選択したのはイングラムのフルオート射撃の発射速度があまりに速く、操作に習熟が必要なためだった。

「二手に分かれる」

「え」

「分かれて、どちらか一方に飛び掛かる寸前を撃つんだ」

「そ、そんなあ」

「走れっ」

声と同時に山崎を突き放す。

その一瞬に犬が反応した。

動きを見せた山崎に向かって飛び出した。

「ひいっ」と、叫んで山崎は小型マシンガンを犬に向けるが銃口は明らかに標的から逸れている。
双方の距離はおよそ十メートル。だが縮まるのは瞬く間だった。
山崎はすとんと腰から落ちた。
黒い犬は飛ぶように走る。
そして、ひときわ大きく跳ねた時――。
たたたたた。
七尾の構えた銃から軽やかな連射音がした。
何発か命中したのだろう。黒い犬は空中で方向転換し、山崎の手前で落下した。
七尾はふう、と息を継ぐ。
しかし、それで終わりではなかった。
黒い犬はいきなり起き上がり、座り込んでしまった山崎に再び挑みかかろうとした。
たたたたた。
もう一度連射した。
前足を屈する犬。だが、よろめきながらまた立ち上がった。
たたたたた。
たたたたた。

更に二回連射すると鼻面と前頭部、そして右の前足が千切れ飛んだ。

そして、さすがに動かなくなった。

七尾は横たわる犬に接近し、至近距離で銃口を向ける。だが、顔半分と足一本を失くした犬は残った足をひくつかせるだけだ。

もう安心と銃の先端で犬の体表を突いた時だった。

びくりと上半身が大きく跳ねた。七尾は咄嗟に後ずさる——が、それが最後だった。

黒い犬はぴくりともしなくなった。

だがそれにしても、と七尾は肌に粟を生じさせる。イングラムの連射を四度喰らうまでこの生き物は攻撃本能を持続させていた。それもまた非常識な話だった。この場所には外界の常識は通用しない。先刻まで頼もしい重みだった小型マシンガンが急に心許ないものに思えてきた。

「……畜生」

イングラムを握ったまま腰を落としていた山崎が、片足だけを伸ばして犬の死骸を蹴っていた。

「ち、畜生……この野郎！」

「大丈夫でしたか」

「七尾さん。あんた本当にひどいよ」

山崎は少しムキになって抗議した。

「あんた、こいつがあたしの所に向かって来ると知っててあたしを突き飛ばしたでしょ」

それはその通りだった。

「ええ。最初に動いた標的に向かうんじゃないかと思いました」

「あたしを生贄にしようってんですか」

「とんでもない。あの場合、どちらか一方がおとりになって後の一人が狙撃するのが常道なんです。そしてあなたとわたし、射撃の腕が確かなのはどちらかを考えると、こうせざるを得なかった。この判断は間違っていますか」

「間違ってませんよ。戦術はそれで正しいですよ。でもね。結構怖かったんですよ」

山崎は吐き捨てるようにそう言った。

「襲われる時、一瞬、真正面からこいつの目を見た。あれは生き物の目じゃなかった」

「ほう。あなたにもそう見えましたか」

「生き物じゃなくて、感情のない兵器だった。七尾さん、ヒートに侵されると人間もああなっちまうんですか」

「あなたと追っていたヒートはまだマシな方でしてね。この犬の体内に蓄積されたヒートは都内で大量殺戮をやらかした子供たちから検出されたものと同一です。これこそがヒートの真骨頂といってもいいでしょう。この地にはそういう生き物の姿をした兵器が徘徊しているんです。だから誰も近寄ろうとしない」

俄に山崎は逃げ道を求めるかのように周囲を見回した。

「ここはね、比喩でも何でもなく正真正銘の魔窟なのですよ」


葉先の雪に塗れながら林の中を歩くこと数分、ようやく目の前に出口が見えてきた。頭と肩に掛かった雪を払い落として前方を見ると、確かにそれらしい物が残っていた。

焼失した建物の跡だった。きっと元は白かったのだろう。建物を囲む塀は一様に煤と罅割れだらけで、その上を雪が覆っているので尚更薄汚く見える。

片方だけ残った門柱の下に熱と衝撃で捩じ曲がったプレートが落ちている。〈――タンバーグ製薬日――〉。他の字は判読不能だ。七尾は焦げ目に錆を浮かせた鎖の束をまたぎ越して敷地に足を踏み入れた。

二階部分は完全に焼け落ち、一階部分も壁の一部を残すだけだった。炎だけではなく爆発もあったようで、壁の一部と思われる部分が広い範囲に亘って四散している。そのどれもが焦げ茶や黒に変色している。柱は四、五本が心細げに立っているだけで、他に見当たる物といえばオフィス家具の残骸くらいだが、これとても元の形が何であったのかはまるで見当がつかない。

「ほぼ、全焼ですな」

「そのようですね」

「ここに、ヒートを開発、製造していた研究所があったなんてとても思えませんな。廃墟よりひどい」

「スタンバーグ本社にしてみれば願ったり叶ったりだったでしょう。目論んだ悪事の痕跡は文字通り灰燼に帰してしまったんですから。一連の事件の後、外務省や厚労省の腰が引けたのも、一つにはこの火災によって証拠物件の一切合財が焼失してしまったことによります」

　雪原を歩いていると爪先がぴしっと音を立てた。腰を屈めて見ると、かつては窓ガラスだった物が飴細工のように融けて曲がっていた。触れてみるとかなりの厚さがある。

「どうやら硬質ガラスのようですね」

「そんな代物がどうしてプラスチックみたいに捩じ曲がってるんですか」

「薬品火災は一般の火災よりも大きな熱量が出ることも多いし、この研究所の場合は消防車の到着も遅れたようです。薬剤から有毒ガスが発生しているから接近もできず、建物が燃えるに任せるよりなかったのでしょう」

「ああ。それでこの臭いですか」

山崎は露骨に顔を顰めてみせた。

ただ物の焦げた臭いではない。この寒気の中でも、鼻腔の粘膜をちくちくと刺す刺激臭が辺りにうっすらと漂っているのだ。

「けど七尾さん。この研究所が焼け落ちたのは去年の暮れだったんでしょ。それから一ヶ月以上も経つっていうのに、どうしてまだこんな悪臭が」

「化学薬品だけじゃなく、鳥獣たちの腐敗臭も混じっているようですよ」

「げっ」

山崎は不快そうに空嘔をしたが、話の半分は冗談だった。火災が発生した時、何羽かの鳥類が一緒に焼けたが、結局は骨も残らなかったらしい。恐らくこの悪臭の原因は新建材と化学薬品が結合して、独特の臭気を形成しているからだろう。そして、その臭気が土壌にまで深く染み込んでいる。

「こんな焼跡のどこに籠城するつもりですか。まさか適当に穴を掘れとでも？」

「わたしも報告を聞きかじった程度なんですけれど、研究所の焼け落ちた部分はカムフラージュだったらしい」

「上物が、カムフラージュ？」

「ええ。見せかけだけの立派な研究室と会議室。しかし本丸は地下にありました。その床面積百二十坪、一階部分の建坪より遥かに広い。おまけに研究所の施工を請け負った業者は、地下室増床の翌年に社長ともども消息を絶っているというのだから念の入った話です」

七尾は焼跡の中心部に辿り着くと、雪原を足で払い除け始めた。

「ほら。山崎さんもぼやっとしてないで。建物図面では、この辺りに地下への入口があるはずなんです」

「へいへい……」

あまり気の進まぬ様子で山崎もそれに倣う。会話もなく、ただざくざくと雪を掻き分ける音だけが続く。

やがて七尾がそれを見つけた。三畳ほどの大きさの鉄扉が倒れているが、その片隅の陰から真っ暗な虚が顔を覗かせている。ちょうど人一人が入り込める大きさの虚だ。

「どうやら防火扉みたいですね。蝶番が捩じ切られている。何かの衝撃で弾け飛んで、そのまま入口を塞ぐ形になっているんだ」

虚に鼻を近づけてみる。刺激臭がやや強いが、危険は感じられない。

「これ、どうするんですか」

「もう少し入口を広げておきましょうか。不測の事態が生じた時に逃げやすいように」

「……やっぱり入らなきゃいけませんかね」

「ここに立っていても凍えるだけですよ」

「へいへい」

七尾が防火扉の端を持つと、山崎は諦め顔で隣に回った。しかし声を合わせて懸命に扉を押すが尋常な重さではない。五分も押し続けて移動したのはやっと十センチといったところか。ペンライトで照らしてみると、階段は何とか下まで続いているらしい。最初に七尾が穴の中に滑り込んだ。

光源は防火扉の隙間から差し込む一条の淡い光だけだった。その唯一の光もすぐに闇に呑み込まれ、後は果てしない暗黒が支配している。乾いた空気の中に異臭が蔓延しているのは、長らく密閉状態だったからだろう。動物の腐敗臭はないものの、数多の化学薬品が混合したような臭いは長時間嗅ぎ続けていると嘔吐しそうだった。

「うぶっ」と、早速山崎が咳き込んだ。

「ひってえ臭いだ。七尾さん、こんな中で探し物するつもりですか」

「人の数十倍も嗅覚の鋭い犬はこんな場所に一分もいられないだろうから、却って好都合です。それに、そう考えたのはわたしだけではないようですしね。ほら」

七尾はペンライトの先端を床に向けた。

光輪の中にはたっぷり降り積もった灰があった。そして、その灰の上に克明な足跡が残っている。

「どなたか先客がいたようですね」

「先客って……いったいどんな目的で。まさかあたしたちと同じだとか」

「それは不明ですが、足跡のサイズからして探検を目論んだ子供のものではない。立ち入りを禁じられた、しかもこんな悪臭の中を敢えて潜入しているのだから、少なくとも真っ当な人間でないことは確かです」

「……それなら、あたしらと同じじゃないですか」

再びペンライトを前方に翳す。七尾の吐く息が光の筋に浮かび上がる。

事前に仕入れていた情報では階段付近に動力制御室があるはずだが、その場所は崩れ落ちた天井で見事なまでに粉砕されている。隙間からは錆びついたボックス状の物が口を開けて多数散乱しており、ここもまた大小の爆発に見舞われたということか。

この先に消毒滅菌室、廃棄物処理室、微生物実験室、放射線照射室と続くのだが、いずれも部屋としての原形は留めていない。吹き飛ばされたドア、残骸だけの壁、完全に炭化したオフィス家具――。まるで落盤事故に火災を重ね合わせたような光景に、皮膚どころか胸の奥まで冷えていく。

確か、この突き当たりにヒートを生み出した実験室があったはずだが——そう見当をつけた辺りがぼんやりと白い。

「七尾さん、あれ……」

山崎が七尾の袖口を摑む。

間違いない。

真正面にドアを丸ごと失った部屋があり、その奥から淡い光が洩れているのだ。

遊んでいた指が反射的にイングラムをまさぐった。

「誰かいるんですか？」

闇に向かって声を掛けると、不意に光が揺れた。

ざしざしと近づく足音と共に、光が明るさを増していく。

そして、壁の陰から男がぬっと顔を出した。

「あんたたちは……誰だ」

3

男の背は山崎よりも低かった。猫背気味に歩いているので余計に小さく見える。手にしたランタンの明かりで、度の強いメガネをかけた中年であることが分かる。

「スタンバーグ社に関わりのある人ですか」

七尾が訊ねると、男はこちらを探るように見上げた。不信感に凝り固まった目だった。

「そうだが……あんたたちは？」

七尾は手帳を提示する。男は老眼が進んでいるのか、いったんメガネを外して手帳に見入る。

「麻薬取締官……」

「七尾といいます。こちらは民間の協力者で山崎さん。それであなたは？」

「スタンバーグ製薬主任研究員本田晃一」

ほう、と思った。本田晃一は昨年警察庁を経由してきたスタンバーグ社の資料にあった名前だ。

「確か橘班にいらっしゃった方ですね」

ぎょっとした様子で本田がこちらを見る。

「どうして、橘主任の名前を知ってるんだよ」

「昨年ここで発生した事件の規模を思えば、そのくらいの情報は入手していて当然でしょう」

「それは……そうなんだろうけど、だったら何で今頃になって焼跡にやって来るんだ？　しかも厚労省が」

「そりゃあ、こっちの台詞だなあ」

　山崎が割り込んでくる。

「お前さんこそ焼跡になった古巣に何の用だい。まさか、遅れてやって来た火事場泥棒か」

　こちらは暗がりで人相がはっきり見えないのだろう。山崎がわずかに脅しを利かせると、本田は一歩だけ後ずさった。

　よく観察すると本田の着ているのは白いコートなのだが、焼跡を方々探し回ったようで、胸といわず腰といわず灰と煤であちこちが汚れている。本田自身も蓬髪で無精髭は伸び放題、製薬会社の研究員の面影も今はなく、有り体に言って路上生活者にしか見えない。

「失礼ですが、ずいぶん長い間ここに滞在されていたようですね。やはり何かお探しでしたか」

　本田の返事はない。こんな風に埒が明かない時は矛先を変えてみる。

「それにしても変ですね。確か日本支社にいらした方々は入院していた女性社員一名を除き、支社の閉鎖と同時に全員行方不明になったと聞いていたのですが」

「俺はすんでのところで助かったんだよ」

本田は不貞腐れたように話し始めた。

「みんな最後まで本社に騙されていた。研究所閉鎖の決定直後、本社から数人の社員がやって来て閉鎖について事細かい指示を出した。そして閉鎖が完了すると、日本支社の社員は自動的に本社に移籍すると言って全員を拉致同然にトラックへ押し込めたんだ。まるでアウシュビッツ送りみたいな光景だった。俺は隙を見て逃げ出してね。お蔭でまだこうして生き長らえているという訳さ」

「その言い方だと、本田さんはスタンバーグがどんな仕事をしていたか十分に承知されている様子ですね」

「今更、隠し立てはしないよ。こんな田舎に隔離されていてもテレビは映るしネットも繋がる。都内で高校生がとんでもない事件を起こした時、勘のいい研究員はすぐに気づいたさ。それでも最後まで自社を信用したがるのがサラリーマンの悲しい性でね。半信半疑ながら本社の言うなりに従うんだから情けない話だよ」

「では、閉鎖後にここで本当は何が起こったのかも」

「ああ。マスコミ報道は詳細を避けていたが、この有様を見たら大体の察しはつく。恐らく閉鎖時に仕掛けていたトラップが作動したんだろう。あのガスは引火性だったからな。ニュースを知って慌てて駆けつけたんだが、まさかここまで焼き尽くされてるとは思いもしなかった」

本田は足元に転がっていた消し炭を踏み潰した。ぐすりと音を立てて炭は砂のように広がる。

「本田さん。ひょっとしたらわたしたちは協力し合えるかも知れません」

七尾がそう持ちかけると、本田は釣られたように顔を上げた。

「あなたはヒートを探しているのでしょう？　それも仙道何某が少年たちに売り歩いていたヤワなものじゃなく、桐生研究員が開発した局地戦用の方だ」

「……えらく断定的だな」

「スタンバーグ本社から辛くも逃げ果せたあなたが、選りにも選って焼け落ちた古巣に戻るんです。目的は何らかのデータを手に入れる以外に考えられない。だとすれば、そのデータはスタンバーグ社に対抗する手段になる類のものになる訳ですから答えも自ずと明らかになります」

本田は黙したまま七尾の唇を追っている。よほどのポーカー・フェイスでない限り、これは肯定を意味する沈黙だ。だが、七尾は確認する意味で「ただ問題は」と畳み掛けてみる。

「その対抗の仕方がヒートの解毒剤を開発することなのか、あるいは新たに局地戦用のヒートを製造することなのか。それはさすがに分からない。その回答如何であなたに対するわたしたちの態度も幾分変わってくるのですけれどね」

「答えは前者だよ」

本田は少し慌てた様子でそう言った。

「俺にだって開発者としての良心ってものがある。ヒートに関しての最終データは研究所閉鎖の直前に送信してあるから、本社がヒートを大量生産するのも時間の問題だ。だったら、こちらは一刻も早く解毒剤を作る必要がある」

「確かに。ヒートの製造に手を染めようとするなら個人営業よりは本社に籍を移した方が何かと安全でしょうから」

七尾が言葉を切ると、本田は不安げな顔になった。

「どこまで進んでいるか首尾は訊かないのか」

「解毒剤の製法が判明したらこんな場所に長居はしないでしょ」

ふん、と鼻を鳴らした仕草が図星であることを窺わせた。

「話の途中で申し訳ないんだが、その桐生って人も主任研究員なんだろ。同じ主任研究員であるあんたが、その解毒剤を作るのにどうしてそんな苦労をする?」

山崎の明け透けな問いに七尾が答えようとしたが、それより早く本田の口が開いた。

「桐生さんは特別だったんだよ」

同僚を特別と称する時には羨望や嫉妬が絡むのが当然だが、本田は淡々と口にした。

「堂本さん、橘さん、樫山さんとリーダーは他にも三人いたが、桐生さんはその誰よりも若くて誰よりも優秀だった。研究員というのは煎じ詰めれば化学者の端くれなんだが、あの人はそういう人間に一番必要な資質を持っていた」

「資質、ですか」

「一言で言えば閃き、インスピレーションだな。カエルと自動車。茄子に本棚。慣性の法則に相対性理論。そういう表面上は全く無関係なものを結び付けてしまう才能こそ開発者に求められる。だが、これは座学や経験でどうにかなることじゃない。天性のものだ。脳内麻薬アゼルファリンとダイオキシンの結合を考えついた桐生さんは、だから一種の天才だった。そういう人だから、当然ヒートを無力化する酵素も考えていただろう。ところが、それをデータにする前に死んじまった」

桐生隆が解毒剤のデータを一切残さなかったことは、研究所焼失の報告で聞き知っていた。だが、何にでも些細な洩れは生じる。

「でも、ひょっとしたらここにその一部なりとも情報が残存していないか……そう考えた訳ですね」

「ああ。だが、やっぱり駄目だった。あわよくばと思って来てみたが、これほど見事に焼け落ちてるとはな。研究室には耐火キャビネットもあったんだが、爆発の衝撃で扉が開いて中は丸焦げになっていた」

七尾は改めて本田の姿を眺める。コートはもちろん顔や指先も煤で真っ黒になっているところを見ると、今まで散々焼跡を捜索していたというのも満更嘘ではなさそうだ。

「ディスクはおろか書類一枚さえ残っちゃいなかったよ。もっとも、あの天才はアイデアをいちいち文書に残しておくようなタイプじゃなかったが」

「何日かけて捜索したんですか」

「丸二日間。食事や睡眠もここでとった」

「だが、この暗さだ。そんなランタン一つきりで探しきれる訳でもないでしょう」

「しかし」

「こういう場合の人海戦術というのは有効なのですよ」

「手伝ってくれるというのか」

「目的が同じである限り、誰とでも協力は可能ですよ。麻薬取締部としては、子供たちの間に出回っているタイプのヒートの供給を断つこと、併せて桐生隆が局地戦用に開発したヒートの解毒剤を早急に研究しなければなりませんから」

七尾は人差し指を地上に向けた。

「この研究所跡を中心に一帯はヒートで汚染されている。水も、土壌も、作物も、そして動物も。一応の結界は張っているが既にパンドラの箱は開いているんですよ。一刻も早く箱を閉じないと中からどんな化け物が飛び出してくるか」

「利害一致という訳か」

本田の呟きが既視感を誘う。そういえば、最初山崎もそういう名目で自分に接近してきたではないか。

「まずこのフロアを二つのエリアに分けましょう。光源は二つしかありませんから。そして手前から奥の方へ、碁盤の目を進むようにして残骸を掻き分けていくんです。そうすれば見落としは最小限に済むはずです」

「しかし、二日間探したんだよ」

「さりとて手掛かりがあるとすればここだけでしょう。桐生隆のアパートは警察が調べ尽くしたでしょうし、そもそも研究データの持ち出しはできない体制だった。探し物はね、本田さん。なるべく多くの目を使うのが常道ですよ。さ、始めた始めた」

半ば強引に指示すると不承不承納得したらしい。本田は口の中で不満らしきものを呟きながらランタンの明かりを残骸の上に翳した。

「じゃあ山崎さん。我々も火事場泥棒を開始しましょうか」

「ちょ、ちょっと七尾さん、本気ですか」

「何がですか」

「たった今会ったばかりの、しかもスタンバーグの残党に協力するなんて、ちぃと無謀過ぎやしませんか」

「宏龍会のナンバー3と組むよりは真っ当な気がしますが」

「七尾さん！」

七尾は唇の前に指を立てた。

「麻取なんて、そんなにほいほい他人を信用していられるような仕事じゃありませんよ」

そう告げると、さすがに勘の鋭い山崎は合点したようだった。

「口実、ですか」

「半分は。少なくとも協力者なら彼の至近距離にいられますから」

「どうして近くにいなきゃならないんです」

「仙道の洩らした調合者というのは、彼じゃないかと思うんです」

ペンライトの淡い光の中でも、山崎の表情の変化が見えた。それは驚いたというよりは同意を表わしていたので、七尾は少し感心した。

「山崎さんも同じことを？」

「ええ。奴さんの言うことが本当だとしたら、この研究所が閉鎖されてからの数ヶ月、逃亡生活を助けていた人間がいるはずですからねえ。奴さんにすれば、当然その間の生活資金も必要になる。そこで手元にあったヒートを仙道に横流ししてカネを受け取っていた」

「お見事」

「よしてくださいよ。食い詰めた理数系のやることなんざ高が知れてる。つまり、奴さんを四六時中見張っていれば、残りのヒートの在り処も分かるって寸法ですな」

「もしも残っていたらの話ですが」

「じゃあ、あとの半分は？」

「それこそ額面通りの言葉ですよ。この暗闇の中、二つの目では見つからないものが六つだったら何か発見できるかも知れない」

「しかし、こんな有様じゃ……」

「可燃性の薬剤に引火したせいか確かに見事な焼けっぷりですがね。それでも何かしらの燃え残りはあります。都内に出回っているものとここいら一帯を汚染しているヒートは性質を異にしていますが、解毒剤の一端でも判明すれば無駄にはなりません。それに……」

「それに？」

「外に出たところで寒いだけです」

「しかし、ここは臭いが堪りませんやね」

「凍えるよりはマシだと思ったんですが……何なら、あなた一人だけ外で見張り番でもしますか」

「……っとに。分かりましたよ。探しゃあいいんでしょ、探しゃあ」

＊

「もっと早く走れえっ」

「無茶言わないでください。これでマックスですよ」

「何がマックスだ。制限速度プラスたったの十キロじゃないか」

「凍結した道路をそんなスピードで走ってどうするんですか。いくらスタッドレス履いたって滑る時には滑るんです」

釣巻は助手席の鰍沢を煩そうに見るが、鰍沢の方は視線を前方に定めたまま一顧だにしない。後部座席の熊ヶ根と杵田はそのやりとりを半ば呆れた様子で眺めている。

「少々のスリップが怖いだとお？　丸々一日も拉致されていた奴が今更何言ってやがる」

「七尾さんに拉致されても生命の危険は感じませんが、鰍沢さんを隣にして暴走していたら確実に危険です」

「ほう、そうか。それなら世の中にはクルマのスリップよりも、もっと怖くて痛いものがあることを教えてやろうか」

ついつい言葉が尖ってしまうが、釣巻がこんな脅し文句でアクセルを踏み込む男でないことはとうに承知している。自分の怒りが関係のない場所に向けられているのも合点している。それにまた、釣巻が釣巻なりに失地回復しようとしているのも分かるので、鰍沢はそれきり黙り込んだ。

七尾と山崎の潜伏先が所沢市神島町の研究所跡と当たりをつけると、篠田はすぐ四人に現地急行を命じた。義務なので七尾が釣巻たちを解放した場所までは城東署に報告するが、その時間を可能な限り遅らせるのでその間に七尾を確保しろという。出処進退のかかった上級公務員としてそれがぎりぎり精一杯の指示であることは容易に判断できるので、自ずと鰍沢の頭も熱くなる。

「この道で間違いないんだろうな」

「間違いないですよ。標識は確認していましたって。クルマの型式もナンバーだって憶えてるから、現物を見間違えることもありません」

言葉通り、釣巻は迷うことなく県道十六号線から埼玉県に入った。ナビゲーションをちらと見ることもなかった。だが、それでも鰍沢は安心できない。自分たちが一歩リードしていることは分かっていても、宏龍会とチャイニーズ・マフィア、そして警察が同様に七尾たちを追跡している。機動力と荒っぽさでは彼らの方が数段上だ。

きっと同じことを考えたのだろう。熊ヶ根が不安を隠そうともせずに訊いてきた。

「鰍沢さん。課長は報告をどの程度まで引き延ばしてくれるんでしょうか」

「城東署の奴らは事務所周辺にも監視を置いているはずだ。遅かれ早かれ俺たちが動いていることも知れる。課長がとぼけられるのは、精々一日だな」

「じゃあ、たったの一日で七尾さんを捜せと？」

「違う。一日分こちらがフライングを許されてるってことだ。しかも、そのフライングの距離は想像以上に大きい。どこの誰がこんな状況下で研究所跡に行こうなんて思うもんか。俺たちは七尾究一郎という男を知っているからそういう仮説に立つことができるが、それを知らない奴らには発想さえできんさ」

時折、杵田がちらちらと後方を確認する。警察その他が自分たちを尾行していないかと、小動物のような臆病さで背中に注意を払っている。こういう細心さは現場向きだと、鰍沢は意外な発見に少し驚く。

「それにしてもですよ。釣巻の話だと七尾さんと山崎は敵同士という雰囲気じゃなかった。

やっぱり課長が言っていた通り意気投合しちゃったんでしょうか」

「俺がそんなこと知るか、馬鹿！」

思わず怒鳴ると、ハンドルを握っていた釣巻がバックミラーに目配せを送った。分かっている。この合図は「余計なこと喋っちゃ駄目です」という意思表示だ。それを見たので、怒りの矛先がまた別の方向へ向きそうになる。

何がアウトロー同士だ、と思う。七尾はともかく話を聞く限り山崎ははぐれ極道に過ぎない。自ら弾けた者と弾かれた者の差は大きい。ところが課長ときたら味噌もクソも一緒にしてしまっている。

大体、七尾も七尾だ。同じ協力を求めるのなら、何故自分よりも山崎を選んだのか——。長年チームを組んできた実績が、少しばかり毛色の違ったヤクザ者のそれよりも脆弱だった事実に無性に腹が立った。

やがて四人を乗せたクルマは寂れた郊外を抜け、寒々しい田園風景の中に出た。

「この辺りですよ。僕たちが解放されたのは」

既に所沢市内に入ってしばらくが経過している。目指す神島町まではあと十キロであるとカーナビの合成音声が告げた。

更に進んで民家の点在する集落を過ぎると森林地帯が見えてきた。目指す研究所跡はもう目と鼻の先だ。

ところが、その辺りから路肩に見慣れない車両が目立ち始めた。カーキ色のジープとトラック、そして車両の周囲にたむろする迷彩服と白いパーカー姿の男たち——。

咄嗟に車両のドアに書かれた文字を読む。

「陸上自衛隊だと?」

その時、急ブレーキが掛かり鰍沢は前につんのめった。顔を上げると、やはりヘルメットに迷彩服姿の隊員数名が道路を封鎖する形で検問を敷いていた。

「止まって」

停止を命じた隊員は無表情だが、鋭い目つきであることだけは分かった。

「ここから先は立入禁止区域です。垂井方面に行かれるのなら後方のバイパスから迂回してください」

鰍沢は返事をする前に取締官手帳を提示する。手帳に目を走らせた隊員だったが、やはり表情はぴくりとも変わらない。

「捜査対象がこの先に潜伏している。ずっと追っていたデカい事件だ。通らせてくれ」

「……お待ちを」

手帳を預かって、隊員が小走りに駆けて行く。恐らく上司の判断を仰ぎに行ったのだろう。

するど釣巻が肩を突いてきた。

「鰍沢さん、あれ」

その指差す方向は森の入口になっている。道路脇に〈立入制限区域〉の標識が立ち、森全体を柵が覆っている格好だが、その柵の一部が損壊していた。

「あれは……クルマで強行突破した跡だな。しかも最近だ。あそこだけ雪の積もり方が少ない」

「臭いませんか」

「ああ。くさや並みに臭うな。あんな無茶をする奴はそうそういやしない。それに焼失した研究所はちょうどあの先に位置している」

先刻の隊員がもう一人の迷彩服を伴って戻って来た。口を開いたのは、新しい隊員の方だった。

「迂回してください」

低く、有無を言わせぬ口調だった。

「さっきも説明したが大きな事件を追ってるんだ」

「許可できません。迂回してください」

「同じ公務だぞ」

「同じではない。この区域の封鎖は災害対策として如何なる公務にも優先する」

「災害対策だとお？」

意外な回答に声が裏返った。

「そんな馬鹿な。地震があった訳でもない。こんな低い山脈で雪崩でもあるまい。いったいどんな災害だというんだ」

一瞬頭を過ったのは、この区域を汚染していたヒートが何らかの二次災害を引き起こした可能性だ。だが隊員の言葉は既に予想していたものだった。

「説明している暇はない。とにかく人命に関わる事態だ。即刻この場から立ち去りなさい」

「こっちだって人命がかかっている。通せ」

「もう一度警告する。立ち去りなさい」

「もう一度要求する。通せ。さもなくば納得のいく説明をしろ」

「降車して」

その一言で四方から隊員が集まって来た。誰かを真似て強行突破しようにも、前方には銃を担いだ隊員たちがこちらを注視している。こちらは拳銃の一丁さえ手にしていない。多勢に無勢でおまけに丸腰、恭順の意を示して車外に出るより他になさそうだった。

四人が連行されたのはこれもカーキ色のテントの中だ。突然襲った緊張に身体を固くしていると後ろで袖を引かれた。振り向くと、釣巻が周囲の隊員たちを不審な目で見ている。

「鰍沢さん、隊員たちの襟の徽章」

小声で囁いたので、そっと視線を移す。彼らの襟を飾る徽章は桜の花弁を中心にあしらった意匠だ。

「あれは陸自化学科の徽章ですよ」

陸上自衛隊の化学科といえば放射性物質などに汚染された地域に派遣され、住民や備品の除染を行う部隊と聞いている。成る程ここがヒートによって汚染された区域なら、彼らの出動も頷けない話ではない。

「化学科だろうが音楽隊だろうがどっちでも構わん。一佐か二佐か、とりあえず責任者に面通しできたら課長から直に話をしてもらう。現場で俺たちが騒ぎ立てるより、よっぽど有効だ」

その時、釣巻の視線が大きく真横に流れた。

盗み見が丸分かりだ馬鹿、と心中で呪いながらその視線の方向を見た鰍沢はぎょっとした。

着ている服は同じ迷彩服だが、その隊員は肌が白く瞳は青かった。急いで腕の大きなワッペンを確認する。マスケット銃と大砲と、そして星条旗——DEPARTMENT OF THE ARMY。わざわざ釣巻の解説も要らない。いわずと知れたアメリカ陸軍のマークだった。

俄に思考が混乱した。

どうしてアメリカ陸軍がここに？

いったい何が始まろうとしているんだ？

4

「やっぱ、何も残ってませんねえ」

最初に音を上げたのは予想通り山崎だった。

「大体だよ、ここの火事は薬品火災だったというじゃないか。薬品火災といったらアレだろ？　普通の火災より火力がメチャクチャ強いんだろ。だったら紙やディスクが焼け残るもんか」

「まあまあ山崎さん。人海戦術なんて言い出したのはわたしなんだし」

「可能性がないんなら、お前も最初からゴミ浚い（さら）みたいな真似するんじゃないよ。お蔭でこっちまで要らん手伝いをさせられた」

果たして山崎の舌鋒は本田に向けられる。

「だから最初に言ったじゃないか。丸二日探し回っても何も出なかったって。こっちだってガキの使いじゃないんだから」

だが文句を言う方も言われる方も手首から先を真っ黒に汚し、顔には疲労の色がありありと浮かんでいておよそ口論に発展させるような元気は残っていない。

実際、七尾自身が灰燼の中に手を突っ込んで知り得たのは、研究所がものの見事に焼け落ちたのが消火が遅れたからではなく、やはり火力が並はずれて強かったのだと実感できたことだった。ガラスのみならず鉄までもがとろとろに融け、床に張られていたリノリウムは完全に炭化している。紙の燃焼温度は三百度、光ディスクの原材料であるポリカーボネートのそれは二百五十度。可燃性劇物が満載された薬品倉庫が燃えれば、そんな物は秒単位で消滅してしまう。燃え残りの可能性は一縷（いちる）の望みだったが、それも無駄なあがきに終わった。

「ふううううっ」

身体中の空気を全て絞り出すような溜息を吐いて本田が座り込む。ズボンが汚れることには、もう何の頓着もないようだった。

「駄目だ。何のデータもない」

「何だい、もうお手上げか。なっさけない。お前、それでも化学者か」

「できることとできないことがはっきりしているのが化学でね」

「へえ、ずいぶん意気地のない学問なんだな。化学ってのは要は医薬品の開発だろ。華岡青（はなおかせい）

洲の時代から薬品開発の歴史は絶え間ない努力と不屈の闘志の歴史だと高校で習ったんだけどな」

「ふん、華岡青洲とはまた古い話だな。だが天才の努力は栄光に繋がるが凡人の努力は挫折にしかならん。並みの研究者が十人束になっても桐生さんには到底追いつけなかった。だからこそ、せめてその発想と理論を形にしたものが欲しかったんだ」

七尾はその言葉に引っ掛かりを覚えた。

「形にしたもの？　それなら格好のものがあるじゃありませんか」

「何がだよ」

「桐生さんの改良したヒートは研究所外部を汚染しました。土壌や地下水もそうでしょう。だが土壌や地下水では、その特質である濃縮過程が発現されない。もしも濃縮過程を再現するのなら、それは動物の生体内が望ましいはずです」

「ああ、それはもちろんそうだ。だがヒートに汚染された動物は一個の兵器と同様だ。捕獲するのはひと苦労だぞ」

「ついさっき我々は並はずれて凶暴な野犬に襲撃されました。何とか手持ちの武器で撃退しましたが、その死骸の内部には濃縮されたヒートがたっぷり残存しているはずです」

「それだ！」

本田は弾かれたように立ち上がった。

「あ、あんたよくやってくれた。そうだよ。その死骸さえあればサンプルが抽出できる」

「しかし、そのテのサンプルならT大薬学部が解析したという話ですが」

「そりゃあ解析は可能だろう。しかし生産となるとどうかな。何せ成分の一部は人間の脳内麻薬だ。法律の下でおいそれと大量生産できるものじゃない。対抗手段となれば尚更だろう。だが世界レベルの化学者が知恵と技術を持ち寄れば決して不可能な話じゃない」

本田は今までとは別人のように颯爽と身を翻すと、淡い光の差し込む出口に向かって歩き出した。

「お二人とも。何をぐずぐずしてるんだね。早くその場所に案内してください。善は急げだ」

「何が善は急げだ。あんの野郎」

山崎は苛ついた口調でこぼす。

「化学者が馬鹿なのか、それともあいつだけが馬鹿なのか。手前ェで何を言ってるのか分かってんですかね」

「おや。すると山崎さんも気づきましたか」

「気づいてないのは本人だけでしょう。ねえ、七尾さん。あたしはあんたと違ってああいう人種に知り合いがいないから知らないけど、学者なんてみんなあんな風なのかい」

「専門馬鹿という言葉があるくらいですからね。きっと知識の偏りというのは誰にでもあることなんだと思いますよ。違うとすれば、その専門知識が俗っぽいかそうでないかの違いくらいでしょう」

外に出ると、鈍色だった空は黒さを増していた。雪の白さでまだ辛うじて視界は確保されているが、あと一時間もすれば辺りは闇に包まれるものと思われる。

七尾が先頭に立って森の中を進み、その後を本田と山崎が続く。山崎はさっきの勢いはどこへやら、よほど先刻の急襲が応えたようでしきりに横と後ろに警戒を怠らない。本田は本田で、自然にこぼれてくる笑みを嚙み殺すようにして七尾の背中を追っている。

草叢を覆う雪もすっかり嵩を増した。歩を進める毎に足首の沈み方が深くなっていく。そして、野犬を撃ち殺したと思しき場所に出て、七尾は奇妙な感に打たれた。

そこにあるべき死骸がなかった。ただ赤く広がる飛沫の中に黒い塊と白い骨片があるだけだ。寒気の中でも血と肉の臭いがぷんと鼻を衝く。

点在する黒い塊は申し訳程度の肉片に体毛がこびりついたもので、食い散らかされたように転がっている。とても肉体と呼べるような代物ではない。更に仔細に観察すると、新しく積もった雪の上には無数の動物の足跡と何かを引き摺ったような跡が森の奥へと消えている。

反射的に腰のイングラムに手が伸びた。

「……野犬の死骸は？　いったいどこだよ」

「どうやら見るに見かねた同族が連れ去ったようですね」

「連れ去った？」

「今頃は饗宴の真っ最中でしょう」

「すぐに後を追おう。共食いの最中でも銃をぶっ放せば逃げるだろう」

「やっぱりあんたは馬鹿だな。学者先生」

山崎が七尾の肩からひょいと首を覗かせる。

「犬どもが共食いをする状況が分析できねえのか。一つ、狂った野犬は数匹いる。二つ、その野犬どもは仲間の死骸にがっつくほど腹を空かせている。そんな中にのこのこ出向いてみろ。三人ともこの野犬の二の舞になるのがオチだ」

不満そうだった本田の顔に、少し遅れて怯えが走る。慌てて周囲を見回す仕草は小動物を連想させる。だが辺りに差し迫った恐怖がないらしいことを察すると、また表情が緩んできた。

「でも、これじゃあサンプルが取れない。他にヒートを残存した生体なり死体なりはないのか」

人間は感情の動物だが、どうやらこの男には感情に優先するものがあるようだ。七尾と山崎は呆れたように顔を見合わす。

「七尾さん、どうします？」

「さて。サンプルを入手するというのはなかなか建設的な提案なのですが……」

この点は山崎も同意見らしく深く頷く。しかし、だからといってヒートに侵された野犬の群れに飛び込んでいくのは、イングラム二丁を携行していたとしても自殺行為の謗りを免れない。

君子危うきに近寄らず——。賢明な者ならばここで踵を返して安全地帯に移動するべきなのだろうが、生憎ここにいる三人は君子でもなければ自由行動を許されている者でもなかった。

ふと、思いついた。

「死骸というのなら、手頃な別物に心当たりがあります」

「おお」と、本田が飛びついた。

「研究所の裏手にカラスの塒になっている廃坑跡があるんですが、そこにヒートに侵された動物の死骸が残っている可能性があります」

それは埼玉県警から入手した事件記録の中にあった記述だった。担当した刑事と民間人がすんでのところで脱出した場所、そして畏敬の念を抱いていた人物が命を落とした場所でもある。

「研究所が焼け落ちた際、当然のことながらそこにも捜査の手が入りましたが、棲息していたカラスの群れはどこかに飛び去ったようで中はもぬけの殻だったようです」

「死骸は残っていると？」

「ええ。鑑識が持ち帰ったのは全てではなかったとのことです」

真実を言えば、鑑識課員がそこで見たものは犬猫をはじめとした小動物の死骸、そしてあろうことか乳児の亡骸まであった。そこから導き出された推測はおよそ想像を超えるものだったが、本田に告げたところでこの男の知的探究心を封殺できるものとも思えなかった。

案の定、本田は目を輝かせて、

「行きましょう、今すぐ」と、七尾をせっついた。

念のため山崎の顔色を窺うと、ほとほとうんざりした中にも諦めの色が浮かんでいる。腰は引けているが、目的遂行のためなら致し方ないといったところか。

「ではどなたの異議もないようなので、そこに向かうことにします。ただ、二つだけ約束してください」

「何をだね」

「必ずわたしの指示に従ってもらうこと。そして万が一生命に関わる事態が発生しても責任はご自身に帰するのを確認していただくこと。わたしも山崎さんも、本来の肩書や任務の範囲からは逸脱してここにいるものですから」

それから一行は来た道を引き返した。事態の深刻さを承知していない本田は例外として、野犬に襲撃された七尾と山崎は腰のイングラムから片時も手を離せなかった。イニシアチブを取りたいのなら本田にイングラムを誇示してもいい場面なのだが、敢えてそれをしない山崎はやはり智に働くタイプの男だった。

厚い雪雲に遮られた陽光が更に翳りを増す。そろそろ明かりなしでは先に進めなくなってきた。廃坑の入口に到着した頃にはお互いの顔すら確かめられなくなっていた。

初めて目にする廃坑は真っ黒な虚を広げて三人を出迎えた。およそ安寧や平穏とは真逆の空気が穴の中から洩れている。元より鈍感と思える本田はともかく、人一倍臆病な山崎は穴を見た瞬間に列の最後尾に移動した。

既に洞穴の主はいなくなったが、肌をちりちりと刺戟する禍々しさは未だに残っている。報告書を読んだだけの人間に、こうまで抵抗を覚えさせる雰囲気はやはり尋常ではない。

「山崎さん。後方支援よろしく」

山崎の返事も確かめないままに七尾は洞穴の門を潜る。

中に入った途端、生暖かい空気に全身が触れた、と同時にむわっと鼻を衝く異臭が襲ってきた。咄嗟に鼻と口を押さえて臭気の元を探る。甘く、饐えた臭い。紛うことなき腐敗臭だった。では腐敗しているのは獣か、それともヒトか。

ぐえ、とまず山崎が異臭に反応した。本田は仕事柄刺激臭には慣れているのか何の反応も示さない。

「ひってえ臭いだ。鼻が曲がっちまう。産廃処分場でもこれよりはずっとマシだ」

七尾はペンライトを山崎に渡すと、代わりに本田からランタンを預かって行く先を照らし出す。比較的光源の強いランタンの光も洞穴の中では三メートルほどしか視界を確保できない。足場は石ころだらけで注意していないとすぐ足を取られそうになる。入口で鼻腔を衝いた異臭は奥に進むにつれ益々きつくなり、胸奥まで吸い込むと吐きそうになるので自ずと呼吸は浅くなる。気配を窺おうと耳を澄ませるが、洞穴に流れ込む風のひょうひょうという音以外は何も聞こえない。既に外の淡い光も完全に途絶された。

そのうちに足の裏の感触が心許なくなり始めた。着地する度にずるっと足が滑る。元々が粘土質なのか、それとも多分に地下水を含んでいるのか。いずれにしても次の一歩を慎重にせざるを得ない。

次第に道が傾斜し始めた。ここからは緩やかな下り坂らしい。七尾は重心を後方に倒し半ば滑るようにして降下していく。「気をつけて」と声を掛けたが既に遅く、二番手を歩いていた本田が派手な音を立てて滑り落ちた。

その様を気配で察した山崎は腰を屈め、慎重に坂を下りる。

「七尾さん。気のせいですかね。何だか奥に進む度に臭いがキツくなっていく」

「いや。気のせいではないでしょうね」

報告書では洞穴の最終地点にその場所があったと聞いている。ヒートに侵された化け物どもの巣であり、連れ去られた獲物たちが土嚢のように積み重ねられていたらしい。臭気が強くなるのはそこに近づいている証拠だ。

「ねえ、七尾さん」

山崎の口調は一段低くなっている。

「何ですか」

「今更と思って欲しかないんだが……やっぱり引き返しませんか」

「何を言い出す」

言葉を返したのは本田だった。

「ここまで来て臆病風に吹かれたのか」

「お前は黙ってろ、馬鹿野郎」

「さっきから聞いていれば馬鹿馬鹿と不愉快な男だな、君は。曲がりなりにも俺は博士号を持った化学者で、君ごときに馬鹿呼ばわりされる覚えは」

「やかましいっ。博士号だろうが南極二号だろうが関係あるかそんなもん。七尾さん、引き返そう。ここはえらく空気が良くない。人の出入りしていい場所じゃない」

ほう、と七尾は感心した。先刻から七尾が肌に感じていた居心地悪さを山崎も感知していたらしい。

七尾は報告書を読んでいたから、ここが化け物の巣であり、中の有様と迷い込んだ者たちがどんな目に遭ったかを承知している。その内容を知れば、ここが人の立ち寄っていい場所でないことは誰にでも分かる。ここは死の臭いに満ちた人外魔境だ。足を踏み入れた者は例外なく、邪悪な意志の餌食となる。

だが、事情を十分に知らないはずの山崎が既に拒否反応を示している。これは生まれ持った本能の為せる業か、それとも宏龍会での物騒な経験で培われた経験則なのか。

「人が出入りしていい場所じゃないという点では同意しますよ」

七尾は本田への戒めも込めて、そう告げた。

「およそ正常な生物とは言えなくなった化け物どもが餌を食らい、番(つが)い、繁殖する場所です。

小動物のみならず、乳児一名、成人男性一名がその饗宴に供されました。薬学の先端技術が人間の妄執と結合して作り上げた、ここは邪心の巣窟なのですよ」

「何を二人で訳の分からないことを」

本田は呆れたように呟く。

「空気が良くないだとか邪心の巣窟だとか。全部、抽象的な概念じゃないか。いったいあんたたちにはヒートの本当の価値が分かっているのかね」

「本当の価値、ですか」

「言われるようにヒートは局地戦用の武器として開発された。それは否定しない。日本支社に身を置いていた職員たちも本社がどんな商品で巨大企業に成長したのかは知っていたから、ヒートの開発意図には感づいていたさ。だが、それは大した問題じゃない。肝心なのはヒートに人間変革の可能性があることだ」

「人間変革だとお？　けっ。人間一人、即席の鉄砲玉にすることがそんなに大したことかよ」

「ヒートには恐怖心を抑制し、一方で攻撃性を昂進させる効能がある。これは巷間言われるアップ系とダウン系麻薬の長所だけを融合させた形だ。おまけに痛みを感じないという麻酔効果もある。こう言うと、すぐにあんたたち部外者は薬品が武器として使用されることをヒステリックに抗議するが、兵器として開発された技術は必ず日常を変革する製品となってフィードバックされる。パソコンや人工衛星がいい例だ。ヒートも同様さ。ヒートの持つ効能はいずれ治療薬として人間に恩恵を与えるようになる。所詮、数多ある技術革新というのは戦争の賜物(たまもの)でね、オーソン・ウェルズが言ってたようにスイス五百年の平和が生み出したものはハト時計だけだ」

本田の言葉には不遜な熱意がこもっている。開発者ならではの物言いなのだろうが、七尾の耳には抵抗がある。山崎は黙っていたが、沈黙しているからこそその仏頂面が容易に想像できる。

しばらく歩くと、いよいよ異臭が鼻を衝いた。胸奥まで吸い込むと吐きそうになる。そして足の裏が今までとは異なる感触を伝え始めた。不快感たっぷりの感触。水を含んだ柔らかさではない。土くれや砂利の柔らかさでもなく、まるで薄い皮膜に覆われた果実を踏むような感覚——。

七尾がそろり、と足を上げるのと本田がランタンに手を伸ばすのが同時だった。

「ここで行き止まりか？」

本田の言う通り、ランタンの照らし出す先にもう道はなかった。目の前に立ちはだかるのは漆黒の壁と凸凹の地面だけだ。

「そのようですね。ここが最終地点です」

報告書では乳児をはじめとした小動物の死骸、並びにここで消息を絶ったとされる宮條の遺品は全て回収されたことになっている。にも拘わらず、これだけの腐敗臭が蔓延している事実はまだ別の死骸が放置されている可能性を示唆している。

すると、本田が啞然とするようなパフォーマンスを見せた。異臭の源泉と思われる地面に鼻がつかんばかりに腹這いとなり、死骸の探索を始めたのだ。これにはさすがの山崎も毒気を抜かれたようで、ただ本田の蠢く様を見ているだけだ。

やがて本田の掌が地面から黒い塊を拾い上げた。

「あった！」

その掌にあるものは突き出た足と羽の黒さでカラスと分かる。

「そのカラスがヒートに侵されていると何故断言できるんですか。ひょっとしたら他の化け物に殺されただけかも知れない」

「だったら食われて形も残っていないはずだろ。見てみろ、ずいぶん腐敗は進んでいるがそれでも大きく欠落した部分はない。つまり、こいつは捕食の対象にはならなかったという意味だ」

本田はまるで金塊を抱くような手つきでその死骸をコートの裏に包み込む。

「これでようやくサンプルが採取できる。あんたたちには礼を言わなきゃならんな」

その声は狂喜と興奮に跳ね上がっている。ヒートの効能を知悉した七尾の耳には空しく響くだけだ。

だが、すぐに思い至った。七尾ほどヒートを畏怖していない人間の耳には単なる勝利宣言にしか聞こえないこと、そしてその種の言葉には必ず反感を抱く人間がここにいることを——。

遅かった。果たして山崎が我慢しきれないように口を開いた。

「そりゃあ、たんまり礼をしてもらわなきゃあな。これで天下晴れて天才の偉業を凡才のあんたが引き継ぐことができるんだからな」

「何だと」

「獲物が手に入ったんだから、もうバラしてもいいんじゃねえか？　サンプルを手に入れるって手段は一緒だろうが目的はまるで逆だ。手前ェはヒートの解毒剤を作りたいんじゃねえ。大量生産したいんだ」

「な、何を言うんだ。いったいどんな根拠があって」

「根拠なら手前ェが自分で言ったじゃねえか。解析ならともかく、生産となると法律の下では無理だ。世界レベルの学者を掻き集めなきゃならないってよ。あのよ、ＷＨＯですら法律の下で動いてるんだぞ。それ以上の技術を持って尚且つ法律の枠外にある医療機関て何だよ？　違法なドラッグを作って世界中にばら撒いている、どこかの巨大製薬会社しかないじゃねえか」

もう口を差し挟む余地はない。山崎は怒りに駆られたように喋り続ける。

「言うまでもなく、それはスタンバーグだ。手前ェの頭には最初っからスタンバーグに逆らおうなんて気持ちはない。むしろそのサンプルを手土産に古巣へ凱旋するつもりなんだ。凡才が天才の頭の中をトレースして解毒剤を拵えるより、その方がずっと簡単だし第一実入りがいい。解毒剤を作っても表彰ぐらいはされるかも知らんが、結局は感謝されるだけだ。だがサンプルをスタンバーグに渡せば桁違いの報酬が得られるだろうからな。ヒートの最終データは本社に送信されているだと？　けっ、嘘も大概にしろ。それから四ヶ月経ってるんだぜ。それが本当なら、もうとっくの昔にスタンバーグはヒートも解毒剤も完成させてるはずじゃねえか」

ランタンの光に浮かび上がる本田の表情は凝固したまま動かない。

やめろ、と声が出そうになる。秘密を暴く当人には快感のひと時だが、暴かれる方にとっては反転攻勢やあるいは逃亡を企てる絶好の機会でもある。

「手前ェが仙道と繋がってたのは先刻お見通しなんだ。本社の手を逃れたのが手前ェだけなら、仙道とつるめるのも手前ェだけってことだ。着の身着のままで逃亡した手前ェには仙道だけが金蔓(かねづる)だった。そして手元に残ってたヒートが枯渇すると、自分の存在を知っている仙道は却って邪魔者になる……なあ。仙道を殺したのもひょっとしたら手前ェじゃねえのか？」

注意力が散漫だった訳ではない。

だが山崎の開陳する論理に聞き入っていたのは確かで、それがわずかな間隙を生んだ。

不意にランタンが消えた。

山崎があっと叫ぶと同時に、手にしていたペンライトが何かに弾き飛ばされてからからと地面に転がる。

「この野郎っ」

真横をすり抜ける気配がした。手を伸ばしてみるが触れるものはない。暗闇の中で動き回るのは得策ではない。イングラムを乱射するのは更に危険だ。息を殺して周囲を窺うと、山崎が這いながらペンライトに近づいているのが分かった。

「どこだっ」

ようやく明かりを得た山崎が光輪を振り回すが、もうどこにも本田の姿はなかった。

「逃げられましたね」

「すぐに追っかけましょう！」

「いや……」

七尾は山崎を制して耳を澄ませる。ひゅるひゅると外から風が吹き込む以外に不審な音は聞こえない。

「どうやら本田さんは動いていない。若しくは動いているとしてもひどくゆっくりとでしょうね」

「でも逃げてるじゃないですか」

「ここに到達する間、いくつか小さな分かれ道がありました。あれは恐らく支線ですよ。大元を掘ってみたものの石炭層に当たらなかったので幾つか支線も掘ったのでしょう。物音がしないのは、その支線に身を潜めている可能性があります。ここで慌てて洞穴を出たらやり過ごしてしまいます」

「……本当によく観察してますねえ」

「未知の場所に潜入する時は退路を確認しておくのが麻取の鉄則でしてね。それにしても山崎さん。少々功を焦りましたね」

「それを言われると返す言葉がねえなあ。あいつの得意げな顔を見てたら、つい慌てふためく様子を拝みたくなって」

やんわり注意しようとしたその時だった。

暗闇の中で場違いな着信音が響き渡った。

布地を通り越して、山崎の胸から淡い光が洩れている。

「こんな時に誰だ。ったく！」

腹立ち紛れに液晶画面を見た表情が奇妙に歪む。

「何だ、この番号。非通知だぞ……」

そのまま携帯電話を耳に当てると、歪んだ表情に訝しさが加わった。

「ああ、山崎は俺だよ。で、あんたは……え？　い、いや。いるけど、どうして……それでこのケータイを？　だがどうやって番号を知ったんだ……何だって？……ああ……ああ……ま、待ってくれ」

山崎は怪訝な顔を向けた。

「七尾さん、あんたに代われとさ」

何故、山崎の携帯電話で自分を呼び出すのか。たちまち七尾の頭に警報が鳴る。警察も鰍沢もこの番号は知らないはずだ。そしてこの携帯電話には宏龍会会長の番号まで登録されていたのだから、非通知ということは宏龍会関係とも考えづらい。

身構えながら耳に当てる――。

「もしもし？」

『やあ、七尾さんか。久しぶりだね』

開いた口が塞がらなかった。

聞き間違えようもなかった。

声の主は二ヶ月前、この場所で死んだと思われた宮條貢平だった。

五　戦場

1

　その自衛官は小峰一佐と名乗った。如何にも感情を殺すことに慣れているという様子で、鰍沢を無表情に眺めていた。

「ともかく、即刻この地域から立ち退いてもらう。元々、制限区域に何の許可もなく立ち入ったのだから、そちらに何ら抗弁権はないはずだ」

「麻薬捜査の一環だった。秘密裡でしかも急を要したから、そんな許可を取っている余裕もなかった」

　何ら抗弁権はない、と言われれば逆らいたくなるのが鰍沢の悪い癖だが、少なくとも頭は低くしている。

「勧告に従って立ち退くのはしようがない。だが、この地域に我々の探す容疑者が潜伏している可能性が濃厚だ。せめてそいつを探し出してから」

「指定地域に人が残っているかは我々が確認する」

「だが容疑者は武器を所持している」

「その武器は我々の使用する火器よりも強力かね？」

小峰一佐はくすりともせずにそう言った。

「……ウチの上司に連絡したい」

「許可しよう」

鰍沢は中座して携帯電話で篠田を呼び出すと、すぐに事情を説明した。篠田も自衛隊はともかく、米兵を目撃した件についてはひどく驚いた様子だった。

『嫌な予感がします』

「上に掛け合ってもらえませんか。まだＳＵＶは発見できてませんが、あいつらが研究所に向かった痕跡があるんです」

『しかし防衛省絡みとなると……』

篠田の口調は重い。広い人脈を持つ上司だが、それにもやはり限界があるようだった。

「アメリカさんの関与をどう思いますか」

『それは当然ＢＣ兵器の拡充を目論んでのことでしょう。元より旧西側がスタンバーグ社の動向を探っていたのは化学兵器の撤廃どころか、その技術を盗んで自家薬籠中のものにしたかったからです』

　鰍沢は唇を噛む。ジュネーブ議定書以後、ベトナム戦争、イラン・イラク戦争を経て、一九九七年には化学兵器禁止条約（ＣＷＣ）が発効されているものの、その後も各地の局地戦では化学兵器の使用が囁かれている。その兵器の非道さを知りながら、いや、知っているからこその所有欲は人間の嗜虐性の見本だ。世界の警察をもって自任するあの国にしてみれば、他国の持つ兵器ならば自分も所有していなければ世界を護れないという理屈なのだろうが、それこそが禁止条約を有名無実化している元凶に他ならない。

「ヒートのデータを奴さんたちも欲しがっていると？」

『それもあるでしょうが、それにしては自衛隊の動き方が急なのは腑に落ちませんね。ヒートのサンプルを採取するだけにしては、いささか大がかり過ぎる気が……』

　それには鰍沢も同意見だった。サンプルの採取というのなら、わざわざ自衛隊の協力を仰がずとも二、三人の人員を研究所跡に派遣すれば済む話だ。

「とにかく、このままでは七尾を確保できません。何とか俺たちを研究所まで行かせてください」

『過大な期待はしないでください。わたしのできることはひどく限られています。それに話がここまで拡大したら七尾さんばかりか、あなたたちの身の保証もできない』

消極的な言葉にも拘わらず、胸にすとんと落ちてくる。己の限界をこうまで明確に口にできる上司はやはり信用に足りる。

『どちらにせよキナ臭い話です。いったん、その場を離脱してください』

「離脱？」

『そこで現場の指揮官に睨まれても得にはなりません。まず勧告に従って指定地域の外に出てください。どちらにしても、あなた方が中で活動するには圧倒的に情報不足です』

「しかし……」

『危険に晒されるのがあなた一人だけだとは思わないでください』

はっとして鰍沢は後方を振り返る。そこにはパイプ椅子に座らされ、自衛官に囲まれた釣巻たち三人の姿があった。もしも自衛官たちの目を盗んで、指定地域に侵入できたとしても自分と熊ヶ根以外は足手まといになる。いや、熊ヶ根すらもまだ本調子ではないのだ。

しかし一方、それだけの危険に晒される七尾の身はどうなるのかという切実な思いもある。

「了解しました。しかし課長、七尾は」

『時間をください』

篠田の口調もまた切実だった。しかし、この上司の頼みには抵抗できない真摯さがある。

『一刻も早く情報を集めます。本来の流儀からは外れますが、正規のルート以外から探ってみましょう。それまで我慢できますか』

「待っています」

携帯電話を閉じて他の三人に篠田の言葉を伝えると、真っ先に釣巻が反応した。

「さすがに課長は分かってますね。そうでなくっちゃ」

「何がだ」

「課長は言外にこっちでも様子を探れと言ってるんですよ。あの人が、ただ黙って指を咥えてろなんて命令するもんですか」

釣巻は得意そうに言う。自分にできる仕事を見つけて失地回復の機会を得たようだった。

「いくら自衛隊やアメリカだって、密室の中で作戦行動をする訳じゃない。軍隊なんて大所帯が動けば、必ず埃が舞うし足音も響く」

「……何を狙っている」

「スティーブ・ジョブズには感謝しないとなあ」

釣巻は片手に抱えていたｉＰａｄを誇らしげに持ち上げた。

「今は、こういう草の根の情報網があるんです」

七尾はまだ狐につままれたような気分だった。

＊

「まさか……本物の宮條さんですか？」

『ああ。驚かせて悪かったね』

「亡くなられたと報告を受けました」

『でも死体はなかったでしょ。実際、命からがらだったんですよ。洞穴に侵入したまでは良かったのですが、そこであいつらの急襲を受けて。お蔭でジャケットと眼鏡、それからケータイを犠牲にしました』

この、どこか人を食ったような物言いはまさしく宮條のものだ。七尾はふわりと身が浮くような昂揚感と共に小さな怒りを覚える。

「どうして今まで音信不通だったんですか。あなたの死を知らされて、いったいどれだけの人間が悲嘆に暮れたと思っているんですか」

『可能だったら、すぐにでも連絡しましたよ。仕方がなかったんです。つい最近までわたしも意識を失っていましたからね。今だって、美人の看護師さんにケータイを持ってもらって話をしています』

　はっとした。

　携帯電話も握れないほどの怪我、そして今まで意識を失っていたのだと宮條は言う。あの事件からもう二ヶ月余りだが、それだけの期間を経てようやく話ができる状態になったのだ。

『洞穴を出てしばらく逃げ続け、森の茂みで気を失ったらしい。近所の住人に発見され病院に担ぎ込まれましたが、身分証明になるような物は全てジャケットの中でしたからね』

「警察庁は付近の病院に問い合わせとかしなかったんですか」

『しましたとも。すぐ近辺の医療機関に確認を取ってわたしの入院を知ったものの、ヒート拡散の情報が洩れるのを恐れて、ほとぼりがさめるまでその事実を秘匿しようとしていたんです。まあ、親族のいない人間ですから大した支障もなく』

　電話の向こう側から宮條の皮肉な忍び笑いが聞こえた。こういうところは相変わらずだった。

『わたしばかり責めているようですが、七尾さんの動きを追うのもひと苦労でしたよ。あなたのケータイに掛けても全然繋がりませんでしたから』

「いつから追っていたんですか」

『三日前から』

この男にはいちいち驚かされる。篠田たちすら自分には接触できていないというのに、宮條は三日前に着手したばかりでもう自分と話をしている。

『足跡を辿ってみれば、まあ無茶なことばかりしてますね。あなたの猪突猛進ぶりには驚きを通り越して呆れるばかりです。ヒートを追っていたかと思えば宏龍会と手を組むわ、殺人事件の容疑者になるわ、おまけに護送途中で脱走するわ』

「それにしても、いったいどうやってこのケータイの番号を調べたんですか」

横で二人の会話に耳を澄ませていた山崎が先を促すように頷いてみせる。

『わたしだって宏龍会に一人や二人はネタ元を持っていますよ』

宮條は事もなげに言う。こういう男に無茶を指摘されても鼻白むだけだ。

『ところで、まだ潜伏し続けるつもりですか』

「心ならずも。仙道にヒートを供給していた人間を追っている最中です」

『ちょっと待ってください。さっきから、いやに声が反響して聞こえるのですが……七尾さん。あなたたち、ひょっとしてわたしが襲撃された洞穴の中に潜んでいるんじゃないですか』

「……そうですが」

『大変危険です。即刻そこから逃げてください』

俄（にわか）に口調が変わった。

「危険なのは承知していますよ。先刻もヒート漬けになった野犬に襲われましたから」

『野犬どころか。あなたたちを襲おうとしているのは爆撃機ですよ』

「はい？」

『ヒートのサンプルについてはスタンバーグ社のみならず、アメリカ国防総省もその奪取を目論んでいます』

それは七尾には説明不要だった。どこかの国で新しい武器が開発されると、たちどころに国家間の奪い合いになるのは今に始まったことではない。

『アメリカ側は既にヒートのサンプルを採取済みと考えていいでしょう。そうなると、次に予想される彼らの行動は？』

「他国に情報が洩れるのを防ぐために、残りのサンプルなり資料を処分しようとするでしょうね」

『では、ヒートを処分する手段は？』

「あれは酸やアルカリを加えても分解せず、七百度以上の加熱でやっと……」

思わず言葉が途切れた。

「宮條さん、まさか」

『その通りです。アメリカ国防総省は研究所を中心とした一帯を焼野原にするつもりなんですよ。七尾さんは焼夷弾MK77というのをご存じですか』

以前、新聞で報じられたことがあるので憶えている。アメリカ軍がイラク戦争で使用したとされる改良型のナパーム弾だが、ナパーム弾自体が非人道的と非難されているため、国防総省は主成分の違いからナパーム弾ではないと主張している。しかし両者は外見も実際の効果もほとんど変わらない。

『あなたたちの潜伏先を神島町と当たりをつけてみると、ちょうど自衛隊の化学科が出動していました。そこで防衛省の友人を介して情報を得たのですが、アメリカが使用しようとしているのはまさにそのMK77です。即刻退避しろという意味は分かりますよね』

「しかしそれこそ無茶な話です！　アメリカ軍の武器を日本国内で使用するなんて」

『七尾さんらしくもない。あの国が自国の利益が懸っている時、日本に気兼ねするとでも？　スタンバーグ社が神島町を実験場と見做したのと同じように、アメリカ軍もまた、そこを実験場にしようとしているんです。桐生隆の開発したヒートが果たしてMK77の燃焼温度九百度で分解できるのかどうかをね。辺り一面は火の海になりますが、日本国民に対してなら病原体の駆除とでも言えば通るでしょうし、今から夜になってきます。大抵の都合の悪いことは闇が覆い隠してくれるのですよ。仮に米軍の関与が明らかになったところで正面きって抗議する者は誰もいない。精々、野党が抗議するゼスチャーをするのが関の山。政府にしても指定地域を焼却するしかヒート分解の手立てがないのなら、自衛隊に仕事をさせるよりも米軍の手を汚した方が言い訳が立つ』

そう言われると反駁の言葉が見つからなかった。

『いいですか、七尾さん。一刻も早く』

宮條の電話はそこで切れた。

話は把握していたのだろう。横で聞いていた山崎の顔に明かりを照らすと、いつもの余裕はどこかに吹っ飛んでいた。

「今の内容……冗談、じゃないですよね」

「タチの悪い冗談は口にしない人です」

「研究所周りを爆撃するんなら、却ってこの中の方が安全じゃないですか」

「MK77の燃焼温度は九百度から千三百度。ここに身を隠していても確実に蒸し焼きにされます」

「逃げましょう。今すぐ」

「森の外には自衛隊やらアメリカ軍が待ち構えている。確保されたら、恐らくはそのまま警察の手に渡されますよ」

「この中でローストされることに比べたら逮捕なんて！　さあ早く」

「ええ。でもその前に」

「今、逃げるより大事なことなんてあるんですか」

「本田さあんっ」

七尾は洞穴の先に向けて声を張り上げた。放った声が壁に跳ね返ってわんわんと反響する。

「まだこの中にいるのでしょう？　聞いてください。もうじき、この辺りは焼夷弾で爆撃されます。冗談みたいな話ですが、ヒートの特性をご存じのあなたなら決して笑いはしないでしょう。だから今すぐ逃げてください」

七尾はしばらく返事を待っていたが反応はなかった。

「七尾さん、急ぎましょう。あんな奴のことなんか放っておいて」

「しかし、彼は仙道の行動を証明できる唯一の人間です。そして、ヒートの解毒剤を精製できる可能性を持った人間です」

「この期に及んでまだ職業意識ですか。知りませんよ、あたしゃ」

今度は山崎を先頭に洞穴を逆戻りする。行きはおっかなびっくりで歩調の遅かった山崎が、今は尻に火が点いたように早駆けしている。

出口に進むに従って洞穴は広さを増していき、そろそろペンライトの光だけでは心許なくなってくる。洞穴に入ってから既に一時間以上は経過している。

「あ」と、山崎が声を上げた。

「七尾さん、あたしの前」

ペンライトの先端を山崎の前方に向けると、光輪の中に人の後ろ姿が浮かんだ。汚れたコートを纏った小柄な男。間違いなく本田だった。

「っの野郎！」

山崎の足が更に加速する。どうやら恐怖だけではなく、怒りも足を速くさせるらしい。

本田は一度だけ振り返って足を速めたが、それが良くなかった。慣れない洞穴の中、泥濘に足を取られてその場に転がってしまった。

難なく山崎は本田に馬乗りになり、襟首を摑み上げる。

「手前ェ！　よくも逃げやがったな」

振り上げられる拳。だが、その腕を七尾が摑んだ。

「よしなさいよ」

「だって七尾さん、こいつ」

「もう、そんな時間はありません。本田さんもそう判断したから脱出を急いだのでしょう？」

光輪の中で本田は唇を曲げる。

「ふん、何が爆撃だ。そんな与太話、誰が信じるものか」

「確かにそうですね。冗談にしてもぶっ飛び過ぎている。しかし往々にして最悪の事態というのは冗談にしか聞こえないものです。元々、ヒートなんて代物がタチの悪い冗談みたいな存在ですからね」

手元に転がったランタンを検めてみる。幸いどこも壊れていない。出口が近いらしく、耳元をひょうひょうと風が吹き抜けていく。

「あなたと仙道の関係。そしてあなたとスタンバーグ社との約束。興味深い話ですが、命あっての物種です。あなただって、こんな所で灰になりたくはないでしょう。こんな暗闇です。三人固まって行動した方が生存率は高くなる」

「そうかね」と、洟らして顔を逸らしたが、これは本田にしてみれば承諾の意思表示だろう。

ぶつぶつと文句を言いながら山崎が本田を起こしたその時だった。

『神島町の皆さん……こちらは……埼玉県警です……』

洞穴の向こう側から割れた声が飛んできた。遠方からスピーカーを通した声だ。広い範囲に流れているらしく、かなり聞き取りにくい。

『……立入制限区域内に……いる人は……危険ですので……直ちに……出てきてください

……今から一時間後に……病原菌の……一斉駆除を……開始します……繰り返します……』

七尾は咄嗟に腕時計を見る。現在午後六時三十分。ここから制限区域の外までは急いで二十分程度か。今から走れば充分間に合う。念のため腕時計のアラームを設定しておく。

「病原菌の一斉駆除とはよく言ってくれた」

山崎は最前までの恐怖を忘れたかのように薄く笑う。

「俺たちも病原菌の一種ということかい？」

「しぶとさじゃ病原菌といい勝負です。さ、行きましょうか」

そして七尾が一歩踏み出した時だった。

前方から唸り声が聞こえてきた。

地を這うような低い声。

ひたひたひたひたひたひたひた。

湿った地面を四つ足の生き物が近づいてくる。

山崎と本田も気配を感じたらしく、背後で息を呑む音がした。

まさか。

反射的にイングラムに手が伸びる。そして残った手でランタンを前に突き出す。

犬だ。

元の色が分からないくらいに汚れた茶色い犬がそこにいた。

舌は口中に収めたままじっとこちらを凝視している。その目はあの黒い野犬のそれと同じだ。

感情のない、ガラス玉のような目。

逡巡している間はない。

七尾がイングラムを向けるのと同時に犬が地面を蹴った。

たたたたた。

イングラムの連射音が洞穴内に響き渡る。

真正面から飛び掛かってきた犬に銃弾がめりこむ。だが、一撃で倒せない相手であるのは既に学習済みだ。七尾は地面に落ちた犬の身体に尚も銃口を向け続ける。

たたたたた。

たたたたた。

銃声の木霊が耳元に戻ってくると犬は動くのを止めた。血と硝煙の臭いが足元から立ち昇る。

「七尾さん。やっぱりあんた、麻取は選択ミスですよ」

「しっ」

七尾は片手で山崎を制して前方を窺う。

三人は息を殺す。

すると風の音に紛れて、また唸り声が聞こえた。

しかも一匹のものではない。三匹、四匹——いや、それ以上だ。

七尾は更に歩を進める。そこはもう洞穴の出口だった。

そして見た。

洞穴を取り囲むように散らばった生き物たちの目が、ランタンの光を反射してずらりと並んでいた。

その数は両手に余った。

ひい、と山崎が洩らした。

「……嫌だ」

本田は口に出した。

「こんなはずじゃなかった……こんなはずじゃなかった……」

獣たちは少しずつ距離を縮めている。

間隔を保つために七尾は一歩後ずさる。

先頭に立っていた犬が、かっと口を開けた。

2

『MK77というものをご存じですか』

「MK77……？」

仮設テントの中央、パイプ椅子を一ヶ所に集めた場所で鰍沢がそう呟くと、真っ先に釣巻が反応した。

「MK77だって！」

弾かれたように腰を浮かす釣巻を見て、見張りの自衛官が力尽くで押さえにかかる。

『今、叫んだ釣巻さんはさすがに知っているようですね』

電話の向こう側で篠田は半ば感心、半ば呆れたように言う。釣巻の忙しない説明を聞いて鰍沢と杵田は目を剝く。だが、ただ一人熊ヶ根だけが「なあ」と首を傾げた。

「燃焼温度が九百度から千三百度と言ったな。数字が大き過ぎて実感が湧かんが、それはいったいどんな温度なんだ」

「煉瓦（れんが）が融けるんだよ！」釣巻は苛立ちを隠そうともしない。「部屋の煉瓦が融けて氷柱のように垂れ下がる。だから死体どころか骨すら残らない。充填（じゅうてん）されている燃焼剤は親油性があるから、付着したらなかなか落ちない。それに燃焼は広範囲で大量の酸素が使われるから、着弾地点から離れていても一酸化炭素中毒や酸欠を引き起こす」

　そこでようやく熊ヶ根の顔色も変わった。

「課長。政府はそんな代物を日本国内で使用させるつもりですか」

『アメリカ側からの強い要望とウチの省の思惑が一致した形でしょうね。向こうはとにかくヒートの高熱分解実験がしたい。厚労省は国民の耳目に触れる前にヒートの存在そのものを焼却したい。外務省への気配りも考慮すれば全てが丸く収まるという寸法です』

　その代わり事実を隠蔽される国民は蚊帳の外に置かれたままだが、これはいつものことだ。

だが、鰍沢たちには看過できないもう一つの問題がある。

「それじゃあ七尾はどうなるんですか。もし予想通り、研究所に向かっていたとしたらあいつは……あいつは」

『まだ上に掛け合っている最中ですが、説得材料の少なさに苦慮しています。いったん爆撃機が発進してしまえばコマンドの変更は困難になります。何とか七尾さんがその場所に存在している証明ができませんか』

　そう問われて鰍沢は臍を噬む。ＳＵＶの通過した痕跡だけでは笑われるのがオチだ。七尾の存在を立証するためには制限区域内に入らなければならないが、囚われの身ではそれも到底叶わない。

返事のない理由を察したのか篠田は、『鰍沢さん、くれぐれも短気は起こさないでくださいよ』と釘を刺した。

『七尾さんの安全ももちろんですが、あなたたちまでが二次被害に遭ったら目も当てられない』

「しかし」

『お互いに手を尽くす。しかし、それでも駄目なら七尾さんの悪運に縋るしかありません』

悪運。確かに七尾には、どんな失敗をしても致命傷にまでは至らないという妙な強運がある。だが、さすがに脱出口を塞がれた上でナパーム弾投下などという窮地を脱するには宝くじを当てる以上の運が必要になる。

「課長。あいつを助けてやってください」

今は篠田にそう頼み込むのが精一杯だった。

『最善を尽くします』

拝むようにして携帯電話を閉じた時、ちょうど目の前に小峰一佐が立っていた。

「上司との話は終わったのか」

嘲笑の響きを堪えようとした寸前、横から手が出た。熊ヶ根が小峰一佐の胸倉を摑んでいた。

「どういうつもりだよ」

咄嗟にまずい、と思った。普段のどこかとぼけた口調ではない。直情径行のこの男をここで放っておいたら取り返しのつかないことになる。杵田もそう判断したのだろう、二人がかりで熊ヶ根を押さえることになった。しかし口までは塞げなかった。

「お前ら、いったい何やってるんだ。日本を護るはずの自衛隊が、何でアメリカがそんな物落とすのを黙って見てるんだよ」

「やめろ、熊ヶ根」

「熊ヶ根さん！」

騒ぎを聞きつけて他の自衛官がわらわらと集まって来る。ここで話をこじらせては動けるものも動けなくなる。鰍沢は熊ヶ根を羽交い絞めにすると自重を掛けた。杵田も後に続く。二人分の体重で熊ヶ根の身体が後ろに倒れ、同時に小峰一佐を摑んでいた指が離れる。圧し掛かってきた熊ヶ根の巨体に、杵田がぐふうと情けない声を上げる。

小峰一佐が乱れた襟を直しながら言った。

「……いきなり何をする。こんな真似をしてただで」

「黙っててくれ」

慌てて鰍沢が言葉を遮る。これ以上、熊ヶ根の逆上を抑えきる自信はなかった。

「こいつが本気になったお蔭で病院送りになった麻薬常習者が何人もいるんだ。要らん揉め事を増やしたくなかったら、頼むから向こうに行ってくれ」

「陳腐な脅し文句だとは思わないか」

「じゃあ、試しにこの手を放してみるか」

半信半疑の様子だが、熊ヶ根の力だけは体感しているはずだ。小峰一佐はふん、と鼻を鳴らすとすぐにその場から立ち去った。縛めた腕から徐々に抵抗がなくなるのを確認して、鰍沢は腕の力を緩める。

「馬鹿。こんな時には腕より先に頭使え。八方塞がりの中で、どうやったら七尾を指定区域の外に引っ張り出せるかを考えろ」

「でも、これじゃああんまりだ」

「いつだってこの国は国民の命よりも体面を気にしていた。子供じゃあるまいし、今更そんなことを愚痴るない……。で、釣巻。お前はお前で何やってんだよ」

力仕事は無関係だとばかりに、さっきから釣巻はｉＰａｄの画面を熱心に操作中だった。

「草の根の情報って言ったじゃないですか」

「パソコン叩いてたら七尾の居場所が分かるとでもいうのか」

「焼夷弾の投下なんて大がかりな軍事行動、目撃者がいない訳がない。そして目撃した人間が何らかの情報端末を持っていたら呟かずにはいられない」

心ここにあらずといった風なので放っておくことにした。

「あの、鰍沢さん」

おずおずと杵田が手を挙げる。

「七尾さんに同行しているはずの山崎と連絡が取れませんか」

鰍沢は無言で頭を振る。七尾の携帯電話が城東署に没収されているのは分かっている。山崎が護送車を襲撃した時から、そのことは鰍沢と篠田で何度も検討してみたが、宏龍会とのパイプが七尾だけであったために断念せざるを得なかった。結局は組織としての体面を重んじるあまり七尾一人に泥を被せる形になった訳で、悔やんでも悔やみきれない。

「山崎の行方は宏龍会も追っている。課長が警視庁に働きかけて奴らの動きをトレースしているが、未だ奴らが神島町に移動したという報告はないそうだ」

「じゃあ、宏龍会も山崎とは連絡が取れないんですか」

「多分、山崎の方で通信を拒否しているのさ。あいつも追われる身だしGPS機能がついてなければ追跡も困難だからな。もっとも仮に宏龍会が行方を突き止めていたとしても、俺たちと同様に足止めを食うのが関の山だろうが」

一縷（いちる）の望みは先刻聞こえてきた避難命令のアナウンスだ。あれを聞いた二人が自主的に姿を現してくれれば願ったり叶ったりなのだが、手配中の人間がおいそれと飛び出してくるとも思い難い。かくなる上は上空からビラでも撒くかと突拍子もないことを考えていると、

「あった！」と、釣巻が叫んだ。

「どうした」

「やっぱり、どこかの誰かがツイートしてくれてた」

差し出された画面には短い文章がずらりと縦に並んでいる。

mensole『スゲ。FA18ホーネット発進！』

taratata『ホーネットて戦闘爆撃機の？　どこかで戦争かよ』

senso-daisuki『ミリオタです。国内からのスクランブルですか。アジア周辺で現在進行形の紛争はないですよ』

mensole『でも嘉手納基地だぞ』

「間違いない。FA18ホーネットは以前にもMK77を搭載した実績がある。嘉手納基地から発進したこのホーネットは、ここに一直線に向かって来るんです」

「確証は？　匿名だからデマの可能性だってあるだろう」

「ツイッターには何の規制もありませんからね。だから逆に本当の目撃証言の可能性だって

ある」

「五分五分か」

「いいえ。こんな弾けたデマを流す馬鹿はそうそういません」

もし本当だとしたら——鰍沢は我知らず腰を浮かす。

「その最初の書き込みはいつだ」

「午後六時十二分です」

「ホーネットは時速どれだけだ」

「千二百キロ超」

埼玉から沖縄まで直線距離でおおよそ千五百キロ。つまり——。

「ええ。あと四十分少々でＦＡ18ホーネットはこの上空に飛来します」

鰍沢は腕時計を確認した。

現時刻午後六時五十分。

＊

暗闇の中で一瞬照準がブレた。

その一瞬の隙を突いて犬が飛び掛かってきた。

眼前に迫る目。だが、咄嗟に片手で敵の顎を捕らえた。

勢いあまって七尾は後ろにもんどりうつ。

手から離れたランタンが地面に転がり、光輪が洞穴内をめまぐるしく移動する。ちらと照らし出された目の前の敵は焦茶色をしている。

ガッ。

啼き声と共に息が洩れる。生けるものの生臭さと死せるものの死臭がした。嗅いだ瞬間に吐き気を催す。敵は前足を突っ張り、上下の牙を七尾の喉元に向ける。力が恐ろしく強い。この痩せた犬のどこにそんな力が秘められているのか。

ランタンは手放したがイングラムはまだ掌中にあった。七尾は銃口を敵の脇腹に当ててトリガーを引いた。

たたたたた。

それでも敵の力は緩まない。七尾は銃口を側頭部に移した。

たたたたた。

連射の音をバックに敵の頭部が石榴のように割れ、脳漿の一部と肉片を顔中に浴びた。

「七尾さん！」

駆け寄った山崎が抱き起こしてくれたが、それで終わった訳ではない。既に別の一匹が、そしてその後ろからも別の一匹が接近していた。

「背中、支えていてください」

「え」

山崎に背中を預けた七尾は、トリガーを引きながらイングラムの銃口を水平移動させた。連射音と共に肉の弾ける音が木霊する。挽き肉の塊になったのは一匹かそれとも二匹か。

「ランタン消せえっ」

山崎の声で本田が動いた。

「こっ後退しましょう！」

洞穴を出ようにも出口は野犬たちで封鎖されている。言われるまでもなく元来た道を戻るより他はない。

三人が後退すると、野犬たちも前に迫ってきた。だが三人に襲い掛かるのでなく、既に息絶えた同類を食らい始めた。どうやら今は襲撃の本能より捕食本能が優先しているらしい。

これで少しは時間が稼げる。七尾たちはペンライトの明かり一つを頼りに、また洞穴の中に逃げ込んだ。奥に進むにつれて異臭がひどくなるが、野犬に襲われるよりは数段マシだった。

い。

「怪我はないですか」

立ち止まって山崎が訊いてきた。改めて自分の身体に触れてみるが痛みを感じる部位はない。

「見せてください」

山崎がペンライトを翳し、そして息を呑んだ。

「どうしました」

「七尾さん。あんた、その顔」

言われて思い出した。さっき真正面から野犬を撃った際、盛大な返り血を浴びていたのだ。手で拭ってみると、ぬらぬらと脂で滑った。

「これは失礼」と笑ってみせると、再び山崎が呻いた。

「そんな顔で笑わないでくれ。余計にビビっちまう」

「そうですか」

「七尾さん。今、恐ろしい顔コンテストがあったら、あんた日本一だよ」

妙な誉め方もあるものだと思ったが、確かに血塗れの顔で笑いかけられたら逃げ出す者もいるだろう。

実際、野犬に襲われた時に感じたものは恐怖よりも憤怒だった。殺される恐怖心よりも敵を殲滅してやろうという攻撃本能の方が勝っていた。さすがにもう特異体質という理由だけでは説明がつかなくなってくる。長年、おとり捜査のために麻薬を摂取し続けたツケが今になって回ってきたのかも知れない。そのツケの行き着く先はこの死線からの脱出か、それとも廃人か。

腕時計を見る。午後七時三分。

「まずいな」

「え」

「あと三十分足らずで爆撃が始まる。それまでに森の外に抜けないと、三人とも焼き殺されてしまいます」

するとと本田が不貞腐れたように言った。

「だが、穴の入口にはあの野犬どもがいる。あの数だ。まともに向かっても結局は食い殺される」

「そうですね。じわじわと食い殺されるか、あるいは一瞬のうちに灰となるか。まさに究極の選択というヤツです」

「よしてくださいよ。よくもこんな時に冗談なんか思いつけるもんだ」

「いや。決して冗談じゃないんですよ。わたしたちはどちらかを選ばないといけない。タイムリミットも迫っている」

「七尾さんはどちらを選ぶんですか……いや、答えなくていいです。あんたは絶対に悪足掻きするタイプだった」

「じゃあ、あなたは？」

「勝ち馬に乗るタイプですよ。だからなるべく往生際の悪そうな人につきます」

「では、生き残るために戦術が必要ですが……」

「あたしに妙案があります」

山崎は壁で震えている本田に歩み寄る。

「あんた、おとりになれ」

「えっ」

「誰かがおとりになって野犬のど真ん中に飛び込む。野犬がそいつに群がったところで一斉射撃。固まった敵に速射すれば打ち損じもない」

「何故、俺がおとりに」

「この中で銃を扱えるのがあたしと七尾さんだからさ。試験管持ち慣れた指で引き金引けねえだろ」

七尾の開陳した戦術の受け売りで、しかも自分が銃の扱いに慣れていないのに大した理屈だ。七尾は噴き出しそうになったが何とか堪えた。

「あ、あんまりだ」

「こういう場合、誰かがおとりになるのは常道なんだよ。あんたも頭いいんだから、この戦術が正しいのは分かるだろ」

　本田はすっかりうろたえ、助けを求めるように七尾を見る。

　仕方がない——七尾はほうと溜息を吐いてから言う。

「戦術としては正しいのですが、残念ながらそのやり方は却下せざるを得ません」

「どうしてですか」

「わたしが所謂公僕だからですよ。麻取も司法警察職員ですからね。国民の生命を護る義務があります。一般市民である本田さんを危険に晒すような真似はできません」

「だから……あんたには公務員なんか向いてないんだって」

「そうでしょうか？　公務員の逃げ足の速さは天下一品なんですよ」

「……拝聴しようじゃありませんか。その天下一品の逃げ方ってのを」

「ええ。しかし、その前に」

　七尾は本田に向き直った。

「本田さん。この際だからもう打ち明けてください。仙道さんにヒートを供給していたのはあなたなんですね」

極限状況と七尾の迫力に気圧されたのか、本田は逡巡の後に頷いた。

「ここにヒートのアンプル、ああ、仙道さんが子供たちに売り渡していた方を持っていますか」

「ああ。アンプル一本だけなら」

「結構です」

「七尾さん、いったい何を」

「わたしの戦術は一点突破。一人が先頭を切って突撃、野犬どもをイングラムで掃射しながら退路を作るというものです」

「あんた、何を言ってるんですか」

山崎は呆れたように言う。

「そんな無茶、戦術でも何でもない。ただの自殺行為じゃないですか。第一、あんな怪物みたいな犬どもを相手に一点突破なんて並みの人間じゃ無理だ」

「だったら並みじゃない人間になればいい」

「七尾さん、ひょっとしてあんた……」

「そうです。先頭切る人間にヒートを打つんです。時間限定のスーパーマンですが野犬を蹴散らす程度はできるでしょう」

　山崎は今度こそ呆れたという風に口を開けた。

「もちろん先頭にはわたしがなりますよ。麻薬全般に耐性のあるわたしなら意識混濁になる確率も少ないでしょうから。もちろん、これ以上に有効な手段があれば採用しますが」

「あ、あんたって人は全く……命が惜しくないのか。自分だけは生き延びようって気がないのか」

　その言い草がどこか鰍沢に似ていたのが、七尾には可笑しかった。どうも自分とペアを組む者は皆、同じことを思うようだ。

「生き延びる気がなかったら、こんな提案はしませんよ。それにわたしが命を賭ける分、当然あなた方にもやってもらいたいことがあります」

「な、何ですか、そりゃ」

「本田さんにはヒート、それも子供たちが使った普及型と、この地に染み込んで濃縮された新型ヒート両方の解毒剤を早急に精製してもらうこと」

　本田は目を伏せたまま口を開かない。

「そして山崎さんは、もしわたしの身に万一のことがあれば責任持って本田さんをT大薬学部に無事送り込むこと。あそこはヒートの分析に成功した所ですから本田さんの知識を最大限活用してくれるでしょう」

「……たったそれだけのことでいいんですか」

「ええ。山崎さんが本来の目的を忘れてくれさえすれば」

「は?」

「もう、この期に及んで隠し事はなしにしましょう。あなた、つまり宏龍会がわたしとの連携を持ちかけてきたそもそもの理由。それは決してヒートの撲滅ではなく、逆に独占だったのではないですか」

「どうして、そんな推論が……」

「もしもヒートの撲滅だけを考えたのなら、スタンバーグ日本支社が閉鎖された後、ヒートの供給ルートである仙道寛人を消してしまえば目的は達成できたはずです。それをせず悠長にわたしと行動を共にしたのは、あくまで彼を供給源ごと確保したかったからです。そして如何にナンバー3といえどすべての決定権が会長にあることを念頭に置けば、あなたの行動は逐一会長の命令だったことになる。あなたがわたしを奪還してくれた時に会長から難詰されたのは、唯一その行動だけが本来の目的にそぐわないものだったからです」

七尾は内心、山崎が真っ向から否定するものと思っていた。だが、予想に反して山崎は口を閉ざして異議を差し挟もうとはしない。意外だったのは、その山崎を見て何故か胸がちくりと痛んだことだった。

「何か反論はありませんか？」

そう促すと、山崎はすっかり気落ちした様子で片手を挙げた。

「さすがは七尾さんだ。お見立て通りです。何も申し開きはしませんよ。ただ、あんたもあたしに隠していることがある」

「わたしが？」

「あんた、仙道を殺した犯人があたしだと疑ってませんか」

やはり気づいていたのか、と七尾は少し感心した。さすがに交渉術だけで幹部まで上り詰めただけのことはある。人の顔色を読む能力は大したものだ。

「わたしも申し開きはしません。ええ、途中までは山崎さんを容疑者の一人に数えていました」

「途中まで？」

「実はそっちの犯人はね、もう分かってるんですよ」

「ええっ」

「でも、説明している時間がありません。さ、本田さん。ヒートをわたしに。山崎さんは手持ちの予備弾倉をください」

本田は言われるがまま、ヒートのアンプルを取り出して七尾に注射した。治験者の反応を知っている山崎は二、三歩後ずさりする。

直後、最初の鼓動でヒートが体内を循環すると、たちどころに変化が生じた。

どくん。

心臓の鼓動が明確な音となって鼓膜に伝わる、と同時に身体中の血管が一気に収縮するような錯覚に陥った。指先から麻痺が始まり、一方で脳幹が温度を上げていく。中枢神経が鋭敏になるに従って末梢神経は鈍麻していく。

「七尾さん！　七尾さん！」

山崎の声がどんどん遠ざかる。

視野狭窄になる。

次第に山崎と本田に対する憎悪が生まれる。

腹の底に冷たい澱が下りる。

こいつらは敵だ。

殺せ。

潰せ。

——違う。そうじゃない。

胸の奥底から噴出する昏い衝動を七尾は必死に抑え込む。破裂しそうなせめぎ合いがしばらく続くと、ようやく視野が元に戻った。

「行きますよ」

そして七尾は地を蹴った。

ぐずぐずしていたら、野犬と闘うより先に我が身がヒートに取り込まれそうだった。

もう明かりは必要がなかった。暗闇の中でも敵の目が見える。体臭が鼻腔に入る。

「ま、待ってくださいよお」

背後から山崎の声がする。恐らくは猛烈な速さで駆けているのだろうが、七尾本人にその自覚はない。

入口まではあっという間だったが、敵は既に群れを成して中まで侵入していた。血の臭いに誘われたのか、さっきよりも明らかに数が増えている。

威嚇は役に立たない。無駄弾も許されない。イングラムを構え、トリガーを引きながら野犬どもの頭部を狙い撃ちしていく。

たたたたた。

たたたたた。

たたたたた。

闇の中で肉片と血飛沫が飛び散る。顔に粘着する組織を拭い、横たわる死骸を飛び越えながら七尾は森の方角を目指して疾駆する。

数が増えたせいか同類の死骸に喰らいつく犬がいる一方、それには目もくれず飛び掛かる犬もいる。

いきなり左の肘に衝撃を受けた。一匹が肘を深々と嚙んでいた。銃尻でその目を突き潰すが顎は一向に外れない。痛みは感じないが邪魔であることに違いはない。

イングラムを左手に持ち替え、空いた右手で犬の喉に指を食い込ませる。満身の力を込めると親指の先がずぶりと肉の中に潜り込み、首の骨を探し当てた。更に力を加えると骨の破砕が伝わり、犬の顎はようやく外れた。

今度は真正面に敵が飛んできた。突き出した銃口が鼻面に当たった。トリガーを引くと目の前で頭部が爆発したように四散した。

「うわあああっ」

本田が悲鳴を上げた。振り返ると二匹同時に襲われて地面に倒れている。銃撃は困難だ。七尾は助走をつけて駆け出すと、纏わりついている犬の脇腹に爪先をめり込ませた。

爪先に肉の裂ける感触が広がる。が、犬はまだ本田の身体から離れない。思いきり右足を振り上げて同じ場所を蹴り上げると、やっと本田から引き剝がすことができた。何の躊躇もなく連射を撃ち込む。犬が二十ほどの部品になって本田の上に降り注ぐと、本田はもう一度悲鳴を上げた。

連射を続けていると二回弾倉が空になった。その間隙を縫って犬が襲いくる。二の腕、腰、ふくらはぎ、次々に牙が突き立てられる。だが痛覚が麻痺した七尾の足を止めることはできない。装塡が完了次第、銃弾の雨に打たれてぼろぼろと犬が剝がれていく。

七尾は夢中で走り続ける。斃(たお)した犬の頭数はこれで十か二十か。嚙まれた数も相当だ。明かりのある場所に出れば、山崎が貧血を起こしそうな有様になっていることだろう。ちらりと振り返れば数メートル離れて山崎が、更に遅れて本田が自分の後を追っている。この調子なら脱出できるかも知れない。

やがて目指す彼方に朦朧とした明かりが見えてきた。人工的な光が木々の間からこぼれ落ちているのだ。人家のある方角ではない。この状況から考えて特殊車両のライトだろう。

ゴールはもうすぐだ――。

歓喜の声を上げようとした時だった。

腕時計のアラームがけたたましく鳴り出した。

沸騰していた頭が絶望の冷水を浴びる。

一時間経過。ゲームオーバー。

「七尾さん！」

立ち尽くしていると山崎と本田が追いついた。

「あの音……」

山崎に指摘される前から聞こえていた。

西の空から轟音（ごうおん）が近づいてくる。

間違いようもない。

それはジェット機の飛来音だった。

3

ひと足遅かったか——七尾は下唇を嚙んだ。

背中で山崎と本田の息を呑む音が聞こえた。

「き、来やがった」

山崎は縋るように両手を七尾の肩に乗せる。

「七尾さん、どうしよう！」

ミリタリーオタクの釣巻なら上空を通過した爆撃機の機種も速度も、いや、そればかりかMK77とやらの有効範囲すらも知っているかも知れない。だが生憎七尾にそれほどの知識はない。とにかく焼夷弾を落とされる前に林を突っ切って指定区域の外に出るしか方法はない。

「ああ……」

喋ろうとしたがヒートの影響だろうか、舌が強張ってなかなか自由に動かない。

「えっ、何ですって」

「林の……向こう側……沼地の、クルマ……」

「そうか！　そういえばあたしらはクルマに乗って来たんだった」

もちろんSUVでジェット機と競争するつもりはないが、少なくとも人力だけに頼って逃げ回るよりは遥かにマシだろう――。そういう状況判断ができる程度にはヒートに思考が侵されていない。これも特異体質ゆえの恩恵だとしたら、今こそこういう身体に産んでくれた母親に感謝したい気持ちだった。

七尾は顎をしゃくって二人に合図した。視界の隅に本田の姿が映ったが、今から全力疾走できるような体勢にはとても見えなかった。

背を向けた。

その直後、またしても敵の気配を感じた。

ランタンを掲げた瞬間、光輪の中に野犬の姿が躍り出た。

たたたたた。

最期のひと啼きもなく、犬は頭部を四散させた。その肉片を頭から被り、本田が長い悲鳴を上げる。

「七尾さん！」

山崎が叫びながら七尾の前を横切った。山崎も木々から洩れる光の方に駆け出した。明かりを持つ二人が先導する形で本田を引き連れていく。

だが、明かりがあっても地面は平坦ではない。草叢で覆われていても凸凹があり、着地する度に足裏が違和感を覚える。

「ま、待って、くれ」

普段の運動不足が祟ったか、早くも本田の息は切れ切れになっている。だが、七尾にも山崎にも手を貸してやる余裕はない。

「つべこべ言わずに走れ！　死にてえのか」

「ひい」

「それにしても、な、七尾さん。速い。速過ぎる」

恐らくは普段の倍以上の脚力を発揮しているのだろう。七尾は足元の不確かな草叢の上を軽々と跳躍していく。

だが地形までが味方をしてくれる訳ではなかった。窪みに足を取られ、七尾は派手に倒れた。前方をランタンが音を立てて転がっていく。

突然、目の前が朱く染まり始めた。

滾るような憤怒の感情が脳髄を駆け巡る。

頭が沸騰しそうだ。

これがヒートの効果なのか——。

邪なものを振り払おうと膝立ちになった時、背中に何かが飛び掛かってきた。

更なる野犬の群れ。

不覚だった。

強靭な顎が左の肩に喰らいついた。

さすがに痛覚が甦り、それを呼び水にして激情が身体を貫いた。どうやらヒートは恐怖をそのまま怒りに転換するらしい。

七尾は右手を後ろに回し、犬の顔面を探し当てると、一気に握力を込めた。

ぐしゃ。

掌の中で音を立て、犬の頭は形を変えた。七尾はぐったりとなった犬を別の犬に叩きつけると、片手のイングラムで辺りを掃射する。闇の中で銃口が瞬き、その度に血飛沫の花が咲く。

血と硝煙の臭いが立ち込めると激情が少しだけ収まった。

「あんたに弾を預けて良かった。獅子奮迅とはこのこった」

山崎が前に回ってランタンを拾い上げる。そして明かりの中に七尾の顔を見て、うっと唸る。よほど正視に堪えかねるご面相になっているのだろう。ランタンを押しつけるように手渡すと素早く視界から消えた。

頭を激しく振って体勢を立て直すと、七尾は再び走り始めた。

その時だった。

七尾の斜め後ろで衝撃が走った。

轟音がびりびりと空気を震わせる。

次にオレンジ色の閃光が周辺を真昼のように明るくさせた。

そして途轍(とてつ)もない熱風が襲い掛かった。

「這えっ」

七尾の舌がようやくまともに動いた。

それは、まるで空気の炎だった。

突っ伏した背中を、焼けるような爆風が通り過ぎていく。火事と同じだ。大気から酸素が急激に失われていく。立っていればやがて呼吸困難にも陥るだろう。

ガソリンの燃えるような臭いが鼻を突く。

オレンジ色に燃え続ける方向に首だけ向けると、そこは研究所跡だった。

地面から炎が上がっていた。僅かに残っていた残骸は、もう影も形もなかった。

尋常な火の色ではない。化学薬品の成分が殊更に赤い色を加えている。

血の色だ。

これが改良型ナパーム弾の威力か——。

喉がからからになった。

有効範囲はそれほど広くない。研究所跡全体がすっぽりと炎に囲まれているので、半径三十メートル程度といったところか。

だが、その燃焼度合いが並外れている。遠目から見ても分かる。薬品火災でも何とか燃え残った柱や壁の残骸が一瞬にして焼却されてしまったのだ。まだ三人があの場所にいたら、やはり一瞬で消滅していただろう。

背中を悪寒が走る。ヒートの効用もそれを抑えることはできなかった。

死が隣り合わせに存在している。そちらに少しでも傾いたら、それで全て終わりだ。

彼方から犬の啼き声が聞こえる。瞬く間に焦土と化すような炎で、やっと本来の野生を取り戻したか。

爆風が収まったので立ち上がると、途端に噎せた。やはり周囲の空気は大幅に酸素を失っているらしい。

「二人とも、大丈夫か」

もうランタンやペンライトは必要なかった。

燃え盛る炎の明かりが辺りを煌々と照らし、立ち昇る煙が夜空を焦がしている。

二人は草叢の上で大の字に伸びていた。見れば後頭部の髪が焦げている。

「な、七尾さん」

山崎は舌をもつれさせた。

「こ、こんなことって。こんなことが日本で起きる訳が」

「日本じゃないよ」

七尾は思ったままを口にした。

「ここは戦場だ」

本田の目が大きく見開かれる。

「ど、洞穴に戻ろう。あそこなら炎から逃げられる」

「その代わり焼けた空気の逃げ場所がない。近くを爆撃されたら結局蒸し焼きだ。さあ、立つんだ」

だが、本田はいやいやをするばかりで腰を上げようとしない。躊躇なく七尾は銃口を向けた。身体中を駆け巡るヒート、そして周りを取り巻く状況。今は二重の意味で平時とは違う行動が取れた。

本田はぎょっとして立ち上がった。

「戦場だからリーダーの指示に従えない者は放置するか処分する」

「わ、分かった」

「じゃあ走れ」

本田が半泣きの顔で一歩踏み出した時、二発目が炸裂した。

最初よりも場所が近い。

七尾たちは再び身を伏せた。ごう、と熱波が音を立てて迫りくる。しばらく待ち、疾風が通り過ぎてから立ち上がる。

侵入した際に草叢を覆っていたはずの雪は既に雲散霧消し、代わりにちりちりと先端を焦がした葉先が拡がっていた。炎が掻き立てる明かりの中で黒煙が漂っている。

二発目が炸裂した場所は――あの洞穴だった。思わずその方向を見る。ちょうど洞穴の入口に着弾したらしい。

不思議な光景だった。

炎がまるで洞穴の中に吸い込まれるように伸びている。酸素だ。炎が酸素を吸い尽くそうとして洞穴の奥まで舌を伸ばしているのだ。

あの近辺で同族の肉を喰らっていたはずの野犬も姿を消していた。それこそひと声叫ぶ間もなく燃え尽きてしまったのだろう。蒸し焼きどころの話ではない。あそこに身を潜めていても結果は同じだったのだ。

予め下調べはしていたのだろうが、爆撃はヒート、またはヒートに侵された動物が棲息していそうな場所をピンポイントで狙っている。恐らくパイロットには七尾たちの姿は見えていない。彼らは命令通り、指示された場所にＭＫ77を落としているだけだ。人の存在を一切意識せず、ただスイッチを押すのみ——それはやはり近代戦の論理だった。

「げふうっ」

本田が盛大に吐いた。無理もない。普通の感覚ならそれが当然だ。いや、こんな極限状況で素直に肉体が反応できる分、この男の回路は真っ当なのかも知れない。

「頭が痛い……」

頭を振る本田を山崎が小突く。

「煙吸い込むからだよ、馬鹿。お前、小学生か」

山崎は鼻から下を片手で覆っていた。もう弾の切れたイングラムは用なしとばかりに捨てたらしい。

「あたしらだって我が身護るだけで必死なんだ。面倒かけさすない」

そして自分の頭に手をやり、髪を掻き回した。途端に真っ黒な灰がばらばらと肩に落ち、山崎は忌々しそうに言う。

「道理で涼しいはずだ。畜生、大分焼けちまいやがった」

髪だけで済んだら神に感謝しろ――。場にそぐわない駄洒落が浮かんだが、口にすることなくまた駆け出した。

「な、七尾さん。もう、今の二発で終わったんじゃ」

「それこそ甘い考えです。指定区域内はヒート汚染地域と認識されているんです。彼らはここを焼き尽くすまで爆撃をやめようとはしません」

三キロ圏内を焼野原にするには、あと何回の爆撃が必要なのか。

そんな計算をする暇があるのなら逃げろ。

七尾はまた駆け出す。

二人の無事を確認するが、自分の五体を観察するつもりはない。先刻からの野犬の襲撃に加えて至近距離での爆撃。ヒートのお蔭で無痛だが無傷であるはずもない。だが、今はかりそめの力が続いている限り走り続けるしかない。

三発目も七尾の背後だった。音の位置から察するに研究所跡と洞穴の中間地点に落ちたようだった。

身を伏せるのが一瞬遅れた。

背後から襲ってきた爆風で身体が前に飛ばされた。

落ちた所は草叢の切れ目で大小の岩が並んでいた。その真上にしたたか激突した。

「七尾さん！」

うるさい。この程度で騒ぐな。

七尾は何事もなかったかのように肘を伸ばそうとした。

だが、左手が言うことを聞かない。いくら念じてみても肘が真直ぐに伸びようとしない。

折れているのだ。

骨が折れても痛みを感じないという悪夢のような状況だが、逃走には有利な条件だ。七尾は片手だけで上半身を起こす。

爆音が頭上を貫いた。

落としたのは今か、それとも前か——考える間もなく四発目が爆発した。今度は研究所跡から離れた場所で、さすがに爆風の直撃からは逃れられた。

だが、その代わりにＭＫ77の爆裂する瞬間を目にすることができた。

ぼわっと炎が広がった時が着弾の瞬間だったのだろう。燃焼剤が拡散し、それは大小の炎となって草叢を包んだ。燃焼剤は粘着性が高いらしく、わずかな飛沫でさえもいったん燃え出したらなかなか消えようとしない。しかもまるで水のように拡がりを見せる。ちょうど平らな板の上に燃える石油を流すような光景だった。火の海という言葉が単なる形容ではなく、現実に目の前にある。

四発目は離れた場所だったというのに、息が苦しくなってきた。燃焼の範囲が増えて酸素が薄くなっているのだ。さしものヒートも末端の神経は麻痺させても肺機能までは騙せないらしい。

山崎と本田も同様にその光景を目撃していた。戦場さながらの地獄絵図に開いた口が塞がらない様子だった。

「原爆と同じだ。楽になりたければ爆心地に向かって走ればいい」

七尾の脅し文句は効果覿面で、二人は慌てて我先に走り出した。

脅したのには理由がある。この酸素の薄い中、走り続けるには体力以外の何かが要る。それには死への恐怖が一番だ。生と死の境界線に立てば、大抵の人間は普段以上の力を発揮する。いや、せざるを得ない。

七尾も右手にイングラムを握ったまま地を蹴った。いくら性能に優れたサブマシンガンでも爆撃機を撃ち落とせる訳がない。しかし、それでも手放さないのはヒートに侵された野生動物への警戒ともう一つ、理屈では説明しきれない本能の為せる業だった。

自分をここまで苦しめる相手にひと太刀浴びせてやりたい。

懸命に足を走らせている最中にも、その熾火（おきび）のような感情はずっと胸の裡（うち）に燻っている。

これがヒートの効用だ。どんな苦境に立たされても、絶対に相手の息の根を止めるまでは抵抗を止めようとしない。取り締まる側には厄介この上なかった効用が、今は逆に有用になっているのは皮肉以外の何物でもなかった。

三人は所々で足を取られながらも走り続けた。七尾が姿勢を低くしているのに倣（なら）っているので、後の二人が呼吸困難で立ち止まることもなかった。

彼方でまたも爆撃の音が響いた。どうやら今度は指定区域の外縁に沿って爆弾を落としているようだった。

まずい、と頭の隅で警報が鳴った。ＭＫ77の特性はさっき見た通り長時間に亘る燃焼だ。この調子で外縁全部を焼かれてしまったら、もはや脱出の見込みはなくなる。千三百度の炎に取り囲まれ、じわじわと焼き殺されるのがオチだ。

「二人とも急いでっ」

スピードを上げたつもりだった。しかし、何故か身体に纏わりつく抵抗がある。ふと見ると、骨折した左腕がぶらぶらと後方に流れている。速くならないはずだ。おまけに肌の露出している部分は熱風に煽られたせいか赤く爛れている。I度熱傷かそれともII度熱傷か。いずれにしても塗り薬程度で治る火傷ではなさそうだった。

いっそのこと切り落としてしまえ。その方が早く走れるぞ——。

別の意識が囁きかける。その内なる声が堪らなく甘い響きに聞こえる。

誘惑を払拭するように頭をぶんぶんと振る。

走り続ける中、背後で爆発音が間歇的に聞こえる。炎の面積が拡大して確実に気温が急上昇しているらしく、雪の蒸発と相俟って風景が陽炎のように揺らめく。

千三百度の炎の中で生き延びることのできる生物は存在しない。この指定区域がＭＫ77の炎に蹂躙された時、残っているものは一段下の地層ぐらいのものだろう。ヒートが土壌に浸透していたとしても間違いなく焼却されている。その意味で米軍がヒート撲滅にＭＫ77を選択したのは正解だった。

生存に固執する熱い本能とは別に、冷たい理性がそう判断する。

走れ。

走れ。

焦燥に駆られ、激情に突き動かされているはずなのに、意識の中心は冷静なままでいる。今まで逮捕してきた少年たちも同様だったのだろう。己の繰り広げる惨劇を目の当たりにしながら、その様子を冷静に眺めている自分を感じていたはずだ。少年たちの内心を想像して七尾は慄然とする。意識が明確な中で眺める悪夢。およそ人の見る夢の中で、それは最悪の夢だ。

やがて目の前に林が見えてきた。

この林を突き抜ければ沼地に出られる。行きがけに往生した雪だまりも融け、中を抜けるには何の障害も見当たらない。用心しなければならないのは、この中に野生動物が潜んでいる可能性だけだ。

三人は身を投げ出すようにして、その中に逃げ込んだ。

その瞬間、七尾はとんでもない違和感に囚われた。

まるで別世界だった。

林の中にはまだわずかに雪が残っていた。厚い木々の層が外からの風を防いでいるのだろう、熱風も爆発音もこの中までは届いていない。空気もいくぶん冷えているようだ。山崎と本田は精根尽き果てた様子で、地面に膝を突いた。

「た、助かった」

そう吐き出すなり、本田は突っ伏した。山崎も四つん這いのまま、立ち上がろうとしない。

「まだだ。ここがゴールじゃない」

七尾は二人に警告を落とすが、本田はゆるゆると首を振るばかりだ。

「もう、駄目だ……一歩も、歩けん」

「ここにいたら焼き殺されるぞ」

「あ、あんたはヒートを打って超人になっているから、そんなことが言えるんだ」

「さあ、山崎さん」

問いかけるが、山崎も肩で息をしているだけで返事はない。

思い込みだ。戦場のような状況を潜り抜け、やっと人心地のつける場所に辿り着いたために緊張感が途切れている。

「山崎さん。立つんだ。あなたにはまだ護らなきゃならない人たちがいるんでしょう？」

さすがに何度か修羅場を経験した山崎は現実を把握していた。ふうと長い息を吐くと、右手を伸ばして七尾の腕を求めてきた。

七尾がその手を掴もうとした瞬間だった。

どん、という衝撃が足元から突き抜けた。

その途端、木々の真下から火柱が上がり、炎は一気に梢に向かって伸びた。今しがた通り過ぎたばかりの場所が赤く照らし出されている。

林の入口に投下されたのだ。

獰猛な音を立ててあの熱風が吹いてきた。わずかに残っていた雪が見る間に融けて蒸発していく。

雷にも似た音が轟く。炎が回り込む音だ。

燃焼剤の拡散はあっという間だった。一ヶ所火が点いたと思えば、そこから燎原(りょうげん)の火のように炎の指が伸びていく。七尾たちの背後が赤々と燃え上がるのに十秒とかからなかった。

見る間に火柱は枝を駆け上がり、その頂に達した。天上の雪が融けて水滴となり、ぼたぼたと肩や背中に掛かる。だがそれも束の間で、やがて水滴に代わって焼き切れた小枝が舞い落ちてきた。

「うわ」と呻いて、本田が身を捩らせて這い進む。七尾はいったん山崎から本田に手を移し、その腕を引っ張り上げて強引に立たせた。

「死にたくなければ走れっ」

背中を乱暴に押すと、やっとよたよたと走り始めた。

一方、危機を察知した山崎は自力で立ち上がろうとした。やはり生存本能の強さは本田と比べようもない。生死の境を分けるのは、こういう往生際の悪さかも知れない。

七尾は再び山崎に手を差し伸べる。

不意に二人の目が合った。

麻取とヤクザ。元より全幅の信頼が置ける者同士ではない。しかし交差するのは敵愾心でもなければ疑心でもない。

今、この時だけはこいつを信じよう。

それは切実な願いを込めた目だった。

だが、二人の視線は一瞬で断ち切られた。頭上に次々と燃え盛る枝が落ちてきたからだ。

「くそっ」

七尾が落下してくる枝を振り払う。山崎を引っ張り上げると、すぐにイングラムを拾い上げて出口に向かう。

「死ぬ気で走れええっ」

今度は七尾が後ろを護る形で二人を追う。既に水滴も蒸発し尽くし、乾いた草叢は走破に何の支障もない。しかし一メートル走る毎に火はその倍の速さで迫りくる。振り向くことはないが、それでも背後と真横が炎の壁になりつつあるのが実感できる。

出口はまだか。

二人の背中に追いつく。

前方には、ぽっかりと開いた木々の切れ間が見える。

あれが出口だ。

疾駆する両足に拍車がかかる。ここを出れば、後は沼地に駐めてあるSUVで一気に指定区域を突破するだけだ。

目の前に山崎の背中が迫る。追い抜くつもりはないが、追い越したら引っ張って行こう
——そう考えた時だった。

先頭を走る本田の姿がふっと視界から消えた。

どうした。

「熱ぢぃ！　熱ぢぃ！　熱ぢぃ！」

走り寄ると、本田は火達磨になって転げ回っていた。どうやらコートに点いた火が広がったらしい。見たところ叩いて消えるような勢いではない。七尾は本田の背中を足で押さえると、無理やりコートを引き剝がした。シャツ姿になった本田が尚も地面を転げ回る。

燃え続けるコートを放り投げると、本田がそれを見て叫んだ。

「何てことするんだ！」

慌ててコートを手繰り寄せ、何度も足の裏で火を踏み消す。

「貴重なサンプルが、サンプルが」

「そんなもの、放っておけ」

「嫌だ」

この男自身、生存本能より研究意欲が優先する貴重なサンプルらしい。七尾が手を伸ばす前に、本田は黒く燻るコートからやっとカラスの死骸を取り出した。そして後生大事そうに胸に掻き抱くとまた走り始めた。

これでようやく林を抜けられるか。

だが、そうはならなかった。

出口の手前で、今度は山崎の頭上から人の大きさもあろうかという枝が束になって落ちてきたのだ。

七尾は夢中で地を蹴った。

宙を飛び、山崎の背中を押す。

二人は同時に転がる。燃え盛る枝がその足元に落ちる。

間に合った、と思ったが一瞬遅かった。

「があああっ」

山崎が喉も裂けよとばかりに悲鳴を上げる。

右足の膝から下が枝の下敷きになっていた。

咄嗟に前方を見るが、本田は既に数メートル先を走っている。呼び戻す気は瞬時に失せた。

七尾は枝を蹴り上げる。人の胴ほどもある太さだが、今の七尾には造作もない。

山崎の右足は有り得ない方向に曲がっていた。それでも力を振り絞って自力で身体を起こそうとするが、四つん這いになるのが精一杯だった。立ち上がろうとして、すぐに下半身が砕ける。

物も言わずに山崎を抱き起こす。唯一動かせる右手にはイングラムを握っている。七尾は片手で山崎の身体を背中に乗せた。

「な、七尾さん」

「行くぞ」

山崎を背負ったまま本田の後を追う。懸命に走っているつもりだったが、意外にも本田との距離はなかなか縮まらない。さすがに大の大人一人を背負うと足も重くなるらしい。

出口を潜り、やっと林を抜ける。

背後に気配を感じた。

咄嗟に右に逸れると、すぐ左側に燃える巨木が倒れてきた。

躓(つまず)いて倒れる。

まるで合図でもあったかのように次々に樹木が倒れてくる。林全体に火が回り、今まさに燃え落ちようとしているのだ。

七尾はまた立ち上がる。倒れることは許されない。休むことも許されない。

「七尾さん。もういい、ここで下ろしてくれ」

「口を閉じていろ。舌を嚙む」

「いくらヒートを打っていてもこれ以上は無理だ。人一人背負って、しかもそんな怪我をしたままでまともに走れる訳がない」

「あなたの指図は受けない」

「後生だからあたしを置いて逃げてくれ。あんたを道連れにしたくないんだ」

「最初に呉越同舟と言ったのは誰だ。今更、勝手なことを言うな」

「あんたは……馬鹿だ」

「前から知っている」

もう山崎は何も言わなかった。

林の燃える熱は至近距離であることも手伝って、より強烈だった。酸素の量も足りない。それでも走り続けられるのは意志の力なのか、それともヒートの威力なのか判然としなくなってきた。

炎が追ってくる。

熱風が追ってくる。

ふと不安が襲う。

もしもクルマが撤去されていたら——。

しかし、すぐに打ち消す。

大丈夫だ。奴らはこの中には足を踏み入れないはずだ。

やがて、やっと目指すものが見えた。

沼地。そしてクルマ。乗り捨てたSUVは依然としてそこにあった。

鍵は掛けていない。最初に乗り込んだのは本田だった。

「早く！　早く出してくれっ」

言われるまでもない。七尾は背負っていた山崎を後部座席に押し入れると、運転席に飛び乗った。イングラムは捨てておく。もう必要もなく、所持していたらここを出た際に却って面倒になる。

急いでイグニッション・キーを回す。有難いことにエンジンはすぐに目を覚ました。

SUVは急発進して草叢を薙ぎ倒す。燃料メーターはエンプティを示しているが一キロ程度、ここから指定区域外までなら充分保つだろう。いや、男三人を積んでいるのだ。燃料タンクは軽い方がエンジンの負担にならずに済む。

「二人とも口を閉じていてください。それからシートベルトも」

「どうしてですか、七尾さん」

「到底安全運転にはならない」

低いギアで加速をつけるとタイヤが盛大に軋んだ。凸凹の多い草原でＳＵＶが大きく跳ねる。

ギアが上がる。エンジン音が軽くなり、車体は風を切り始める。

このまま指定区域内を走破——という訳にはいかなかった。

車内からでも真上の爆音が聞こえた。

頭の中で警報が鳴ったのと爆発がほぼ同時だった。

斜め後方への投下。少し遅れて衝撃がやってきた。車体がふらりと揺れる。ハンドルを取られないようにするのがやっとだ。バックミラーが全面赤くなる。

少しは投下先を確認したらどうだ——どうせ届かぬ言葉を吐き捨てたい気持ちになる。

「七尾さん、発煙筒を！」

後部座席から山崎が叫ぶ。

「発煙筒であたしたちの存在を知らせるんです。そうすれば爆撃もきっと止みます」

「あまり効果はないでしょうね」

七尾は申し出を一刀両断にする。

「闇夜のままならともかく、ナパーム弾で爆撃されている中で火も煙も目立ちやしません。第一、彼らはここに人がいるなんて想像だにしていない」

七尾の言葉を裏打ちするかのように爆撃は尚も続く。野生動物が潜んでいそうな場所は大方焼き尽くしたようで、今はその隙間を埋める形で投下している。元より爆撃の目的は指定区域全てを焼野原にすることだ。文字通りの絨毯爆撃であり、一平方メートルも余白を残すつもりはあるまい。爆撃地点は研究所跡を中心に放射状に延びている。つまり七尾たちの後を爆撃機が追っているのだ。

とにかく最短距離で突っ走るしかない。

そう念じているとまた背後で爆発が起きた。

今度は大きく車体が揺らいだ。後輪が空回りし、ＳＵＶは前部から地面に突き刺さる。

「うわ、うわ、うわ」

本田が大揺れする度に悲鳴を上げる。

車体が右に傾いだ。ハンドル操作で何とか転倒を避けるがすぐには元に戻らない。ＳＵＶはしばらく蛇行しながら走り続ける。

車窓越しにごうごうという音が聞こえる。

「この音は……」

山崎が窓に掌を当てたが、すぐに引っ込めた。

「何だよ、この熱さ……」

ウィンドウガラスを通してさえも相当な熱を帯びているのだろう。つまりそれだけ燃焼範囲がこちらに肉迫していることを意味する。

七尾は更に深くアクセルを踏んだ。

エンジンが唸りを上げる。

タイヤがか細い軋みを上げる。

その時、斜め左前方の草叢が突然炸裂した。

七尾は反射的に右に大きくハンドルを切る。

急カーブで、左方向に身体を持っていかれる。

「重心を右に！」

山崎が本田を押さえ込むようにして右に体重を移す。ＳＵＶは危ういバランスを保ちながら爆心の右側をすり抜ける。

視界の左が閃光に包まれる。炎と爆風を避けるように大きく迂回するが、それでも影響は免れない。車体ががくがくと振動する。

燃え上がる炎に見えるのは、熱風に吹かれて波立つ草叢だが、ただ波立つだけではない。先端からちりちりちりと焦げ、白い煙を吐きながらなびいている。

不意に左目が痛くなった。

汗が目に入った。

気がつけば頭と言わず額と言わず、玉のような汗が滴り落ちている。

考えてみれば当然だ。風が吹くだけで草が燃えるような中を疾走しているのだ。発車間もないのでエアコンも大した役には立たず、車内も相当な暑さになっているに違いない。ただ、今の七尾の脳にはその暑さが感知できないだけだ。

頭上の爆音が今度は向こう側から飛来した。

右真横で爆裂。

大地が震えるような轟音。

より近距離の爆発で、閃光に目が眩む。

七尾は左に曲がる。

コツを覚えたのか、山崎と本田は自発的に左側に身体を倒す。

途端に山崎が声を上げた。

「七尾さん、火が！」
言われなくても見えている。
爆心から広がった炎が触手を伸ばすように七尾たちに迫っていた。
七尾は更に左へとハンドルを切る。浮遊感覚と共に車体も傾く。何と片輪走行だ。
ハンドルで何とか四輪とも接地させた時だった。
はるか上空から不気味な音が聞こえた。
しゅるるるる。
巨大で、重たい何かが落下する音。
七尾は咄嗟に大きくハンドルを切ったが間に合わなかった。
着弾地点からは二十メートルもなかった。
光と音が奔流となって七尾たちを直撃する。
衝撃をまともに食らってSUVは大きく傾いた。
「何かに摑まれえっ」
直後、横転した。
天地が逆転する。
耳を劈（つんざ）く破砕音と身体を貫く衝撃。

声を出す間もなかった。

車体は逆さまになったまましばらく草叢の上を滑り、やがて止まった。

だが自分たちまで止まったままではいられない。

七尾は己の四肢を確認する。大丈夫だ。骨折した左手を除いて、それと分かる損傷部分は見当たらない。

「二人とも大丈夫ですかっ」

「な、何とか」と、答えたのは山崎だ。

シートベルトを外して体勢を逆転させ、ドアを開く。顔が焼けるような空気が侵入するが、ほっと安心した。少なくとも車内に閉じ込められずには済む。

「ここからは自分の足です」

そう宣言すると、本田が呻き出した。

「右腕が、痛い。動かん」

山崎が本田のシートベルトを外す。

「別に逆立ちする訳じゃねえだろ。足が無事ならさっさと走れえっ」

三人は身を捩りながら車外に出た。気温はさっきよりも格段に上昇している。空気は反比例して薄い。

山崎は本田を押し出すようにすると、七尾に笑いかけた。

「さ、七尾さん。こいつ連れて行ってください。あたしのこの足じゃ迷惑かけるばっかりで」

七尾は最後まで聞こうとしなかった。片手で山崎をまた背負おうとする。

「もう、やめてくれえっ」

「あなたの指図は受けないと言ったはずだ」

山崎を背負って立ち上がる。本田は既に走り出した。ヒートの効力はまだ残っているらしく、人一人を担いで走ることに支障はない。

数百メートル前方には人工の光がぼんやりと見えている。あれがゴールだ。

七尾は姿勢を低くして駆けた。本来なら正面から向かってくるはずの風が、炎と共に背後から襲いくる。もう比喩でも何でもなく、そこは戦場だった。黒煙と白煙が混じり合いながら獣のような速さで七尾たちに追いついてくる。

真後ろでまた着弾したが、異質な音が混じっていた。機械の破砕音が重なっている。振り向くまでもない。横転したSUVをMK77が直撃したのだ。

その時、右足が縺(もつ)れた。

前のめりに倒れる。

「七尾さん！」

右のふくらはぎに異常を感じて振り返る。

掌ほどのガラス片が刺さっていた。恐らく、今の爆撃で破壊されたＳＵＶの部品だ。

邪魔だ。

ガラス片を引き抜くと血が噴き出た。

火の手はいよいよ迫っている。

七尾は再び立ち上がった。

そして走る。

あの向こう側にいる敵に一矢報いてやる。

それまでは死んで堪るか。

安全地帯との境界をわずかに残すだけで、辺りは火の海に包まれつつあった。

あと百メートル——。

そう思った瞬間に、また真後ろで爆弾が炸裂した。七尾は山崎を背負ったまま、前方に吹き飛ばされた。

山崎の小柄な身体が目の前を転がっていく。と、同時に津波のような熱風が押し寄せた。

七尾は山崎の腕を摑むと、引き摺るようにして駆け出した。

伸びてきた炎が背中を焼いた。

そしてようやく見えてきた。

七尾の破壊した柵だ。

あと五十メートル――。

そこで、不意に膝が崩れた。

自覚はないが、燃料を失った機械のように足が止まってしまったのだ。ヒートの効用もここまでか。

絶望と恐怖が意識を侵食していく。

がくりと頭が垂れたその時――。

「七尾おおっ」

いきなり腕を摑まれた。

聞き覚えのある声。

ああ、鰍沢じゃないか。

「いい加減にしろ！　スーパーマンにでもなったつもりか」

ついさっきまではそんな気もしていたな。

七尾が振り返ると、たった今駆け抜けてきた荒野は一面炎で覆われていた。

4

篠田はまんじりともせず事務所で一夜を明かした。時刻は午前五時。既に窓からは朝日が射し込んでいる。

一晩待ったが、結局鰍沢たちから新たな報告はなかった。きっと自衛隊のテントの中で軟禁が続いているのだろう。自販機で眠気覚ましのコーヒーを買う。昨晩から数えて、これが四本目になる。

心配ばかりかけさせて。もう一度、こちらから連絡を入れてみようか。

そう考えた時、ドアが開いた。

現れたのは意外な人物だった。

「七尾さん……！」

「ただ今、戻りました」

下げた頭を見て更に驚いた。頭頂部と後頭部の髪がほぼ焼けている。いや、髪だけではない。包帯に覆われた左腕を吊り下げ、肌が露出している部分はあらかた絆創膏が貼ってある。シャツとズボンもあちこちが焼け焦げている。

「こんななりで失礼します。なにぶん替えがなかったものですから」

「そんな物は後でいくらでも支給します。そ、それよりあなたよく無事で……」

「今から一連の顚末を報告します」

七尾は城東署に逮捕されてから山崎に拉致された経緯、更に逃避行を続けた後にスタンバーグ社研究所跡に辿り着き、そこで本田と会ったことを説明した。

「宏龍会の山崎と本田元研究員は鰍沢たちが確保しています。追って山崎は城東署に、本田は取り調べ後、T大薬学部に送ろうと思っています」

「研究所跡はどうなりましたか」

「あれを見るとベトナム戦争やイラク戦争がいかに非人道的かがよく分かりますね。指定区域内は完全に焦土と化してしまいました。今後十何年かはペンペン草も生えますまい。もちろん、かの地に侵食していたヒートおよびヒートに侵された動物も塵と消えました」

ふう、と篠田はひと息吐いた。ヒートの供給元であった仙道は既に死んだ。そして元スタンバーグ社研究員の尽力があれば、T大薬学部がヒートの解毒剤を調合するのも不可能とは言えない。これで国内におけるヒート禍はひとまず終結する見込みがついたという訳だ。

「しかし七尾さん。あなたはどうするんですか。あなたにはまだ仙道寛人殺害の容疑が掛かっているでしょう」

「わたしは犯人ではありません」

「それは分かっています。しかし、どうやってそれを立証するのです。凶器となった鉄パイプからは七尾さんの指紋しか検出されなかったのですよ」

「指紋を複製する方法はあるんです」

七尾は落ち着き払って言った。

「課長もご存じかと思いますが、我々や警察が指紋採取する際は鑑識用転写シートと呼ばれる物を使用します。採取対象面に粉末を塗布し、指紋隆線の部分だけを浮き上がらせる。そうして浮き上がった指紋隆線を粘着シートに転写するのですが……この段階で極薄のシリコン素材を介入させると転写どころか、採取した指紋そのものを複製することもできます」

「ああ。先ごろ強制送還された韓国人が不正入国した際に使った方法ですね。と、なると素人筋の仕業じゃなくなる。七尾さんの見立てではヤクザ、恐らく宏龍会の犯行という読みですか」

「いいえ。彼らには仙道を殺す必要もメリットもありません。何といっても金の卵を産むニワトリですからね。拉致はしても決して殺しはしません。仙道殺しの犯人には二つの条件が必要となります。一、仙道を殺す動機があること。二、七尾究一郎の指紋を容易に入手できること」

「ひょっとして、あなたは一課の誰かを疑っているのですか」

「いいえ。仙道のアジトが逆探知によって判明した時、一課の人間には宏龍会より遅れて情報が入りました。朝までは裏側の通用口に一人の見張りが配置されます。そのことを知った上で仙道を殺そうとまでする動機が鰍沢たちにはありません」

「では、いったい誰が」

「あなたですよ、篠田課長。あなたが仙道寛人を殺害したのです」


篠田は笑うしかないと思った。

「何を言い出すかと思えば……七尾さん。やはりあなたはまだ極限状況にある。だから、そんな解答に飛びついてしまうのです」

「情報屋からの情報をわたしが伝え、アジトの場所をいち早く知ったのは課長でした。グーグルの航空写真であれば外付けの非常階段の存在にも気づいたはずです。しかも、情報屋が現場に飛び込むのを厳に慎むように釘を刺した。それは逆に言えば自分の侵入を容易にするため、情報屋の動きを牽制する指示でした」

「確かに、その時点でアジトの詳細情報を最初に知り得たのがわたしだという説は否定しません。しかし、あくまでも状況証拠でしかないでしょう」

「あなたにわたしの指紋を入手することは至極簡単だった」

七尾は説明を止めようとしない。

「大抵、わたしは自分の飲んだ物は自分で片づけますが、あの日は違いました。わたしが山崎から情報提供の話を持ちかけられた日のことです。あの時、課長は缶コーヒーを用意してくれていました。そして話が終わると、わたしは缶コーヒーを飲みかけのまま浦安橋の資材倉庫へガサ入れに行きました。このフロアのゴミ出しは一週間に一回。すると、わたしの残した缶はその後もこの事務所内にあった訳です。課長が仙道を殺そうと決意したその時まで」

「動機は？　まさかヒートの供給元を断つために麻薬取締部捜査第一課長が直接手を下したとでも？」

「動機は個人的なものです。課長。課長には娘さんがお一人いらっしゃいましたよね。確か美波さん、でしたか。ヒートが絡んだ子供同士の抗争で巻き添えを食い、未だ入院中と聞いています」

美波——そうだ。あの子はまだ高校に入学したばかりだった。十六歳、楽しいことも素晴らしいこともこれから始まるという時だった。

それを、あの少年たちが奪った。友人と渋谷に出かけた際、ヒートを打った少年の振り回した金属バットが偶然通りかかった美波の頭を直撃したのだ。事件発生後、すぐ救急病院に搬送されたが頭蓋骨骨折となった美波は意識を取り戻さないまま、今に至るまで病室の虜囚になっている。

「あなたの動機は復讐でした。一人娘の美波さんをあんな目に遭わせたヒート。その供給元の仙道は憎んでも憎み足りない相手だった。だが仙道が殺されたとなると、当然ヒートによる被害者および親族にその容疑が掛かる。それで薬物障害のあるわたしに罪を被せようとしたんです」

「それも状況証拠にしかなりませんね。それだけでわたしを告発するつもりですか」

するとと七尾は申し訳なさそうに、懐からビニール袋を取り出した。その中にはいくつかのガラス片が収められている。

「それは？」

「実はここに来る途中で寄り道をしました。課長のマンションです」

嫌な予感がした。

「鰍沢たちに同行してもらいゴミ置き場を捜索しました。仙道殺しの翌日、課長宅からポリ製のゴミ袋が捨ててありました。これはその中から拝借した物です」

篠田は我知らず唇を噛んだ。

「もうお分かりかと思いますが、これは仙道がアジトに隠し持っていたヒートのアンプルです。調べれば内側からヒートの成分が検出されるはずです。奪ったヒートを始末されたお気持ちは充分察しますが、この破片が何故課長の自宅から出されたのか、検察官を納得させられる説明ができますか」

鰍沢たちも同行しての捜索——それなら証拠物件としても立派に成立する。

「課長。あなたは麻薬取締部の課長としては尊敬に値する人物でした。今でもその気持ちに変わりはありません。今回のことはあくまで私情の為せるものでしたから」

「その言葉は、そっくりそのまま返しましょう。いや、それどころかあなたの捜査はいつも私憤を晴らすためのものではなかったですか?」

「そうかも知れません。しかし、わたしは無辜(むこ)の罪びとを作るようなことはしませんでした。今までも、そしてこれからも」

七尾は一礼すると部屋を出て行った。

あの男を少し見くびっていたらしい。そして七尾はあんな風に言ってくれたが、部下の資質を見極めかねたという点で自分は管理職としても失格だったようだ。

麻薬取締部捜査第一課長篠田麻由美(まゆみ)は落胆の溜息を吐くと、力なく椅子に腰を沈めた。

＊

「終わったか」

事務所前で待っていた鰍沢は開口一番そう訊いてきた。篠田課長の出したゴミから証拠物件を発見してからというもの、この男は口数を少なくしていた。それでいい。この男も篠田に全幅の信頼を置いていた。こういう結末を迎えた時の言葉は多くを要しない。

山崎はクルマの中にいた。これから鰍沢が城東署に連行する予定だ。

「少し、いいかな」

鰍沢は黙ってドアを開けた。山崎は携帯電話を片手にひどく恐縮している。

「だからな、利弥子。急に決まったんだよ、海外出張。何かケータイの電波も届かない場所らしいから少しの間連絡できないが……しょ、しょうがないじゃないか。仕事なんだから！とにかく今から空港に向かうから電話切るぞ。麻香にも言っておいてくれ」

慌てて会話を畳んだ後、山崎はほっと安堵の溜息を吐く。

「どうでしたか」

「まあ、何とか……その場しのぎの言い逃れですが」

「長くなったらどうするんですか」

「いや、それはあんまり心配してないです。カネ勘定には汚いが、滅法腕のいい御子柴って弁護士を知ってますから。あのセンセイに頼めば最悪の事態にはなりゃしません。で、そちらはどうでした。例の上司の反応は？」

「物的証拠が出ましたからね。悪足掻きはされませんでした」

「そりゃあ何よりでしたね。誰だって身内を刺すのにいい気はしない」

「ご苦労様でした」

「これでコンビ解消ですな」

「ええ。かつてないほど刺戟の多い数日間でした。それにしてもあなたには申し訳ない結果になってしまいましたね。折角わたしを救ってくれたというのに警察に差し出す破目になってしまって」

「いえ、あたしが望んだことですから。たとえ七尾さんが無実であったにしろ、覆面パトカーを襲撃した事実は曲げようがありませんやね。どう穏便に見積もっても公務執行妨害だ。それに仙道殺しが篠田課長の仕業だとはっきりしない限り、宏龍会はあたしをつけ狙うでしょうしね。篠田課長が起訴されるまではお巡りさんに捕まっていた方が安全ってもんです」

「ところで折り入って提案があるのですが」

「何でしょう」

「これを機会に宏龍会を抜けませんか」

　山崎は眉間に皺を寄せた。

「あなたはヤクザなんかしなくても充分に生活していける」

　山崎は少し寂しそうに首を振った。

「七尾さんにしては至極真っ当でつまらない提案だなあ」

「真っ当なものは大概つまらないものです」

「悪いけど却下させてもらいます。組織には馴染めないが、あの世界に馴染んじまったんですよ。言ったでしょう？　けじめをつけるという一点だけであたしはあの世界を選んだんだ。選んだ以上、責任は取らなきゃ」

　成る程、そういう考え方もあるのか。

「それよりあたしが逆に提案しますよ。七尾さん。これを機会にあたしとずっと仕事しませんか。あなたと組めるんだったら宏龍会を抜けたっていい」

　七尾も静かに首を振った。

「あなたと同じ理由で、わたしも今の仕事を続けざるを得ない」

「残念ですな……願わくば、次に捕まる時はあんたに捕まえてもらいたいですな」

「それは遠慮しておきます」

二人の間に仏頂面の鰍沢が割って入った。

「もう、連れて行くぞ」

七尾は車外に出た。

鰍沢の運転でクルマは城東署に向けて発進する。

束の間、振り返った山崎と視線が合った。

二人は会釈することもなく、ただ苦笑いを交わしただけだった。

解　説

村上貴史

■異例

例えば逢坂剛。例えば今野敏。どんな内容の作品で勝負してくるか判らないが、書き上げたものは必ずや読者を虜にする。まさにプロのエンターテインメント作家だ。中山七里もそんな作家の一人である。

前述の二人と違いがあるとすれば、それはキャリアだ。逢坂剛は一九八〇年デビュー、今野敏は七八年に新人賞を獲得して八二年にデビュー。いずれも三〇年以上の作家歴を誇るベテランたちである。ひるがえって中山七里はというと、二〇〇九年に第八回『このミステリーがすごい！』大賞を受賞し、翌年一月、受賞作を改題した『さよなら、ドビュッシー』でデビューした作家であり、つまりはたかだか四年程度のキャリアの作家なのだ。にもかかわらず、こうしたベテランを想起させるような活躍を、中山七里は繰りひろげてきたのである。

そもそも新人賞の時点で異例だった。ご存じの方もいらっしゃるだろうが、その年の『このミステリーがすごい！』大賞では、三五〇作の応募作のなかで最終選考に残った七篇のうち、なんと二篇が中山七里の作品だったのである。三人の選考委員が二次予選として議論を重ねて一次選考通過作品のなかから最終候補作を選ぶのだが、二一作品のなかに二本含まれていた中山七里の作品が、いずれも優れた出来映えであり、しかも全く異なるテイストであったため、二本とも最終候補に残すこととしたのだ。ちなみに解説者はその三人の選考委員の一人であり、〝プロとして量産のなかで質を維持していけそうな期待を抱かせる〟と評したことを覚えている。

そしてその期待は、現実のものとなった。『さよなら、ドビュッシー』をはじめとした繊細な青春音楽ミステリーや、パニック小説であり猟奇犯罪ミステリーである『連続殺人鬼カエル男』（前記の最終候補作『災厄の季節』を改題）、少年時代に殺人の経験を持つ弁護士を主役とするリーガルサスペンス《御子柴礼司シリーズ》、要介護認定を受け車椅子生活を送る老人を主人公とした連作短篇ミステリ『さよならドビュッシー前奏曲（プレリュード）　要介護探偵の事件簿』（そう、デビュー作の脇役が主役を務めるスピンオフ作品だ）、女子大生とおばあちゃんがコンビとして活躍する短篇ミステリ集『静おばあちゃんにおまかせ』などバラエティーに富んだ作品を次々と発表した中山七里は、同時に、それら作品群のなかで、現代社会の問題への深い考察や、これでもかというどんでん返しの連続を提示し、質の高さも維持できることを実証してみせたのだ。まことに大した作家なのである。

■ヒートアップ

そんな中山七里が二〇一二年に発表した長篇ミステリが『ヒートアップ』だ。

厚生労働省医薬食品局麻薬対策課の麻薬取締官である七尾究一郎。その特殊な〝才能〟を活かして抜群の検挙率を誇る彼が現在手掛けているのが、〝ヒート〟という薬物の捜査だ。ドイツの製薬会社スタンバーグ社が局地戦用に開発したという向精神薬で、服用した人間を恐るべき兵器に変えてしまう。破壊衝動や攻撃本能を喚起する一方、恐怖も苦痛も消し去るのだ。そんなヒートが、製造していたスタンバーグ社の所沢の研究所の焼失後、渋谷の少年たちに出回り始めた。そしてヒートは少年たちの抗争を激化させることとなる。七尾は、ヒートの供給者となっている元スタンバーグ社の仙道を見つけ出そうと、あるパートナーとともに罠を仕掛ける……。

実にキャラクターの強い作品だ。まずは主役である七尾究一郎。おとり捜査を得意とする麻薬取締官の彼は、特別な才能の持ち主だが、それに依存するのではなく、それをきちんと消化して活かしている。計算があり行動力があり意志の強さがあり、そうしたものによって、己の才能を武器として磨き上げているのだ。だからこそ読者もこの主人公に寄り添えるのである。

七尾の相棒もよい。山崎岳海という三〇代後半の男だ。中肉中背。白いシャツに地味なネクタイをきちんと締める。顔は丸みを帯び、頭頂部はやや寂しくなりつつある。職業は、広域指定暴力団宏龍会の渉外委員長。ナンバー3相当の地位の人物である。つまり七尾はヤクザと手を組むことにしたのだ。

麻薬取締官とヤクザという異色コンビが、凶悪な薬物を追う。それもお互いの腹を探り合いながら、だ。これだけでも刺激的なのだが、展開がまた起伏に富んでいる。詳述することは避けるが、ある殺人事件の犯人を示す手掛かりも衝撃的だし、〝犯人〟として逮捕された人物の扱いも読者の想像の一歩先を行っている。そして結末で明らかになる真相も、意外性に満ちていて読み手を大いに驚かせてくれる。まさかこんな仕掛けがあろうとは。中山七里がどんでん返しで読者を振り回す作家ということは重々承知しているのだが——またしても解説者の完敗である。

　本書ではさらに、結末に至るまでの大活劇も愉しめる。機関銃が乱射され、獣が牙をむく。さらには強大な存在によって禍々しい〝凶器〟も投入される。銃弾も、血液も、炎も、惜しみなく注ぎ込まれているのだ。主人公たちは、傷を負い、だが走り、闘う。その活劇描写の熱さとスリルと疾走感は本書の大きな魅力の一つであり、全身で満喫したい。

　その大活劇の最中でも、七尾と山崎は、頭をフル回転させている。麻薬取締官とヤクザという二つの立場で、このヒートを巡る騒動の背後にどんな思惑があり、どんな力が働いているのかを考え続けているのだ。その思索が、知的なスパイスとして実に有効に機能し、アクションシーンをよりいっそう魅力的なものとして輝かせている。

　七尾や山崎をバックアップする面々にも着目しておきたい。麻薬対策課の仲間は、沈着冷静だったり短気だったりというそれぞれの個性なりに七尾の活動に寄与し、山崎はといえば、彼を信頼する妻と娘との絆に支えられている。本書が、単にユニークなコンビが大暴れするだけの物語で終わらなかったのは、こうした人々へのきっちりとした目配りの結果ともいえよう。

　大胆な発想を細心の注意を払ってきっちりと練り上げた一大娯楽作品。それが『ヒートアップ』なのである。

■世界

ここまでの『ヒートアップ』の紹介文を読んで、「あれ?」と思った方もいるだろう。そう、本書で描かれている事件の重要な構成要素である〝アレ〟は、『魔女は甦る』にも登場しているのだ。

『魔女は甦る』は、第六回『このミステリーがすごい!』大賞の最終候補となった。冒頭から死体が——死体というよりもはや肉と骨の断片が撒き散らかされた状況と呼ぶべき代物が——読者に提示される『魔女は甦る』。強烈なインパクトでいきなり読者を虜にするこの小説をまだ読んでいない方は、本書と併せて読んでみるのがよかろう。〝アレ〟の怖ろしさが増すはずだ。

その意味で、『魔女は甦る』だけではなく、他の中山作品にも、もちろん手をのばして戴きたい。本書にも、名前だけではあるものの他の作品の主人公が登場していたりするからだし、また、他の作品からさらに他の作品へと繋がる〝中山七里の世界〟も見えてくる。そうすると、本書に描かれた世界の奥行きを、さらにもう一段階深く感じられるようになるはずだ。

さて、中山七里はデビューした年の秋、第二作『おやすみラフマニノフ』刊行のタイミングで解説者が行ったインタビューで、「最高傑作は次回作という気持ちで書き続けたい」と語った。そして四年で十本を超す作品を世に送り出し、自分の言葉を実践し続けてきた。それも、多様な世界を提示しながら、だ。その一作一作は、まさに逢坂剛や今野敏のような存在となっていくであろう彼が、プロフェッショナルとして、職人として歩んできた歴史なのである。

その作家としての歴史の重要な一ピースである『ヒートアップ』。読み始めたが最後、本を手放せなくなること必至。迫力満点の一冊である。

――ミステリ書評家

参考文献

『麻取や、ガサじゃ！　麻薬Gメン最前線の記録』　高濱良次　清流出版この作品は二〇一二年九月小社より刊行されたものです。

ヒートアップ

中山七里（なかやましちり）

平成26年8月5日　初版発行
平成30年7月25日　3版発行

発行人——石原正康
編集人——永島賞二
発行所——株式会社幻冬舎
〒151-0051東京都渋谷区千駄ヶ谷4-9-7
電話　03(5411)6222(営業)
　　　03(5411)6211(編集)
　　　振替00120-8-767643

印刷・製本—図書印刷株式会社

装丁者——高橋雅之

幻冬舎文庫

ISBN978-4-344-42235-3　C0193　な-31-2

幻冬舎ホームページアドレス　http://www.gentosha.co.jp/
この本に関するご意見・ご感想をメールでお寄せいただく場合は、
comment@gentosha.co.jpまで。